나만의 스토리텔링

나만의
스토리텔링

초판 1쇄 인쇄_ 2017년 7월 17일 | **초판 1쇄 발행_** 2017년 7월 24일
지은이_YG-르네상스 | **엮은이_**장정인| **펴낸이_**오광수 외 1인 | **펴낸곳_**꿈과희망
디자인 · 편집_김창숙, 윤영화 | **마케팅_**김진용
주소_서울시 용산구 백범로 90길 74, 103동 오피스텔 1005호(문배동 대우 이안)
전화_02)2681-2832 | **팩스_**02)943-0935 | **출판등록_**제1-3077호
E-mail_ jinsungok@empal.com
ISBN_979-11-6186-009-1 43810

나만의
스토리텔링

YG – 르네상스 **지음**
장정인 **엮음**

꿈과희망

들어가는 말

지도교사 장정인

●

읽으면서 성장하고, 성장하면서 쓰기를

처음에는 책쓰기에 대한 두려움과 기대로 시작했지만, 지금은 학생들 각자 '의미'를 찾은 자들의 여유가 느껴집니다. 학생들의 다양한 소재와 스토리는 글쓰기를 넘어 훗날 자신의 꿈을 가꾸는 책쓰기를 위한 소박한 열정이 될 것입니다.

YG-르네상스라는 이름으로 책쓰기 동아리를 운영한 지 4년째입니다. 처음 고등학교 학생들과 함께 2014년 8권, 2015년 14권, 중학교 학생들과 2016년 9권의 책쓰기 활동을 했습니다. 그동안 책쓰기 동아리를 거쳐 간 학생들이 생각납니다. 1기는 벌써 대학교 1학년이 되었는데 그때 그 학생들이 없었다면 지금까지 동아리를 운영하지 못했을지도 모릅니다. 문학기행, 서점기행, 미술관 탐방 등의 체험활동과 함께 교내 인문학 읽기 대회, 독서토론 대회 등을 기획하여 진행하던 학생들입니다. 자신의 책만이 아니라 후배들의 책쓰기를 함께 도와준 1기 학생들의 애정과 열정 속에서 저는 소박한 울림을 느꼈습니다.

올해는 드디어 학생저자 출판 도서로 선정이 되어 정식으로 출간하게 되는 영광을 얻었습니다. 항상 머뭇거리며 각자의 의미를 찾기 위해 여백 속에서 힘들어하면서도 스토리를 놓지 않았던 그들의 시간과 열정에 대한 소박한 보상이겠지요.

중학교 1학년 학생들이라 경험의 폭과 넓이는 얕고 좁을지도 모릅니다. 그래서 내실 없는 내용과 표현들을 만날지도 모르겠지만, 분명한 것은 그들만의 진솔함을 누구보다 잘 담아냈다는 것입니다. 개인적인 경험 속에서 찾은 소재와 스토리이지만 책을 쓰는 과정에서 느낀 괴로움과 두려움을 잘 극복해내었고, 피하고만 싶은 글쓰기를 넘어 책쓰기를 완성한 학생들에게 엄청난 변화가 있을 것입니다.

이 책이 나오기까지 학생들의 활동을 격려해주신 서재원 교장 선생님과 처음 동아리를 만들 때 'YG-르네상스' 라는 좋은 이름을 선물해 주신 이동원 교감 선생님께 감사드립니다. 마지막으로 학생저자가 된 '이윤서, 여수민, 남서연, 심정민, 오예림, 장한결, 권유나, 송윤아, 엄서연, 반나연, 김민서, 김재은, 김희진, 장윤주, 정선후' 에게 축하의 말을 전하고, 책쓰기 활동을 지지해주신 우리 동아리 학생들의 부모님께 깊은 감사를 드립니다.

앞으로 'YG-르네상스' 라는 동아리 이름으로 활동하게 될 우리 학생들이 책을 읽는 데서 삶을 살아가는 작지만 무게감 있는 힘을 갖기를 소망합니다. 내년에는 좀 더 많은 독서 활동을 통해서 읽으면서 성장하고, 성장하면서 책을 쓰는 동아리 학생들이 되기를 기대합니다.

차례

1

내일은
밝을 예정

이윤서

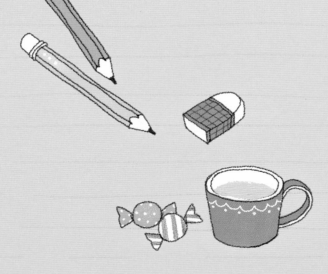

프롤로그

●

나는 어릴 때부터 책 쓰는 놀이를 즐겨했다. 세상에서 가장 긴 책, 세상에서 가장 재미있는 책, 세상에서 가장 넓은 책 등 여러 종류의 책을 만들며 유년을 보냈다.

그 중에서 '바보 정씨와 아내' 라는 책이 가장 기억에 남는다. 오빠와 번갈아 가면서 그림을 그려보기도 하고, 짧은 언어로 바보 정씨를 더욱 바보로 만들 수 있는 방법을 연구하느라 하루 종일 키득대며 책을 만들었던 그때는 마냥 행복했던 것 같다.

얼마 전 그 책을 책꽂이에서 우연히 보았을 때 얼굴이 화끈거렸다. 연결되지 않는 문장이 대부분이었고 맞춤법은 물론 전달하려고 하는 내용이 무엇인지도 모르는 문장들을 잔뜩 늘어놓았다. 그때는 그냥 책을 쓴다는 행동에 집중했던 것 같다. 하지만 놀랍게도 책갈피 사이에서 어린 시절의 오빠와 나의 웃음소리가 싱싱하게 재생되는 느낌을 받았다. 아무도 모르는 우리들의 세계가 활자 속에서 쉬고 있다가 기지개를 켜며 톡 일어나는 느낌?

　이제 나도 자라서 하루가 매일 재미있는 일들로 가득한 시간은 이미 아니다. 때로 지치고, 피하고 싶고, 소리 지르고 싶은, 또 두렵기도 한 사춘기를 지나고 있다.

　이 시점에서 지나간 시간들을 한번쯤 돌아보는 것도 좋은 일인 것 같다. 왜 이렇게 아픈지, 모든 것이 불편하고 못마땅한지 혼자 조용히 생각해보는 방법으로 어린 시절처럼 책을 써 보고 싶다. 어릴 때 오직 재미를 위해서만 썼던 책이 아닌 내 자신의 성장 이야기가 담긴 책을 한 권 엮어보고 싶다. 중간 점검이라고나 할까? 어릴 때 일이라 기억이 어설픈 부분마다 어머니의 도움을 많이 받았다. 생각해 보면 삐뚤어지고 빗나갈 수 있었던 많은 어려움을 거뜬히 이기고 돌아온 어린 나를 기쁘게 맞이한다.

2016. 10. 이윤서

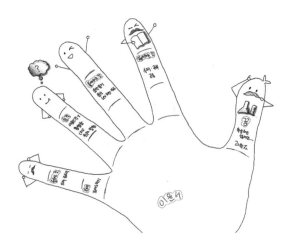

1

2006년 7월 9일

첫 번째 대화

오늘은 특별한 일이 있었다. 아마 인생에서 오늘이 가장 특별한 날이 될 듯하다!

기분? 기분은 글쎄…….

자전거를 타고 가는 도로의 가장자리에 금계국이 많이 피었다. 자전거가 지나갈 때마다 꽃잎이 반갑게 손을 흔들어 준다. 스르륵. 정답게 하얀 윗옷이 녀석들을 쓸어준다. 집에서 5분 정도 떨어진 곳에 밭이 있다. 나는 시간 날 때면 항상 그곳에 놀러가곤 한다. 오빠랑 개구리를 잡아서 물통에 감금하거나 막대기로 무장하고 밭 뒷산으로 모험을 떠나기도 한다.

밭에 도착했다. 시계를 보니 바늘이 11시를 가리키고 있다. 며칠 전 아빠가 지은 원두막 기둥에 자전거를 세워 놓았다. 어제 장판 위에서 놀다가 남은 앵두나무 잎사귀와 고구마 줄기 몇 개를 흙바닥으로 떨어뜨리고 원두막에 걸터앉았다. 자전거 페달을 밟느라 헥헥거렸던 발을 신발에서 빼내고 맑은 공기를 한 모금 마시게 했다. 부채처럼 발가락을 벌리며 꼼지락 대보니 세상에는 내 발 외에는 아무것도 살지 않는 느낌이 들었다.

밭 가장자리 옥수수나무에서는 알이 탱탱한 옥수수가 수확시기를 알리고 있다. 고구마 줄기도 지난주에 비해 반 뼘 정도 더 자란 것 같다. 다른 야채와 과일들도 하루가 다르게 쑥쑥 자란다. 경쟁이라도 하나?

멍하니 야채들을 바라보다가 나는 가방 속에서 비닐봉투를 꺼냈다. 상추 잎이랑 오이 세 개를 따서 고이 담았다. 상추는 잎을 따면 하얀 즙이 나온다. 엄마는 그 하얀 즙이 몸에 좋은 것이라고 했지만 나는 왠지 상추에 상처를 주는 것 같아 미안해진다. 잎을 딴 자리마다 하얀 즙이 맺히다 뚝뚝 떨어지면 내 옆구리 어디서도 얕은 통증이 느껴진다.

"잘 있어. 내일 또 올게."

채소 하나하나에게 이름을 부르며 손을 흔들어 주고 집으로 향했다. 햇살 한 줄기가 내 등을 핥았다. 해가 참 눈부시게 빛나고 있다.

안방 문을 열었다. 눈에 익은 물체가 내 시야에 들어왔다. 흰 색, 검은색이 조화롭게 어우러져 있는 건반들과 내 발바닥보다 조금 더 작은 3개의 페달을 주먹처럼 숨기고 한줄기 햇빛을 받아 반짝이며 금방이라도 폴짝 뛰어 오를 듯한 녀석이다.

"안녕? 강아지."

곧바로 건반 위에 손을 올리고 하나하나 섬세하게 쓰다듬기 시작했다. 아름다운 선율이 방안을 가득 채울 동안 작은 손가락들은 건반들을 오락가락하며 감았던 태엽이라도 풀리는 듯 자연스레 춤을 춘다. 자연의 냄새를 맡고 온 뒤라 기분이 평소에 느끼는 그 행복감과 아주 달랐다. 어제 피아노 학원에서 연습했던 '소나티네' 중에 '클레멘티 소나티네 제 3악장'이다.

"또박 또박 똑똑"

"누구지?"

어디선가 가벼운 구두소리가 들린다. 주변을 살펴보았다. 피아노 위 시계만 똑딱 거리며 초침을 열심히 움직일 뿐 그 외에 어떤 움직임도 없다.

"뚜벅뚜벅"

이번에는 소리가 조금 더 깊고 선명하게 느껴졌다. 그것은 곧바로 귀를 통과했다. 마치 두 귀를 잇는 사다리를 타고 소리가 건너가는 것 같은 착각이 들었다. 너무 놀라 의자에서 벌떡 일어나려고 했다. 그때였다. 손가락 속에서 살구색 빛깔의 선명한 광선 열 줄기가 뿜어져 나와 건반에 연결되었다. 너무나도 놀라 입을 벌리고 멍하니 바라만 보고 있다.

'……안녕?

속삭이는 듯한 소리가 마음 한쪽에서 찡하니 울려 퍼진다. 머리를 털어본다.

'……난 말이……!'

또다시 흐릿흐릿하게 들려온다.

'누구……?'

"나야 나! 여기 있어!"

이젠 기쁨으로 가득한 또렷한 소리가 몸 전체를 훑어 지나간다. 내 눈앞에 있는 것들을 살펴보았다. 적어도 나와 의사소통을 할 수 있는 그러한 물체를 찾아보았다. 방 안에는 눈을 씻고 찾아봐도 시계, 피아노 악보 몇 장, 소형 매트리스 위에 놓인 베개 하나가 전부였다. 그때 나와 가장 가까이 접촉하여 있는 한 물체가 눈앞에 보였다. 광선이 연결된 건반들. 설마……?

'그래 맞아.'

피아노가 내 마음을 읽기라도 한 듯 말을 이었다.

"넌 입이 없는데 어떻게?"

"난 너와 말하기를 갈망했어. 매일마다 나를 두드려주는 작은 손가락들은 정말 보드라웠어. 매 시간마다 다른 냄새를 품고 와서 나에게 전달해 주는 그 작은 손가락들을 느끼며 난 이 손가락들의 주인이 어떻게 생겼을까 궁금했어."

"아! 넌 눈이 없구나!"

"응. 난 피아노 요정이야. 눈이 없어도 내 귀는 이 세상 소리를 다 볼 수 있어. 어떤 소리도 내 귀를 피하진 못해. 헤헤헤."

보드랍고 앙증맞은 웃음소리가 비눗방울처럼 피어났다.

"참. 너 이번에 나가는 피아노 대회 곡 중에서 클라이맥스 말이야. 그 부분에 힘이 좀 약하게 느껴져. 이 곡은 그 부분이 정말 중요하거든. 힘이 좀 모자라는 거 아냐? 앞부분에 힘을 많이 쓰는 것 같아. 앞부분에 힘을 덜 줘서 클라이맥스에서 터뜨리면 좋을 것 같아."

"아, 맞아. 우리 피아노 선생님도 그렇게 말씀하셨는데."

"너무 긴장하지 마. 말했듯이 힘만 적절히 조절하고…… 그냥 신나게 놀다 와. 나는 네가 신나게 혼자 즐길 때 소리가 제일 예쁘더라."

"우리 피아노 선생님이 그러셨는데 대회장에 가면 사람들이 엄청 많다던데. 내가 거의 첫 번째로 시작해서 사람들이 더 많데. 음, 사람 많은 데서 피아노 치는 건 처음이라……."

"예정아, 네가 가장 좋아하는 음식이 뭐야?"

'엄마가 자주 해주시는 된장국, 김치찌개, 갈비탕…… 이건 아냐.'

밭에서 재배하던 과일들이 눈앞에 어른거렸다. 딸기, 참외, 복숭아……

"수박!"

"수박? 그래 좋아. 수박도 많은 게 좋지? 대회장에 있는 사람들이 이제부터 수박이야. 수박이라고 생각해. 한입 베어 물면 달콤한 수박!"

"와! 그거 좋은데! 참, 피아노 요정아, 너도 대회에 날 응원해 주러 올 거니?"

"그럼! 네가 날 생각한다면 난 항상 네 마음속에 존재하고 있을 거야."

요정의 목소리가 희미하게 사라져갔다.

"예정아! 아빠랑 오빠 솔이도 왔다! 점심 먹자."

엄마의 목소리가 방문 너머 들려왔다. 어디론가 사라졌던 책상, 의자, 옷걸이 등이 돌아왔다.

"네~"

'내가 졸았나?'

피아노 의자에서 일어서 방문을 열었다. 벌써 밥상 주위에 식구들이 둘러 앉아 식사를 하고 있었다.

싱싱한 오이 냉채에 얼음이 동동 떴다.

얼음을 건져서 씹었다. 와작 소리가 난다. 요정이 생각난다.

'어떤 소리도 내 귀를 피하진 못해.'

피아노 요정의 말을 되뇌며 살며시 미소를 지어본다. '이 얼음 깨지는 소리도 녀석에게 체포됐을까?'

2

2006년 7월 21일

두 번째 대화/참 밝은 어떤 것이 나를 비춘 날

피아노 대회 날이다. 나는 피아노를 무척 좋아한다. 피아노도 나를 좋아하는 것 같다. 왜냐하면 내가 연주를 할 때는 더 예쁜 소리를 내기 때문이다. 원래는 이런 생각을 하며 피아노를 친다. 하지만 오늘은 달랐다. 난 내 차례가 되자 연주를 시작했다. 연주를 하며 색다른 느낌을 경험했다. 환한 빛 한 줄기가 나를 주시하고 있었다. 포근한 눈으로.

"째깍 째깍 똑딱"

시계가 막 5시 40분을 지나고 있었다. 꽃무늬 이불을 걷어차고 벌떡 일어났다. 몸이 더 쉬고 싶다고 아우성치는 것에서 등을 돌린 채 세면대로 향하였다. 거울을 보자 잠에서 덜 깬 푸시시한 나의 얼굴이 비춰졌다. 세면대에 물을 받아 이마부터 턱 밑까지 꼼꼼히 씻었다. 얼굴을 다시 물로 헹구고 깨끗이 닦자 흰 건반 같은 내 모습이 비췄다. 수건 왼편에 있는 조그마한 휴대용 빗으로 머리를 빗어 내렸다. 더 단정해진 느낌이다.

아침부터 일찍 일어나 분주하게 움직였다. 오늘은 나에게 아주 의미있는 날이다. 오늘 7시 30분부터 인근 도시에서 '산한로'가 주최하는 제 5회 피아노 콩쿠르가 열리는데 그 콩쿠르의 14번째 학생으로 참여하게 되었다. 내 인생에서 첫 번째로 참여해보는 콩쿠르이다. 긴장감으로 손에서 냉기가 돌기도 하고 한편으로는 대회에 대한 궁금증과 설렘으로 가슴이 두근거리기도 하다.

"땡!"

심사위원이 친 마침종이 대기석 사이의 공기를 갈랐다. 013번의 이름표를 단 한 아이가 피아노 의자에서 일어섰다. 입가에 웃음을 한껏 띠고 심사위원들을 향해 인사를 하며 발걸음을 무대 아래로 옮기고 있었다. 참 가뿐해 보이는 표정이어서 내심 부럽기도 하였다.

"014번 학생."

묵직한 목소리가 내 귀를 훑었다. 천천히 대기석에서 일어났다. 드디어 그 순간이 온 것이다. 발끝에서 머리끝까지 마구 요동을 쳤다.

피아노를 향해 또박또박 걷는 소리가 피아노 요정을 떠올리게 했다.

무대 한가운데에 있는 피아노 의자에 앉았다. 처음 앉아본 그랜드 피아노 의자는 폭신한 느낌을 주었다.

'너무 긴장하지 마. 그냥 신나게 놀다 와.'

'수박도 많은 게 좋지? 대회장에 있는 사람들이 이제부터 수박이야.'

피아노 요정이 생각나자 마음이 놓였다. 피식 웃음이 나왔다. 팔딱팔딱 뛰는 심장을 굳게 잡았다. 시작하기 전에 마지막으로 피아노 요정을 불러보았다.

'피아노 요정아, 넌 내 안에 있니?'

손을 '높은 미' 건반 위에 올렸다. 조명이 손가락을 비추어 마치 햇살이 들어오는 안방에 있는 것 같았다. 빛이 주는 편안한 기운이 몸으로 퍼지고 있었다. 몸이 너무 가벼워져 하늘 높이 부상하고 있는 느낌이 들었다.

"띵띠리딩~!"

그래 이 소리야. 한 줄기 바람이 피아노와 나를 데리고 어디론가 갔다. 푸른 들판을 지나고 높은 산 사이를 거쳐서 순식간에 나를 밭으로 옮겨주었다. 오선 같은 줄무늬를 차려입은 수박들이 가득한 밭에서 경쾌한 멜로디가 울려 퍼졌다. 저 멀리서 옥수수나무 몇 그루가 보였다. 참 편안해 보였다. 그래 아이를 업어 재우는 여인 같은 편안함. 아이는 금방 잠이 들었나? 황금색 빛 한줄기가 나타나더니 다양한 음표가 되어 날아다닌다.

"땡!"

그 순간 심사위원이 마침종을 쳤다. 눈이 떠지면서 여러 개의 건반들이 시야에 들어왔다. 고개를 돌려 오른 편을 보자 수박은 온데간데 사라지고 없었고, 색색으로 물든 옷들이 암흑 속에서 서서히 보이기 시작했다. 저 뒤에 대회장 입구가 보였다. 자리에서 천천히 일어섰다. 한 걸음 한 걸음 무대로 내려왔다.

'휴~'

안도인지 아쉬움인지 모를 깊은 한숨을 내쉬었다. 고개를 돌려 무대를 바라보았다. 무대에는 벌써 다음 참가자가 중앙으로 걸어 나오고 있었다.

'피아노 요정아, 나 잘 했니?'

가슴 한 구석에 자리를 마련하고 요정을 기다려본다.

며칠 뒤 우리 아파트 벽면과 '새소리 음악 학원' 문 앞에 대문짝만한 내 이름이 적힌 현수막이 걸렸다. 차를 타고 나갈 때마다 내 이름이 보였다. 자랑스러웠다. 나를 온 세상에 알리는 듯해서 기분이 참 좋았다. 엄마 말씀에 의하면 유치원생에게 대상을 준 유래가 없어서 즉석에서 상을 만들어서 수여했다고 하셨다. 그 날 나는 대상에 해당하는 상금을 받았다. 참 수고했다고 어머니께서 밭에 가서 솥뚜껑에 고기를 구워 주셨는데 입에서 살살 녹는다는 말이 생각났다.

3

2006년 12월 23일

오빠와 추억 쌓기/흐리다

엄마가 사 오신 새 한복을 입어보았다. 핑크색 저고리에 핑크색 치마. 핑크로 깔맞춤한 새 한복은 정말 예뻤다. 동생 솔이도 내 한복이 예뻐 보였는지 줄줄 끌고 다녀서 꿀밤을 한 대 줬다.

오늘은 할머니, 할아버지들이 계시는 요양원에서 공연을 하게 되었다. 예쁜 한복을 입고 할머니, 할아버지 앞에서 나비보다 가볍게 춤을 출 것이다. 후! 사람들이 내 손 끝 하나하나에 박수를 치며 즐거워하겠지?

익숙해질 만도 한데 오빠는 공연 때마다 엄마를 힘들게 했다. 한복이 불편하다는 둥, 누가 초대를 허락했냐는 둥, 분명히 본인이 하겠다는 의사를 밝혔음에도 늘 일어나는 실랑이다. 오늘은 효심 요양원에서 공연을 하는 날이다. 크리스마스가 다가오고, 할머니 한 분이 생신을 맞이하여 오빠랑 내가 또 초청된 것이다.

오빠랑 달리 나는 공연을 즐긴다. 사람들 앞에서 춤을 추면 행복하다. 그 순간만은 모두가 나를 본다. 내게 집중한다. 나는 최선을 다해 나를 표현한다. 때론 빠르게 때론 우아하게 오빠보다는 확실히 사람들은 나에 관심이 많다. 다들 한마디씩 한다. 저런 딸 하나 갖고 싶다, 쟤네 엄마는 좋겠다. 아! 칭찬은 아무리 들어도 넘치는 법이 없다.

오빠가 화를 내든 말든 공연은 시작됐다. 오빠는 언제 그랬냐는 듯 건강한 얼굴로 돌아와 있다. 프로그램은 즉석에서 오빠가 짠다. 나는 어떤 노래가 나와도 상관없다. 그냥 몸이 알아서 한다. 느린 곡조에는 느린 동작이 빠른 노래에는 휘휘 돌아서 치마폭이 얼굴에 닿을 듯 풍성하게. 항상 테이프가 풀리듯이 자연스러운 동작이 준비되어 있다.

"어기야 디어차 어기야 디야 어기여차 뱃놀이 가잔다아"

'뱃노래' 다. 조금 있으면 '자진 뱃노래'가 나오겠다. 그러면 박자가 더 빨라진다. 이쯤에서 숨을 한 번 고르고 보드라운 미소도 잃지 말고 그렇지 얼쑤 신난다.

죽음에 가까운 분들의 얼굴은 저렇게 검구나. 어떤 할머니는 참 무섭게 생겼고 어떤 분은 나이만 든 아이 같다. 나는 어떤 분이라도 상관없다. 조금만 지나면 다 같아진다. 모두 웃는 얼굴이 된다. 사실 할머니들은 얼굴만 보면 웃으시는지 우시는지 모르겠지만 나는 그냥 웃으신다 하고 편하게 생각한다.

오빠 노래가 '청춘가'로 접어들 즈음 나는 사뿐히 할머니들이 계시는 곳으로 날아들었다. 완벽히 나비처럼. 오늘은 처음 세상에 태어난 분홍나비를 보실 거다. 분홍나비는 어른 한 분 한 분 손 등에 내려앉아서,

"건강하게 오래오래 사세요."

하고 날아간다. 어떤 할머니 한 분이 나를 붙잡고 놓지를 않는다. 앞에 마련된 떡이랑 과자를 계속 입에 넣어주신다. 입이 터질 것 같은 얼굴로 어색한 웃음을 드리고 겨우 빠져나와 다른 어른에게로 간다. 또 다른 분은 연신 내 얼굴에 뽀뽀를 해댄다. 카메라맨이 테이블 위로 올라가 사진

을 찍어대는 모습이 기분 나쁘지 않았다. 아니 표정 관리에도 신경을 써야지.

오빠 노래는 '남봉가'를 지나고 있다. 어른들이 배꼽을 잡고 웃어댄다. 사실 나는 무슨 말인지 전혀 모르는데 오빠는 대단하다. 저렇게 어려운 말을 술술 잘도 한다. 거미가 거미줄을 내뿜듯 자연스럽게. 특히 장기타령이나 '회심가'는 영어보다 어려운 말 뿐이고 가사는 또 얼마나 긴지. 언젠가 오빠에게 그게 무슨 말인지 아느냐고 물었더니 오빠도 웃으며,

"하나도 모르지, 그래도 뭐 착하게 살면 좋다 그런 거겠지 뭐."
했다. 암튼 오빠는 누구나 알아주는 천재다. 한번 들으면 절대로 잊어버리지 않는다고 국악 선생님께서 칭찬이 늘어졌다. 나는 참 오빠가 부럽다. 또 자랑스럽기도 하다.

이제 공연은 막바지다. 나도 급하게 내 자리로 돌아가야 한다. 오빠 오른쪽에 서서 다소곳이 인사를 하면 끝이다. 여기저기서 잡아당기는 할머니 할아버지의 손을 비끼고 겨우 내 자리로 돌아왔다. 휴…… 숨이 차다. 힐끗 창밖을 보았다. 눈이다. 보통 눈이 아니다. 흰색 도화지다. 펄펄 날리는 도화지!

"이상으로 저희 공연을 모두…… 눈이 오네. 눈이 오네. 연평 하늘에 어얼싸 흰 눈이 오네, 얼싸 좋네, 아 좋네."

순식간에 벌어진 일이다. 잦아들던 호흡이 급해진다. 오빠가 눈을 본 것이다. 박수 소리가 북소리 같다. 춤을 추는 어른들이 하나 둘 앞으로 나오고 무대는 금세 파티장이 되었다. 침대에 누워서 또는 휠체어에 앉아서 공연을 보시던 모든 어른들의 어깨가 하늘로 올라갔다. 마치 날개가 달린 듯 가볍게. 내가 똑똑히 지켜봤다. 오빠의 목소리는 그 어느 때보다 힘찼고, 나는 따뜻한 샘물이 가슴 깊은 곳에서 자꾸 솟아오르는 걸

느꼈다. 퐁 퐁퐁.

　멀리서 솔이를 안고 있는 엄마가 연신 눈을 부비고 있었다.

　"만수무강 하세요."

　오빠가 작게 시켰다. 하나 둘 셋 하면 큰 절을 드리며 그렇게 말하라고.

　'만수무강? 만수무강은 무슨 강이지? 그리고 이 시간에 강은 왜?'

　요즘 오빠는 한참 세계 지리에 빠져 있다. 어느 나라에 무슨 산맥, 무슨 탑, 무슨 강. 아무튼 이상한 인사다.

4

2007년 8월 9일

새로운 놀이

"삐~"

"안녕하십니까? 지금부터 제 3회 고모 고사의 문제를 들려드리겠습니다."

엄마가 사주신 녹음기의 첫 번째 버튼을 누르고 말을 하면 그 내용이 고스란히 카세트 CD에 저장이 된다. 녹음이 저장된 CD를 고모에게 보내면 오늘 할 일은 끝.

요즘 오빠랑 나는 한창 바빠졌다. 새로운 놀이를 발견했기 때문이다. 일명 '고모 놀이'인데 원주에 살고 있는 고모에게 매일 편지를 보내는 일이다. 고모는 한의사다. 제법 똑똑하다는 뜻이다. 그래서 고모에게 보내는 편지에 적을 내용 때문에 머리가 지끈지끈 아프다. 편지에는 항상 '고모 고사'를 동봉한다. 매번 보내는 시험지를 고모가 체크하고 다시 우리에게 보내면 오빠랑 나는 신중히 점수를 준다. 성적표를 만들어 칭찬도 해주고, 때론 이렇게밖에 못하냐고 꾸중도 아끼지 않는다.

하지만 고모 고사를 출제하는 목표는 무조건 고모를 골탕 먹이거나 필요한 장난감을 얻어내는 수단에 불과하다.

'이번 문제를 못 맞추시면 마법천자문 두 권을 사주셔야 합니다.'

'다음 문제는 세 살짜리 아이도 푸는 문제이니 해당 어른은 이 문제를 1초 만에 푸셔야 하며, 만약 1초를 넘길시 이틀 동안 세수를 금하시기 바랍니다.'

'자를 사용하지 않고 똑바로 50센티를 종이 위에 그리시오.'

'점선을 따라 그리시고 나타난 글자를 크게 읽어보시오.'

점선을 따라 그리면 '고모 바보'가 나타난다. 오빠랑 나는 하루 종일 킥킥대며 문제 내기에 열을 올렸다.

그러던 중 어머니께서 조그만 녹음기를 사 주셨는데 아주 멋진 장난감이다. 고모 고사를 직접 녹음해서 소포로 보내기로 한 것이다. 우리는 번갈아가며 녹음을 했다. 가끔은 음악 시간이라는 타이틀과 함께 내가 직접 피아노를 치고 노래를 배우게 하는 이벤트도 넣었다.

"고모 학생께서는 머리가 아플 것이므로 잠시 쉬어가는 시간을 갖도록 하겠습니다."

편지를 보내고 나면 어김없이 답장이 왔다. 성실히 치른 '고모 고사' 답안이 도착하면 오빠와 나는 또 한 번 소동이 벌어진다. 어쨌든 점수를 짜게 줘서 빵점을 만드는 것이 우리의 궁극적인 목표니까. 고모는 매 번 우리의 함정에 걸려든다. 우리는 쾌감을 느끼고 고모는 늘 벌을 선다.

지금 생각해보면 한의원을 개원한 지 얼마 되지 않아서 무척 바빴을 텐데 어떻게 그렇게 싫은 내색 한 번 없었는지 알 수가 없다.

언젠가부터 고모 고사 답안이 더디게 도착하기 시작했다. 오빠와 나는 시간을 정해 주고 기한 내에 도착하지 않은 답안은 영점 처리하겠다는 엄포를 놓았지만 소용없었다. 그런 일이 잦아지자 우리는 '고모 고사' 놀이가 시들해져서 책 쓰기 놀이를 시작했다.

일명 가장 시리즈

'세상에서 가장 신기한 책'

'세상에서 가장 긴 책'

'세상에서 가장 재미있는 책' 등.

A4용지를 반으로 접어서 자르고 쭉 붙여나가면서 글을 쓰거나 그림을 그리면 하루가 금방이다. 어머니께서 아예 종이를 박스로 사다주셨고, 전지, 노루지, 색지, 골판지, A3, B4, B5…… 종이란 종이는 다 구비해 주셨다.

'세상에서 가장 넓은 책'을 쓸 때는 거실 바닥을 온통 종이로 덮어두고 집안일을 하시러 다니는 어머니께 깨알 같은 잔소리를 늘어놓기도 했다. 엄마 때문에 다 버렸다는 둥, 엄마 때문에 기억이 안 난다는 둥.

그 당시 우리는 한창 '납작이가 된 스텐리' 등 스텐리 시리즈에 빠져서 우리도 그렇게 재미난 이야기를 쓰고 싶어서 책 쓰기를 시작한 것도 같다. 그 이후 '엘리자물자'와 같은 그림책도 여러 권 시도했고 '정시와 아내'라는 바보 남편과 똑똑한 아내에 관한 이야기를 오빠랑 릴레이 방식으로 써서 어느 부분이 가장 재미있는지 골라내서 등수를 매기곤 했다.

그러던 어느 날 학교에서 돌아오니 고모가 와 있다. 우리들의 착한 학생 고모다. 하지만 오늘은 분위기가 좀 다르다. 아빠 앞에 쭈구리고 앉아 있는 고모 모습이 영 불쌍하다. 빨리 데리고 내 방으로 들어가고 싶은데 숨소리조차 낼 수 없다.

"언제부터야?"

"내 뜻대로 하게 해줘, 오빠. 응?"

"안 돼! 직업도 없는 놈이 어디라고!"

"우리 잘 살게."

고모가 결혼을 하나?

할아버지 할머니가 일찍 돌아가셔서 아빠가 고모 뒷바라지를 했다. 대학 7년에 전문의 3년까지. 아빠는 이제 한시름 놓으려나 했는데 느닷없이 이 놈팽이와 연애질을 해서 신세를 망친다고 고래고래 소리를 질러댔다.

"뭐가 아쉬워서 응? 뭐가 급해서 천하에 날도둑놈하고 살림을 차려?"

옆에 있던 물 주전자가 고모 머리로 날아가고,

"텅"

둔탁한 소리가 계속 귓가에 맴을 돈다.

"아프지?"

내가 얼른 달려가 고모 머리를 감쌌다. 삐질삐질 피가 난다.

고모는 그렇게 집을 나갔고 연락이 되질 않았다. 나는 고모가 보고 싶었다. 참을 수 없을 만큼 많이. 참 착한 고모인데, 우리의 모든 것이 다 허락되는 유일한 사람인데 어쩌다가 아빠 말을 듣지 않아서 집에 오지 못하는 걸까? 나는 말을 잘 들어야겠다고 생각했다.

그 해 가을 나는 알 수 없이 우울해졌고 말을 하기가 싫어졌다. 이유 없이 어른들이 싫고 눈물이 자주 났다. 이불을 뒤집어쓰고 아무리 울어도 속이 시원해지지가 않았다. 늘 안개가 가슴에 붙어서 어디든 답답하다. 엄마에게 안개 얘기를 했다.

며칠 뒤 엄마는 대구에 있는 청소년 상담 센터에 나를 데리고 갔다. 대학 교수라고 자신을 소개하면서 그림을 그려 보라고 했다. 가족, 나무, 집 등등. 그림을 찬찬히 훑어보던 교수님은 소아우울증인 것 같다고, 고모에 대한 그리움이 병이 된 것 같다고 설명하셨다. 그럼 뭐해. 해결책은 없는 걸. 몇 번 상담을 받았지만 별 차도는 없었다.

그러다 나는 폐렴을 앓게 되어 온 종일 집안에 박혀 있었다. 덕분에 피아노와 함께하는 시간이 늘어났다. 내가 피아노를 치면 피아노 요정은 어김없이 날 찾아온다. 찾아온 피아노 요정이 심심하지 않게 난 재잘재잘 수다를 떨었다. 피아노 요정은 내 말을 잘 들어주었고 가끔씩 조언도 해주었다.

피아노 요정과 친근해지자 피아노 요정에게 고민이나 걱정거리들을 털어놓기도 했다. 물론 그 속에 고모 이야기도 포함되어 있었다. 피아노 요정과 이야기를 나누며 마음을 치유한 덕분일까? 폐렴은 서서히 완치되었다. 고모도 내 마음에서 멀어지기 시작했다. 텅 비어버린 고모 자리에는 좀 더 단단해진 내가 자리잡았다. 사람은 누구나 다 혼자이다.

어린이날, 엄마는 특별한 이벤트를 준비하셨다. 자전거로 우리 도시를 한 바퀴 도는 일이다. 며칠 전 중고 자전거방에서 큼직한 시장바구니가 달린 엄마 자전거도 미리 마련해 두셨다.

모자 쓰고 썬크림 바르고, 물병도 준비하고, 오빠는 벌써 자전거를 타고 아파트 주위를 빙빙 돌며 속도를 조절 중이다. 문제는 나다. 아무리 밟아도 속도가 나지 않는다. 불 같은 오빠의 천대가 이만저만이 아니다. 아파트 앞은 내리막이어서 그냥 신났다. 하지만 내리막이 있으면 오르막이 반드시 있는 법. 차를 타고 수백 번도 더 오르내리던 길이건만 여기가 오르막이었나? 평지 같아 보이는 길도 여지없이 오르내림이 있다는 게 참 신기하다. 아니 자전거가 너무너무 민감해서 야속하기까지 하다. 아무튼 새롭게 길을 알아가는 느낌. 참 묘하다.

오르막 한 줄기를 겨우 올라서니 길가에 설치된 운동 기구 위에서 오빠는 꼴사납게 엉덩이를 흔들어댄다. 힘이 남아 도나보네. 나를 보더니 못마땅한 듯 휙 가버린다.

'좀 더 쉬고 같이 가지. 배려라고는 약에 쓰려고 해도 없네.'

평소 엄마가 쓰던 말투를 따라 해 본다.

엄마는 연신 싱글벙글이다. 다 키웠다는 둥 의지가 대단하다는 둥. 칭찬이 늘어지셨다. 그래, 엄마 덕에 내가 좀 숨을 쉰다. 두 발 자전거 배운 지도 얼마 안 됐는데 우리 시를 외곽으로 한 바퀴 돌아보자는 엄마 제안을 받아들였을 때 엄마는 반신반의 하시는 눈치였다. 좀 가다가 못 가겠다고 떼를 쓰면 어쩌나 하는 걱정에 미리 양념을 바르시는 건가? 아니야, 내가 생각해도 내가 참 대단하다는 생각이 드는데 엄마야 오죽하시겠어?

오빠는 하마 안 보인다. 서둘러야겠다. 햇살도 서서히 달라 오르고……

"예전에는 5월이면 가장 활동하기 좋았다는데 요즘은 어찌된 판인지 초반부터 찐다, 쩌. 서두르자. 점심 때쯤 도서관까지는 가야지."

도서관 야외 벤치에서 컵라면을 먹을 생각이다. 내가 자전거 투어를 따라나선 이유이다. 엄마는 평소에는 절대로 라면을 주시지 않는다. 그것도 컵라면이라면 기절을 하신다. 어쩌다 내가 너무 아파서,

"너 먹고 싶은 거 없나?" 하시면. 이때다.

"컵라면은 먹을 수 있을 것 같아." 하고 작게 말한다. 일부러 그런 게 아니다. 정말 아무것도 못 먹고 있다가 기운이 하나도 없을 때 컵라면 하나가 머리위에 동동 떠오른다.

엄마는 얼른 컵라면을 사 오셔서 그릇에 붓고 뜨거운 물로 한번 씻어 낸 다음 스프를 조금 넣고 끓여 주신다. 그러면 목구멍이 살짝 열리면서 쪼르르 면발이 들어간다. 그 어떤 음식이 들어 와도 철커덕 잠겨 있던 목구멍이 참 신기하다.

생각만 해도 꿀꺽 침이 넘어간다. 신나게 페달을 밟으며 바람을 느낀다. 나뭇잎들이 제법 많이 자랐다. 꽃들은 약속이라도 한 듯 같이 핀다. 라일락, 연산홍, 밥꽃……

"불도화는 밥그릇에 수북이 밥을 담아 놓은 것 같아 밥꽃이라고도 하지. 옛날에는 먹을 게 하도 없어서 사람들이 눈으로라도 배불리 먹게 배려하는 마음이 느껴지지? 우째 사람보다 낫다, 꽃이."

엄마는 항상 전원주택에 살면 꽃밭에 심을 나무를 외우곤 한다. 일 번이 저 불도화다. 그리고 라일락, 용담. 그래 용담이랑 도라지, 맥문동, 장미, 백일홍 요즘은 또 하나 늘었다. 부용이다. 그 꽃이 그리 연하고 시원하다나?

숨이 턱까지 왔다. 저만치 엄마랑 오빠가 물을 나누고 있다. 이제 강둑을 따라 쭉 올라가면 도서관이 있다. 해는 머리 위로 이동하고, 약간의 어지름증이 찾아왔다.

철퍼덕 자전거를 세울 요량이었는데 휙 쓰러지고 말았다. 이런! 조 오빠 녀석 웃는 꼴 좀 봐 정말 짜증난다니까. 툴툴 털고 일어났지만 무릎 옆으로 뭐가 흐른다. 넘어지며 페달에 긁혔나보다.

"에고, 결국 피를 봤네."

약 바르고 치료하느라 한동안 쉬었더니 더 가기가 싫다. 다리도 당기고.

이제 슬슬 자전거도 귀찮고 졸리다. 물가에 놀고 있는 새는 좋겠다. 저기 보이는 도서관까지 한 날개짓이면 금방 가겠다.

"휴우~~~"

도서관 벤치가 참 편안하다. 컵라면 하나 가지고는 간에 기별도 안 가겠다. 아껴 먹어야지. 마지막 한 방울까지 쪽 빨아 먹다 하늘을 봤다. 구름이 몰려드는 것 같네. 하늘 한 쪽은 좀 흐리다. 돌아가는 길에는 덜 덥겠다.

오는 길은 어떻게 왔는지 잘 모르겠다. 시내 북쪽 경찰서 앞을 지날 때부턴가 비가 내리기 시작했고 집 근처 학교부터는 오빠가 자전거 두 대를 다 끌고 나는 이죽이죽 따라 왔던 것 같다. 온몸이 물에 불린 고사리 같아서 산속 냄새가 나는 것 같기도 했다. 암튼 며칠을 앓아누웠고 덕분에 컵라면 잔치를 했다.

5

2010년 12월 15일

나와 요정 사이에 무슨 일이 벌어진 걸까? 언젠가부터 피아노 요정과 연락이 끊기기 시작했다. 그 때문일까? 며칠 뒤 있을 대회가 이제 바로 코앞인데 연습도 잘 안 되고 시간만 때우게 된다. 요즘 들어 자주 나에게 실망한다.

유치원생 때 피아노 대회에서 큰 상을 받은 이후로 나는 대회에 재미를 붙여서 여러 차례 대회에 참여했다. 물론 대부분 좋은 상을 휩쓸어서 피아노 학원계에서는 웬만큼 이름이 알려진 상태였다. 가끔씩 좋은 피아노 학원이 어디냐는 조언을 구하는 전화가 걸려오기라도 하면 엄마는 괜히 흥분하시는 듯했다.

"글쎄 태교가 효과가 있나 봐요. 얘 가졌을 때 제가 피아노를 배웠거든요. 비록 바이엘이지만 낳기 전 날까지 피아노를 쳤지 뭡니까, 호호호."

나도 좀 자만한 것 같다. 그냥 대충 연습하면 좋은 상을 받았으니 그것이 화근이 된 것이다. 2학년 때 '세계의 모든 음악'에서는 예선에서 탈락하는 이변이 일어난 것이다.

평소 별 잔소리가 없는 엄마도 그 대회 연습 때는 잔소리를 꽤 하셨다. 아무래도 뭔가 건방진 태도를 읽으신 것 같다. 그날 밤 엄마는 '피아노의 숲' 이라는 영화를 보여주셨다. 주인공 '카이' 가 어떻게 피아노와 교감 하는지 그 아이에게 피아노는 무엇인지. 신선한 충격으로 다가왔다. 나에게 피아노는 상을 타기 위한 수단에 지나지 않았던 것이다. 아무런 생각 없이 요즘 말로 영혼 없이. 그래 선생님 말씀대로 타고난 약간의 재주를 가지고 장난을 치고 있었던 것이다. 부끄럽고 창피한 시간이 흘러 갔다.

'다시 시작해야겠어.'

3학년 대회에서 나는 당당히 대상을 차지했다. 이제 대상에게 주어지는 특권인 전국 대회에 참가하기 위한 준비를 해야 한다. 전국 대회는 12월 중순 경에 서울 예고에서 치러진다.

'세계의 모든 음악' 대상 수상으로 음악잡지에 조그마한 내 사진과 수상소감도 실렸다. 사진이 영 아니다. 두 갈래로 땋아 내린 머리가 너무 센 아이 같아서 기분이 나쁘다. 아무튼 전국 대회는 기대된다. 열심히 연습해서 정말 좋은 결과를 갖고 싶다.

연습도 막바지다. 대회가 있을 때는 줄기차게 한 곡만 쳐야 한다. 다른 아이가 치는 걸 듣지도 말아야 한다. 감을 잃는단다. 말이 연습이지 한곡을 일 년 내내 친다는 건 고문 이상이다. 아무리 좋아했던 곡이라도 신물이 나기 마련이다.

사지가 가렵고 꽁꽁 묶인 듯한 느낌이 들 때가 있다. 왜 이 짓을 하는지 다들 미친 건 아닌지 별의별 잡념을 손끝으로 물리치는 작업. 그래서 내가 뽑아낼 수 있는 극한의 소리를 자아올리는 것. 뭐 연습은 그런 걸

목표로 바보처럼 똑같이 하루하루 진행된다.

대회 날. 눈이 내린다. 며칠 전에 내린 눈도 덜 녹아서 길이 미끄러운데 또 내린다. 까만 드레스를 입고 단장을 하고 우리 식구들은 새벽 기차를 탔다. 혹시 서울 시내에서 길이 막힐 수도 있기에 서둘러 출발해야 한다.

드레스 위에 코트를 입었지만 추위가 매섭다. 본능적으로 손을 푼다. 손의 컨디션에 따라 소리가 다르다. 나는 다른 아이보다 손가락에 힘이 없어서 비트가 강한 곡은 소화할 수 없다. 대신 잔잔하고 감수성이 녹아 있는 곡은 잘 맞는다. 선생님께서 늘 말씀하셨다. 조용한 곡을 소화시키는 사람이 진정한 연주자라고. 표현이 풍부해야 하나 헤프지 않게, 조용하나 야물게. 무엇을 표현할 것인지 정확한 얘기를 가지고 연주해야 한다고.

긴장은 되지만 설레기도 하다. 가족 나들이같이 느껴져서 한결 좋다. 그러고 보면 우리 가족은 별다른 여행을 하지 못하고 이런 식으로 동행 겸 여행을 한다. 아빠가 시험을 치거나 오빠가 과학 관련 대회에 가거나 하면 우리는 슬쩍 이벤트를 하나 넣고 행사가 끝나면 같이 즐긴다. 이번에도 대회 다음에 63빌딩에 가 보기로 했다. 암튼 결과가 좋아야 할 텐데……

서울 예고로 가는 길은 예상보다 막혔다. 오후에 내 순서가 있는데 미리 점심을 좀 먹고 교내 연습실에서 손도 좀 풀어야 하는데 눈발은 슬슬 날리고 차는 막히고 나는 속이 조금씩 타들어가는 것 같다. 아니 이렇게 차가 막혀서 대회를 못 갔으면 좋겠다는 생각도 살짝 든다.

이런 저런 생각을 비빔밥처럼 섞어가며 우리는 학교에 도착했다. 학교는 좀 후지다. 건물도 좀 정리가 안 된 것 같고 시설도 좀 그렇고, 어디가 대회장이지? 연습실은 또 왜 안내가 안 됐나? 마침 행인에게 도움을 받아 대회장을 확인했다. 벌써 저학년 대회는 끝나가고 있었다.

급하게 학교 주변 음식점을 찾아 식사를 하러 갔다. 서울 식당이라 그런지 그릇도 깔끔하고 실내도 분위기가 좋다. 음식을 날라 주는 주인장이 우리 말투를 보고 고향이 어디냐고 물어왔다. 여기서부턴 아빠 전공이다. 우리는 어디에서 왔고 무엇 하러 왔는데 주인장 고향은 어디며 어쩌다 이런 일을 하게 됐는지 취조가 시작됐다. 결국 우리는 아빠를 식당에 남겨두고 대회장으로 갔다.

대회장에 도착해 보니 놀랍게도 고향 언니가 있었다. 다른 학원에서 수강하는 언니로 그 이름이 워낙 자자해서 나도 들은 바 있었다. 얼마나 반가운지 콩콩 뛰었다. 우리는 그 뒤로 친한 사이가 되었다.

연습실은 이미 만원이다. 복도에서 대기하는데 뭔가 수상했다. 안에 있는 학생들 옆에 선생님이 모두 따라 와서 막바지 레슨을 하고 있었다. 앞에서 기다리던 어떤 언니 엄마가 어느 교수에게 배우는 학생이냐고 물어왔다.

"저 교수님은 아니고 학원에서…… 열심히……."

"그래요? 대단한 아이네."

뭔가 크게 잘못 됐음을 알게 되었다. 나중에 들은 얘기지만 본 대회에 출전하는 학생들은 거의가 대학교수님에게 개인 수업을 받고 있단다. 심지어는 그날 심사위원으로 나오신 교수님의 제자도 있다는 소문이 있다고…….

아무튼 촌놈이라는 단어가 생생하게 떠올랐다. 슬쩍슬쩍 연습을 게을리 하면서 시간만 때우던 일도 많았고, 손가락에 강한 긴장감이 슬슬 잡힌다.

'그냥 경험 삼아서 한 번 출전해 봤어요.'

엄마 말투에 힘이 빠진다.

드디어 내 차례가 다가왔다. 이왕 이리 된 거 그냥 신나게 두드리고나 가자는 생각에 무대에로 발걸음을 옮겼다. 하지만 맘은 생각대로 잘 되지 않았다.

'……뭐 박자가 약간 불규칙 했고 음이 몇 개 빠진 것 빼곤 괜찮았어. 생각보다 잘 쳤어. 그럴 거야……'

대회를 마치고 애써 초조한 생각들을 툴툴 털어버린다.

놀랍게도 예선은 무난히 통과했다. 일주일 뒤 본선이 있을 예정이다.

같이 간 언니도 예선 통과. 그 언니야 당연하지만 나는 운이 참 좋았던 것 같다.

예선만큼만 쳤어도 괜찮았다. 어찌된 일인지 본선에서 나는 완전히 무너졌다. 감을 잃고 박자도, 음감도 모두 살리지 못하고 입상권에 들지 못했다.

나중에 피아노 선생님께 녹음한 연주를 들려드렸더니 입을 딱 벌리셨다. 지금까지 연주 중에 최악이라고.

꼴좋게 미역국을 먹고 어둑어둑해지는 학교를 빠져 나오는데 주르륵 알 수 없는 눈물 한 줄기가 뜨겁게 내 볼을 타고 흘러내렸다.

피아노 요정…… 요정이 생각난다. 언제부터 연락이 끊겼을까?

6

2011년 3월 10일

봄 햇살에 알맞지 않는 기분/나린이의 말

아침에 눈을 뜨자 해가 중천에 떠 있었다. 한동안 추위와 함께해서 그
런지 햇살이 반갑게 느껴진다. 하지만 오늘은 봄 햇살에 알맞지 않는 기
분을 느꼈다. 학교 쉬는 시간에 나린이를 만났다. 나린이가 한 말이 집에
돌아온 나의 뇌리를 스친다. 그 말 몇 마디가 내 머리를 붙잡고 늘어진
다. 머릿속에서 확 사라졌으면 좋겠다고 생각되는 그런 말이다.

"헉헉……."

2년 동안 1, 2층만 오가다 돌덩이 같은 가방을 메고 5층을 왔다 갔다
하니 죽을 맛이다.

'무슨 계단 하나가 산도 아니고 왜 이렇게 높아. 학교에선 꼭 이렇게까
지 지어야 돼?'

4층부터 다리에 힘이 풀리고 숨이 턱턱 막히기 시작했다. 저만치 4학
년 3반 교실이 보였다. 힘이 풀릴 대로 풀린 다리를 질질 끌고 올라온 나
로선 교실이 무척 반가웠다. 5층에 도착하자마자 한걸음에 달려가 교실

문을 활짝 열었다. 8시 15분. 이 정도면 적당히 도착한 것이다. 가방을 내려놓고 사회 교과서를 챙겨들었다. 창가쪽 3번째 오른쪽 자리에 책과 준비물을 올려놓았다.

시간은 빠르게 지나가고 벌써 2교시가 끝났다. 쉬는 시간이라는 것을 아주 티내는 것처럼 우르르 아이들이 교실 밖으로 나갔다. 천천히 자리에서 일어났다. 내일 모래 할 반장선거 대사를 외우며 찬찬히 복도를 따라 걷기 시작했다.

"야! 거기!"

누군가가 소리쳤다.

"귀 먹었나?"

뒤에서 작게 궁시렁거리는 소리가 귀에 꽂혔다. 뒤를 돌아보자 나린이가 서 있었다. 눈이 마주쳤다. 유치원 때 같은 반이었던 나린이와는 지금도 그렇고 별로 친하지 않는 사이였다. 사실 인사조차 하지 않았던 아이라 같은 반이 되었는지 그조차도 별 관심을 두지 않았다. 옆에는 이름 모르는 애가 나린이와 팔짱을 끼며 나란히 서 있었다.

"그래, 너. 잠깐 일루 와 봐."

'나?'

순간 멈칫했다.

'나린이가 나를 부를 리가 없을 텐데……'

나린이가 서 있는 곳으로 다가갔다.

"너 최예정 맞지?"

"응…… 그런데?"

"너 반장선거 나갈 거니?"

"응, 근데 그걸 왜 묻지?"

"그거 안 나가주면 안 돼?"

이건 또 무슨 소리일까? 나가지 말라니…… 내가 반장선거에 나가지 말아야 할 특별한 이유라도 있을까?

"왜?"

"왜라니? 그냥……."

대충 얼버무리는 나린이다. 그냥? 내게 말하지 못하는 상황이라도 있는 걸까?

"생각해볼게. 하지만 아마 나갈 것 같아."

말을 끝마치고 가던 길이나 마저 가야겠다고 생각한 나는 몸을 돌렸다.

"아이 씨."

작게 우물거리는 목소리다. 귀 기울여 듣지 않는다면 들리지 않을 정도의 목소리…… 바로 뒤에서…… 뒤를 홱 돌아보았다.

"뭐라구?"

"아무것도 아니야……."

옆을 보니 나린이와 팔짱을 끼고 있던 아이가 나를 바라보며 나린이와 귓속말을 하고 있었다…… 기분이 좋지 않았다. 사람은 남 앞에서 귓속말을 할 때가 가장 기분 나쁘다던데……. 어쨌든 그냥 무시하기로 결심했다. 나린이와 나는 친한 사이도 아니고……. 정말 그냥 무시하고 싶었다.

뜻대로 된다는 말은 거짓말인 것 같다.

"그거 안 나가주면 안 돼?"

"아이 씨."

나린이가 뱉은 두 마디가 내 귓가를 맴돌았다.

7

2011년 5월 9일

지속되는 흐림 가운데서……

반 분위기가 점점 이상해진다. 나를 빼놓고 모두들 똘똘 뭉친 것 같다. 난 점점 친구들과 멀어져 간다. 그러나 아무리 생각해 봐도 이유를 모르겠다. 몸에서 기가 다 빠져나가는 느낌이다. 반장질도 하기 힘들어진다.

나린이와 일이 있는 뒤로 나는 사흘간 열심히 반장선거 때 내세울 공약 등 발표할 대사를 연습했다. 평소에는 좀 코믹한 대사를 써서 아이들을 웃게 만드는 것이 전략이었지만 무슨 일인지 이번 선거는 좀 진지하게 준비해야겠다는 생각이 들었다. 물론 작년 반장선거 때 오빠가 반 아이들을 들었다 났다 했다는 대사를 겨우 받아 놓기는 했지만 그래도 이번에는 좀 진지하게 하지 않으면 후한이 있을 것 같은 막연한 두려움이 일었다.

반장선거 당일, 여러 친구들 앞에서 조심스럽게 준비한 대사로 발표를 했다. 역시 라이벌이라 생각한 지윤이도 후보로 나왔다. 나, 지윤, 나린. 삼파전이다. 지윤이는 인기도 좋고 똑똑하지만 친구들 앞에서 발표를 할 때는 가끔씩 말을 어물거려서 스스로 점수를 깎아 먹곤 한다. 이번에도 그랬다. 나에게 절대 지지 않겠다는 욕심이 너무 과해서 중간에 대사를 까먹고 버벅대다 그냥 내려가 버렸다. 얼굴이 홍시 같아지더니 급기야 고개를 숙이고 우는 것 같다.

나린이는 간단하게 자기 이름만 소개하고 내려갔다. 잘 부탁한다는 말 한마디와 함께. 그런데도 나는 나린이와 1표 차이로 반장에 당선되었다. 정말 아슬아슬 했다. 이렇게 아슬아슬 한 적은 처음이다. 선거 때마다 매번 내가 압도적인 승리를 거두었기 때문에 이런 상황에 별로 익숙하지 않다. 믿기지가 않았다. 마치 패배했다는 불안감마저 들었다. 곰곰이 생각해 보니 뭔가 이상한 점이 있었던 것도 같다. 내가 유세를 하려고 앞으로 나갔을 때 여학생들이 단체로 고개를 숙이고 내 얘기에 집중하지 않았던 것 같다. 심지어 여기저기서 수군대는 소리가 들렸었다. 아주 의도적으로, 약속이라도 한 것처럼 태도가 이상했었던 건 사실이었다.

'남학생 수가 여학생 수보다 좀 많아서 반장이 된 건가? 뭐 그래도 반장이 되었으니 그만 잊어야지. 그럴 수도 있지 뭐.'

스스로 위로하려 애써보지만 찜찜한 느낌은 오랫동안 사라지지 않았다.

며칠 후 교장 선생님의 특별 초청으로 우리 반은 시민회관에서 공연을 보게 되었다. 삼삼오오 짝을 지어서 재잘재잘 이야기하며 시민회관까지 걸어갔다. 나도 같이 갈 친구들을 찾았다. 뭔가 이상했다. 내가 가까이 다가가자 친구들의 얼굴이 나를 경계하는 듯한 모습이었다.

"치 아님 말고"

결국 혼자 걸어가기로 했다.

시민회관에 도착해서 공연을 볼 때도 느낌이 이상했다. 평소와는 달리 나에게 말을 걸어오는 친구가 거의 없었다. 친구들에게 먼저 말을 걸거나 다가간 적이 없었던 나는 자연스럽게 혼자서 공연을 봐야 했다. 바로 앞에 앉은 나린이는 친구들과 쉴 새 없이 웃고 떠들며 재미있어 보였다. 갑자기 시샘이 솟아오르며 나린이가 부럽기도 하였다.

'나린이, 키가 저리 컸었나?'

참 낯선 감정이다. 내 주위에는 언제나 친구들이 많았다. 그래서 외롭다거나 친구들이 많은 아이들이 부럽다거나 그런 생각을 한 번도 해 본 적이 없었다. 그런데 오늘은 혼자라는 느낌이 들었다. 아니 태어날 때부터 그래왔을 것 같은 깊은 외로움이 들자 갑자기 감당할 수 없는 졸음이 밀려왔다.

공연을 보는 둥 마는 둥 하고 밖으로 나오니 선생님께서 기다리고 계셨다.

"반장, 친구들 데리고 버스로 와라. 갈 때는 버스로 학교까지 가서 거기서 헤어진다."

나는 우리 반 친구들에게 다가가서 선생님의 말씀을 전달했다.

"얘들아, 다들 버스로 모여!"

기분도 꾸리하고 해서 좀 분위기를 바꿀 요량으로 목소리를 높였다.

"뭐? 너 지금 반장이라고 우리한테 유세하니? 니가 쌤이라도 돼? 이래라 저래라 명령질이야?"

날카로운 말이 내 귀를 쑤셨다. 수민이다. 평소에 나랑은 별 문제가 없던 친구인데 왜 저러지? 내 목소리가 너무 컸나? 의아한 눈으로 친구들을 둘러보았다. 아이들 가운데 나린이와 눈이 마주쳤다.

'지잉'

저 묘한 눈웃음은 뭐지? '맘대로 해보시지' 분명 그런 시선 같은데. 능글맞게 웃고 있는 나린이를 마주하고 있으니…… 싸하다. 뭔가 잘못되고 있다는 느낌이 확실히 들었다.

"그게 아니라…… 나는 그냥……."

기어들어가는 목소리가 가슴에 걸려서 손수건처럼 펄럭인다.

"너는 반장이 아이들 통솔도 하나 못하고…… 쯧쯧."

선생님 말씀에 아무 말도 못하고 배에서 힘이 훅하고 빠져나가는 느낌을 받았다. 이제부터 하루하루가 엄청 지루하고 길어질 것 같은 예감에 온몸이 액체처럼 녹아내리고 있었다.

8

2011년 7월 11일

영원한 암흑 속

아이들의 눈빛이 싫다. 행동, 말투 전부 다 싫다. 이 상태라면 영원한 암흑이 지속될 것 같다. 끝나지 않을 것 같다. 누군가 이 세상에서 조용히 사라졌으면 좋겠다.

시민회관 공연이 시발점이었나? 나는 아이들과 점차 멀어져가는 듯했다. 아이들이 무서워지기 시작했다. 아이들은 점점 내게 가시같이 따가운 시선을 보내왔고 나린이를 포함한 몇몇 아이들은 혐오스런 눈초리로 나를 살펴보았다. 내가 지나갈 때면 수십 개의 눈이 칼처럼 나를 베는 듯했고 손가락질과 함께 수군거리는 소리까지 들렸다. 영문 모르는 나는 최대한 가소로운 시각으로 무거워진 현실에 맞서려고 하였지만 아이들의 눈빛은 날이 갈수록 점점 견디기가 힘들었다.

그날은 유난히 더 왁자지껄한 소리가 반의 공기를 가득 채웠다. 모두들 나흘 뒤에 갈 야영에 대해 들떠 열정을 불태우며 열심히 논의하고 있었다. 뭘 가지고 오라는 둥 가자는 둥. 커플 티를 사자는 둥, 친구들과 처음 지내는 1박 2일 여행이라 광기 어린 함성, 책상 치는 소리를 아래층에 있는 3학년 아이들은 과연 무슨 소리라고 생각했을까?

"자, 모두들 조용, 조용! 마치는 종이 쳤으니까 쉬는 시간 동안 버스 자리와 방 배정을 해놓도록 해요. 방 배정은 한 방에 5명씩이나 4명씩으로 하고. 그리고 반장!"

"네……."

모든 아이들의 시선이 내게로 집중되었다. 자연스레 힘이 빠져 책상 바닥으로 향하는 눈을 치켜 올리며 간신히 대답했다.

"부반장이랑 상의해서 남는 아이들 없게 잘 배정해라. 결과는 적어서 교무실로 가져오고. 알았지?"

이건 또 뭐람? 어쩌란 말이야? 아이들은 내 말을 듣기나 할까? 그리고 부반장이면 나린이랑?

뱃속에 남은 마지막 기까지 다 빠져나가는 느낌이다.

아니나 다를까. 이미 예상했듯이 아이들은 내게 눈길 한번 주지 않았다. 나린이는 괴물 같은 얼굴로 힐끔힐끔 나를 의식하며 몇몇 아이들을 불러 모아 큰 소리로 보란 듯이 떠들기 시작했다. 교실은 순식간에 아수라장이 되었다

울 수는 없다. 그냥 서 있었다. 아니 그냥 사라지고 싶었다. 잠시 후 나린이는 착한 아이의 얼굴로 돌아와서 교탁으로 올라왔다.

"이제 그만 조용히 하자. 방 배정 해야지."

언제 그랬냐는 듯이 아이들은 순한 양이 되었고 멀찍이서 바라보는 내 눈에는 나린이가 풍선처럼 둥둥 떠다니고 있었다. 아니 해처럼 달처럼 커지고 있었다.

지난 주 오후 나린이가 나를 학교 뒤뜰로 엄밀히 불렀다.

"너 좀 조용히 다녀라."

"그게 뭐야? 친구끼리……."

그리고 몇 가지 더 말했던 것 같다. 그러나 아무 생각도 나지 않고, 아무 소리도 들리지 않고 그냥 추웠다. 사시나무처럼 떨렸다.

'왕따'

그래 말로만 듣던 그것? 며칠을 앓고 나니 어지럼증이 속을 매스껍게 했다. 어디서부터 왜 무엇이 문제였는지 시종일관 파악이 되지 않았다. 누구랑 뒷담을 한 적도 별로 없고 못되게 굴어서 원한을 산 적도 없는 것 같은데 나린이의 그 원한 섞인 냉소는 도대체 무엇인지, 친구들은 또 모두가 귀신에 홀린 듯 단체로 움직이는지. 모두 바람에 쏠리는 나뭇잎 같았다. 너무 나댔었나? 내가 상을 타면 엄마가 늘 하던 소리,

"너 상 탈 때 아이들이 기뻐해 주던?"

"아니요. 오늘은 그림을 그렸는데 선생님께서 누가 제일 잘 그렸나요? 하니까 친구들이 그림은 보지도 않고 '예정이요' 해서 놀랐어요."

"그렇지? 친구들도 상이 타고 싶을 텐데 뜻대로 안 돼서 속상할 거야. 예정아, 너무 이기려고 하면 못써. 적당히 즐기기도 하고 친구들한테 양보도 하고."

들을 때는 기분 나빴다.

'내가 그냥 열심히 한 것밖에……. 뭐가 잘못이야? 지네들도 잘하면 될 걸가지고.'

그 후로도 나는 상 탈 만한 일에는 목숨을 걸었다. 그래야 직성이 풀렸다고나 할까? 책상에 늘어나는 상패며 상장을 보면 그냥 혈관이 따뜻해지는 느낌이었다.

무슨 일이 있는 것 아니냐는 엄마 말씀이 그렇게 고깝게 들릴 수가 없었다. 알지도 못하면서 잔소리만 하고. 그 때부터는 엄마와의 외출도 끊고 아이들이 없는 시간대만 골라서 움직이기 시작했다. 동네 친구 하나가

'너네 엄마 요즘 안 보이더라. 왜 같이 안다녀?' 하고 물었을 때

"어…… 엄마 해외에 출장 가셨어."

하고 아무 말이나 하고는 들킬까 봐 엄마보고 외출 좀 그만 하라고 짜증을 냈다. 솔직히 말하면 내 상황을 엄마가 알까 봐 미리 손을 쓰고 있었던 것 같다. 왜냐하면 친구들 문제에 어른이 끼이면 정말 답이 없다는 것쯤은 안다. 작년에 반 친구들끼리 놀다가 생긴 사소한 문제가 어른들 싸움으로 번지는 걸 보기도 했고, 어른들이 없는 학교라는 공간에서 일어나는 일은 도저히 어른들이 해결하지 못하게 돌아간다는 것쯤은 학교 근처를 돌아다니는 개도 알 것이다.

'나도 자존심이 있지. 내가 누군데 버텨야지 조금 지나면 방학이잖아?'

남은 1학기를 지렁이, 그래 지렁이처럼 기어서 학교를 다니고, 지렁이처럼 축축한 시간을, 차갑기 그지없는 얼굴로 보냈다.

9

　방학은 마치 미친 듯이 지나갔다. 아무도 막을 수 없는 시간이란 말을 실감하면서. 온전히 견디기만 하는 시간을, 잘 놀지도 못하고 지나갔다. 공부는 이제 별 관심 대상이 아니다. 일등이 좋긴 하나 그렇게 하고 싶지는 않게 되었다. 자주 화를 내고 짜증과 함께 잦은 두통과 배앓이를 견뎌야 했다.

　'사춘기가 오나보네. 곧 생리도 시작하려나?

　키가 별로 큰 편이 아니어서 엄마는 걱정이 늘어졌고 그러거나 말거나 나는 달달한 불량 식품이나 입에 달고 살았다. 아무 곳에서, 아무 때나 소리 지르고 아무 때나 자고 그렇게 서서히 망가져가고 있었다. 다음 학기는 정말 각오했지만 죽음이었다.

　담임 선생님은 너무 호인이어서 아이들이 친구 이상으로 생각하지 않았다. 동네 오빠? 코를 잡아당기고 의자를 빙빙 돌려서 장난을 치고, 팔짱을 끼고. 하루 종일 교실에는 웃음이 지지 않는다. 내 깊은 아픔은 내 깊은 외로움은 강 건너 불? 아니지 바닥에 기어 다니는 지렁이지. 그렇지 않고서야 일어날 수 없는 일이 일어났으니까.

　가을 운동회가 열렸다. 지구 온난화니 뭐니 하면서 더럽게 더운 여름 끝자락에 우리의 심신을 단련하고 화목을 도모하는 거룩한 운동회가 부모님을 초대한 가운데 열렸다. 달리기, 줄다리기, 공굴리기, 뭘 해도 단짝이 필요하고 단짝과 줄을 맞추어 이동하고 단짝과 같이 앉아서 기다린다. 운동회. 정말 피하고 싶었다. 그 망할 놈의 단짝, 단짝.

나에 대한 아이들의 무시는 극에 달했고 나는 단짝이 없어서 자타가 공인하는 왕따 지영이와 짝이 되었다. 녀석은 잘 씻지도 않는지 냄새가 심하다. 옷이라도 갈아입고 다니면 좀 좋아. 외모에는 영 관심이 없는지 머리조차 빗질 않는 대책이 없는 녀석이다.

"이번 운동회에도 좋아하는 친구끼리 짝을 짓도록 하고……."

하고 선생님께서 말씀하셨다. 나린이의 입김이다. 보나마나다. 나랑 지영이를 짝지으려는 수작. 지난번 자리를 바꿀 때에도 녀석이 굳이 좋아하는 친구끼리 앉게 해 달라고 코맹맹이 소리로 어깨춤을 추는 바람에 나는 지영이와 같이 맨 뒷좌석에 앉게 되지 않았던가.

모든 친구들이 마치 결혼식 때처럼 팔짱을 끼고 희희덕대며 자기자리로 행진해서 착석하고 맨 마지막에 남은 두 사람과 끝자리. 그리고는 내 자리를 지나가며 은근슬쩍 '너네 생각보다 잘 어울린다야.' 라고 낄낄거리며 만족스러워하지 않았던가.

달리기가 끝나고 이제 우리는 다음 순서까지 꽤 오랜 시간을 자리에서 기다려야 했다. 친구들은 하마 엉망이다. 선생님은 행사 진행을 위해 우리 반을 버린 지 오래고 나는 맥없이 주저앉아 바닥에 공연히 흙을 파고 있었다. 아무런 재미도 없고 의미도 없는 이 운동회는 뭣 땜에 하는지 모르겠다.

무료함의 꼭대기에서 고개를 엉덩이까지 밀어 넣고 한숨을 폭 쉬고 있었다. 작은 돌멩이로 한없이 일자를 그리고 있었다. 그때였다. 어떤 녀석인지 내 신발에 흙을 한 줌 던졌다. 콧속으로 흙먼지가 훅 들어왔다. 입안이 매캐하다. 벌떡 일어섰다. 막 튀어 나올 것 같은 눈으로 주위를 꼬나보았다. 그게 신호탄이었나?

지영이 등에도 흙이 날아들었다,

"퍽!"

그 다음은 순식간이었다. 괴물들이 이죽이죽 몰려들어 돌이랑 흙을 뿌리며 낄낄거리기 시작했다. 그 가운데 지영이와 내가 서 있었다. 지영이가 앙칼스럽게 소리를 지르고 있었고 그러면 괴물들의 놀이는 더욱 신이 나는 듯 보였다. 지영이가 하얗게 변해갔다. 머리에서 발끝으로 하얀 가루가 떨어지면서 깨끗하게 변해갔다. 나도 하얗겠구나. 눈을 감았다. 스케치북에 잘못 그려진 그림을 지우듯 하얗게 사라지는 그림을 생각하면서.

"너희들 뭐 하는 거야!"

엄마 목소리다. 멀리서 달려오는 소리가 들리고, 나는 때를 맞춰 하늘 높이 날아올랐다. 순전히 내 힘으로. 괴물들이 나를 보았을 걸? 후후.

대기했다는 듯이 새 한 마리가 나랑 같이 날았고, 언제 나타났는지 피아노 요정이 내 날개 짓을 조정하느라 조용한 연주를 하며 따라오고 있었다. 분명 그랬다. 아무런 비난도 들리지 않고 평화로웠다. 구름이 나를 쓰다듬어 주어서 간지러웠다.

"자유. 나는 이제 자유다! 다시는 저 소굴로 돌아가지 않아도 된다. 이렇게 날게 됐으니까. 헤헤헤."

훨훨 어디로 갔었는지 모르겠다. 영화 '아름다운 비행'에서 이런 장면이 있었던 것 같기도 하다. 주인공 에이미가 기러기에게 나는 연습을 시키는 장면인가?

내가 긴 비행을 마치고 무사히 집으로 내려앉았을 땐 사방이 어둑어둑해져 있었고 맛있는 음식이랑 보드라운 깃털이 깔린 둥지가 준비되어 있었다.

에필로그

●

    딸아이가 피아노 학원 문을 밀고 들어서자 딸랑 소리가 난다. 선생님과 뭐라고 오가는 소리가 들리더니 곧 피아노 소리가 문 밖으로 새어 나온다.

    "띵동 띵동"

    벌써 수 십 년 전 엄마를 졸라 처음 피아노 학원을 들어설 때 생각이 난다.

    "예정이 손바닥을 쭉 펴보세요."

    고사리 같은 손을 갸름한 눈으로 바라보던 선생님께서 고개를 흔드셨다.

    "아직 좀 기다렸다가 시작해요. 손이 너무 작아요."

    하지만 나는 떼를 썼고 엄마가 어떻게 선생님을 설득했는지 모르지만 다음 날부터 피아노를 배우기 시작했다. 참 신났다.

    누르면 꼬박꼬박 대답하는 건반. 또, 똑같은 건반에서 다 다른 소

리가 난다는 것. 누르는 사람마다 다른 색깔의 소리가 나는 것이
너무 신기해서 정말 시간 가는 줄 모르고 하루 종일 학원에서 서성
대다 결국 엄마 손에 이끌려오곤 했었다.

자라면서도 녀석과 나의 관계는 특별했다. 기분이 좋거나 화가
날 때는 언제나 녀석 앞에 앉아서 둥둥거리고 쿵쾅대다 보면 어느
새 맑은 하늘이 떠오르고 시원한 느낌이 들었다.

'피아노의 숲'이라는 일본 애니메이션을 본 이후로 나와 피아노
의 대화는 구체화되고 항상 조그만 피아노 한 대를 이마에 넣고 다
니면서 분위기에 맞는 연주를 상상하곤 했었다.

깊은 어둠에 잠겨 있을 때에는 뚜껑 덮인 피아노 위에 엎드려 한
참 울었다. 할 수 있는 일이라곤 아무것도 없을 때 피아노는 그냥
침묵으로 내 곁을 지켜주었다.

내 아이에게 이제 피아노는 무엇이 될까? 아직도 나린이라는 이
름이 드라마 자막으로 올라와도 속이 매스꺼운 덜 된 사람이 세상
을 견디는 힘이 되어준 듬직한 피아노가 내 아이에게도 멋진 지킴
이가 될 것이라는 믿음이 한결 마음을 가볍게 한다.

2

오렌지
바이올린

여수민

프롤로그

•

    나는 이 글을 쓰기 전 무슨 주제로 쓸까 많이 고민했었다. 그때 내 머릿속에 문득 '장애인'이라는 단어가 떠올랐다. 평소 나에게 장애인이란 반성의 시간이었다. 내가 이것저것 불평을 늘어놓을 때 장애인들을 생각하면 나의 불행은 아무것도 아니라고 생각하게 된다. 그래서 항상 나는 장애인들을 안타깝게 생각하고, 도울 수 있는 것은 도우려고 노력한다. 그렇게 장애인에게 희망을 주고 싶은 책을 쓰기로 마음을 먹었다. 음악을 좋아하는 나는 장애인들도 음악을 잘 다룰 수 있을 것이라 생각했다.

    악기는 내가 시도해 보지 않고, 꼭 해보고 싶은 바이올린으로 정했다. 이 소설의 주인공의 나이도 지금 나와 같은 나이인 14살로 하면 더 잘 집중할 수 있을 것 같았다. 그리고 소녀의 장애를 시각장애로 정한 이유는 나는 옛날부터 시각장애만큼 힘든 것 없다고 생각했다. 물론 청각장애나, 신체장애도 불편하겠지만 앞이 컴컴하다고 생각하면 정말 무서울 것 같았다.

사실 이 내용을 쓰기 전 나는 그분이 떠올랐다. 시각장애인 피아니스트 유예은, 만약 시각장애를 가지고 있지 않았더라면 더 많고, 좋은 곡들을 칠 수 있었을 텐데 참 안타까웠다. 하지만 열심히 노력하고, 어려움을 이겨내려는 유예은을 보면 비장애인인 내가 창피해지고, 본받아야겠다고 생각했었다. 이렇게 장애인들에 대한 편견도 없애고 싶은 마음과 뭐든지 노력하면 된다는 것을 보여주고 싶었기에 주제를 '음악으로 이겨낸 장애'로 정한 것이었다.

제목인 '오렌지 바이올린'도 비슷한 뜻으로 만들어 낸 것이다. 바이올린은 주인공 소녀가 하는 음악이고, 오렌지는 희망의 색, 따뜻함을 표현하였다. '오렌지 바이올린'의 뜻은 희망의 음악이다. 모든 사람들이 힘든 일이 있을 때 각 사람들에게 힘이 되어주는 존재가 있을 것이다. 주인공 소녀에게도 어렵고 힘이 들 때 옆에 있어준 사람들 덕분에 다시 일어설 수 있었던 것이다. 이 사회를 살아가면서 힘든 모든 이들에게 힘이 되고 싶어 이 글을 쓰게 되었다. 사람들이 힘든 일에 무너지지 말고, 다시 일어설 수 있는 용기를 가졌으면 한다.

2016. 10. 여수민

차례

1
시각장애인

"저는 시각장애인 1급에 약간의 청각 장애를 가지고 있습니다. 어려운 상황, 최악인 순간에 절 도와준 고마운 음악이 있습니다. 그때의 저에게 그 음악이 없었다면 저는 지금 이 말도 하지 못 했을 것 같아요.

비록 많이 아프고, 힘들었지만 그만큼 저에게 많은 행복이 생겨났어요.

저는 저의 삶, 인생으로 장애인들에게 희망을 주고 싶습니다. 그리고 장애인들뿐만 아니라 힘들고 지쳐 있을 사람들에게 저의 이야기를 들려드리고 싶어서 시작했습니다.

처음에 좋아할 수 없었던, 좋아하지 않았던 저의 음악, 바이올린.

저의 장애는 갈수록 더해지지만 저는 아직도 행복합니다."

2
소녀의 비극

햇볕이 내리쬐는 화창한 일요일 아침, 한 소녀의 방은 따뜻한 오렌지색으로 물들었다.

"이현아, 나와서 밥 먹어~"

"네."

"이제 우리 이현이 오늘로 14살이 되었네. 그 기념으로 오늘 어디 놀러 갈까?"

"완전 좋아요!"

이현이네 가족은 설레는 마음으로 집을 나섰다. 출발을 하고 차 안에서는 웃음이 계속 끊이지 않았다. 이현이의 아버지는 이현이와 오순도순 얘기를 하며 도로를 회전하고 있었다. 그런데 갑자기 큰 화물차가 앞에서 오고 있었다. 이현이의 아빠는 놀라서 확 차를 돌렸지만 절벽이라 밑으로 굴러 떨어졌다.

유리는 모두 깨지고 차는 완전히 박살났다. 그 차 안에서 피가 나오고 있었다. 그런데 그 차 안에서 숨소리가 들렸다. 이현이는 살아 있었다. 그 주변 사람들이 신고해서 빨리 구급대가 왔지만 이현이 부모님은 이미 많이 늦었다. 이현이만 병원으로 이송되고 다행히 많이 다치지 않아 금방 눈을 뜰 수 있었다. 그런데 이현이는 놀란 듯 말을 한다.

"뭐야. 왜 다 불을 끄고 있어요? 빨리 불 좀 켜주세요. 저희 부모님은요?"

이현이는 흥분한 듯 말한다.

의사선생님은 이현이를 진정시키고 머뭇거리듯 말하였다.

"안타깝게도 이현 학생은 앞을 못 보게 되었어요."

"그 말은 제가 시각장애인이 되었다는 건가요?"

옆에 있던 의사와 간호사는 아무 말도 하지 못했다.

"그럼 저희 부모님은요? 엄마, 아빠 어디 있어요?"

"구급대가 갔을 때 이미. 미안하구나"

"설마 저희 엄마, 아빠 죽었어요?"

이 질문 또한 아무도 이현이에게 대답해 주지 못했다.

이현이는 엄청난 충격을 받아서 그냥 계속 침대에 앉아만 있었다. 그러다가 갑자기 이현이는 막 달리기 시작해서 병원 밖에까지 나갔다. 병원을 탈출한 것이다. 이현이는 앞이 안 보이니까 여기저기 부딪히고, 자꾸 넘어지고, 피도 많이 났다. 해가 저물고, 이현이는 골목길에서 쭈그리고 앉아 훌쩍훌쩍 눈물을 흘렸다. 이현이는 부모님을 생각하며 한 시를 떠올린다.

가는 길

김소월

그립다
말을 할까

하니 그리워

그냥 갈까
그래도
다시 더 한번

저 산에도 까마귀, 들에 까마귀
서산에는 해진다고
지저귑니다

앞강물, 뒷강물
흐르는 물은
어서 따라 오라고 따라 가자고
흘러도 연달아 흐릅듸다려

　　김소월의 '가는 길.' 이별에 대한 그리움에 대한 시이다. 이현이의 마음속은 부모님에 대한 그리움이 넘쳐난다. 14살의 나이에 갑작스런 교통사고, 알고 보니 큰 화물차 운전하시던 분은 졸음운전이었다. 부모님이 돌아가시고 눈까지 잃게 된 이현이는 지금 가장 불행한 순간이었다. 이현이는 골목길에서 계속 울고 있었다. 이 상태의 이현이는 할 수 있는 것이 없었다. 이보다 더한 비극은 없을 것이라고 생각하게 된다.

3
이상한 노인

어둑어둑한 밤, 달은 밝게 빛나 한 소녀를 비춘다. 이현이는 절망 속에 빠져 헤어나오지 못하고 있다. 그런데 어디선가 퀴퀴한 냄새를 풍기며 오는 한 노인이 이현이 옆에 서 있다. 그 노인은 부드럽게 말을 건다.

"안녕? 너는 앞을 보지 못하는 시각장애인이구나."

당황한 듯 이현이는 눈물로 젖은 얼굴을 들고서 대답한다.

"누구시죠?"

"너에게 어울릴 만한 곳이 있어. 너의 인생을 바꿔줄 거야. 나와 함께 가지 않을래?"

이현이는 어이가 없어 정색을 하며 그 노인에게 말했다.

"저 그런 거 안 믿어요. 다른 사람한테 가세요."

"하하, 이현 학생…… 너 혼자서 이런 각박한 사회를 살아갈 수 있겠니? 내가 말하는 곳은 이상한 곳이 아니라 학교야. 좀 특별한 학교지."

"학교요? 저 학교 같은 거 안 가요. 가고 싶지 않아요. 저는 자살하기 위해 병원에서 나왔어요. 이만 가주세요."

"이현 학생은 언젠간 나에게 고마워해야 할 거야."

이현이는 노인 쪽을 바라보았다. 분명 대화만으로는 이상한 노인이지만 무언가 믿음이 느껴졌다.

"진짜 지금보다 더 나아질 수 있는 건가요?"

노인은 방긋 웃으며 이현이에게 말해 주었다.

"너에게 가장 행복하고, 잊지 못할 추억을 만들어 줄게."

4
음악 학교

처음 맡아보는 냄새, 익숙하지 않는 소리.

이현이는 정신이 들었다. 이현이는 옆의 소리에 집중하였다. 아무도 없는 것 같았다.

이현이는 벽을 잡고서 앞으로 조금씩 조금씩 걸어갔다. 그런데 앞에 뭐가 만져졌다. 사람의 팔이었다.

"네가 김이현이구나. 근데 너 어디 가니? 얘들아, 이현이가 새로운 아이인 거 알잖아. 뭐하니~?"

여기저기서 큰 웃음소리가 들렸다. 한 아이가 말했다.

"선생님, 저 아이는 장애인이잖아요. 저희가 F반이라 하여도 이건 아니죠."

선생님은 한숨을 쉬는 듯 말했다.

"어쩔 수 없어. 학교 이사장 부탁이라 거절할 수가 없잖니?"

이현이는 놀랐다.

'여기가 어디지? F반? 학교인가?'

여선생님은 어디로 뚜벅뚜벅 걸어가더니 말하기 시작했다.

"김이현, 여기는 음악 학교야. 보통 알고 있는 예술 학교와는 다르지. 예고는 그 음악을 직업으로 생각하며 다니는 학교지만 우리 학교는 음악을 좋아하면 되고, 대회보다는 공연을 해. 모두가 즐기며 다닐 수 있는 학교지."

그런데 또 아이들이 막 웃었다. 이현이는 어리둥절해 하였다. 이 학교를 계속 다니고 있었던 아이는 깔깔 웃으면서 말했다.

"말만 그렇지. 이곳도 항상 경쟁만 하고 특히 F반한테는 혜택도 없잖아요."

"그거야~ 너희가 F반이잖니~"

"치."

선생님은 얼른 말을 끝내고 다른 말을 하였다.

"자~ 어쨌든 너희들 몇몇도 오늘 거의 처음인 거지? 여기 들어올 때 다 자기 종목 음악으로 들어왔잖아. 겹치는 게 있으면 무조건 제비뽑기다."

아이들은 모두 당황한 말투로 말하였다.

"선생님, 어떻게 자기가 잘하는 것이 다들 있을 텐데 그런 걸 왜 제비뽑기로 정해요?"

그때 갑자기 침묵이 흘렀다. 앞은 안 보였지만 모두 날 보는 것 같았다.

또 다른 아이가 나에게 무슨 말을 하려는 순간 누가 들어왔다.

"이…… 이사장님!"

여선생님은 안절부절 못하는 것 같았다.

"이현 학생은 어디 있나?"

이현이는 목소리만 듣고 바로 알아챘다. 이사장이라는 사람이 저번에 그 노인이라는 것을.

이현이는 노인에게 달려가 말했다.

"저번에 그 할아버지 맞죠? 좋은 곳으로 보내 준다더니 그곳이 바로 이 음악학교인 건가요?"

노인은 이현이가 이 말을 할 것을 알고 있었다는 듯이 이쪽으로 와보라고 하였다. 이현이는 노인이 가는 쪽으로 따라갔다. 노인은 멈춰 서더니 이현이에게 말해 줬다.

"이현 학생, 여기는 내가 운영하는 학교라네. 너에게도 음악재능이 보였단다."

이현이는 어이가 없다는 듯이 웃으며 말했다.

"참나…… 그냥 막 데려온 거 아니에요? 자기 학교라서 학생 수 맞추려고? 차라리 그날 자살하는 것이 더 나았을 텐데. 죽으면 우리 부모님을 다시 만날 수 있잖아요. 절 왜 데려온 거죠?"

이현이는 울기 시작했다. 노인은 이현이를 다독여 주며 울음을 그치게 하였다.

노인과 이현이는 이후에 말을 더 나누었다. 노인은 이현이에게 간절히 부탁까지 하면서 이 학교를 다녀보라고 하였다. 이현이는 어쩔 수 없이 받아들이며 다시 여선생님이 있던 반으로 들어왔다.

들어오자마자 분위기가 싸늘했다.

"김이현, 여기 제비뽑기 마지막 종이야."

이현이는 조심스레 종이를 열어보았다. 글씨를 볼 순 없었지만 대충 무엇인지는 알았다.

여기저기서 바이올린이라고 수군수군 거렸기 때문이다.

"바이올린이구나, 바이올린 켜본 적은 있니?"

"아니요."

비웃는 소리가 들렸다. 여선생님은 귀찮아하면서 대답해 준다.

"뭐, 모를 수도 있겠지. 수업 꼬박꼬박 들어와."

이현이는 느낄 수 있었다. 아이들뿐만 아니라 선생님 모두가 이현이를 싫어한다는 것을 말이다. 이현이는 이곳을 빨리 나가고 싶었다.

항상 수업도 듣지 않았다. 바이올린에 대한 관심도 없었고, 하고 싶은 마음도 없었기 때문이다. 이현이는 선생님 말도 잘 듣지 않고, 밤마다 부모님 생각하며 훌쩍훌쩍 울었다.

학교 아이들은 모두 이현이를 싫어하였다. 수업을 항상 빠지고, 장애인이기 때문이다. 여자아이들은 이현이 뒷담화를 자주 한다.

"하, 진짜 아무리 우리 학교가 자유롭지만 장애인은 좀 그렇다."

말한 아이의 친구들도 한마디씩 더했다.

"바이올린도 모르는 게 항상 수업도 빠지고."

"진짜 별로다…… 쟤 너무 싫어."

한 여자 아이는 의미심장한 미소를 짓더니 친구들에게 속닥속닥거렸다.

이현이는 평소와 같이 점심을 먹으러 갔다. 그런데 자꾸 뒤에서 키득키득 웃는 소리가 들렸다. 이현이는 급식을 다 받고 걸어가는데 누가 뒤에서 밀어서 이현이는 그대로 넘어졌다. 모두가 웃고 있었고, 이현이는 창피해 빨리 그대로 밖으로 나갔다. 너무 혼란스럽고, 황당하였다.

'도대체 누가 그런 짓을…… 내가 잘못 느낀 건가?'

이현이는 생각을 하며 화장실로 걸어갔다. 화장실에 들어가자마자 문이 확 닫혔다.

"누 누구야!"

이현이는 놀란 듯 말한다. 그런데 어떤 사람이 이현이를 발로 차더니 머리 위에 물을 부었다.

"꼭 물에 빠진 생쥐 꼴이네. 아니 장님생쥐인가?"

이현이는 온몸이 부들부들 떨렸다.

"너희 누구야? 뭔데 날 괴롭혀!"

그 아이들은 이현이를 툭툭 치며 말했다.

"너야말로 뭔데 이렇게 나대? 앞도 못 보는 주제에. 빨리 우리 학교에서 나가. 여기는 네가 있을 곳이 아니야."

그 아이들은 이현이를 가리키며 웃고 때리고 하였다. 그런데 그때 화장실 안에서 누군가 나왔다.

"너희 그러고 놀면 재밌어? 너희야말로 학교에서 쫓겨나고 싶냐?"

이현이를 괴롭히던 그 여자아이들은 이 아이의 한마디에 주춤하며 화장실을 나갔다. 이현이는 이 아이가 정말 멋있는 아이라고 느꼈다. 이 아이는 이현이를 일으켜 세워주었다.

"괜찮아? 다친 데는 없고?"

"……응……."

"쟤네들이 또 괴롭히면 나한테로 와. 아니다 그냥 나랑 친구하자. 내 이름은 최영원이야. 사실 우리 할아버지가 이학교의 이사장이라서 저 아이들이 날 보고 그냥 간 거야."

"뭐? 그 할아버지……이 아니라 이사장의 손녀라고?"

이현이는 매우 놀라며 이때까지 있었던 일을 다 말했다. 영원이는 놀라며 말하였다.

"우리 할아버지가 그런 일을 했었구나. 다 의미가 있어서 그러셨을 거야."

그때 마침 앞에 노인이 있었다. 모르는 한 남자와 이야기를 하고 있었다.

"할아버지~"

영원이는 그 노인에게 달려갔다.

"허허, 이 녀석 이사장님이라고 불러야지."

"근데 이사장님, 이분은 누구세요?"

"으흠…… 바이올린 가르칠 새로운 선생님이야."

이현이는 흠칫 놀랐다.

"그런데 이현 학생 요즘 수업도 안 받고, 태도 안 좋다는 소문이 도는데 진짠가?"

이현이는 아무 말도 하지 않았다.

"뭐 앞으로 이 선생님과 수업할 것이니 잘 해보게, 이현 학생."

노인과 영원이는 이현이와 새로운 선생님을 남겨두고 갔다. 이현이는 어색하였다. 머뭇거리더니 이현이는 먼저 선생님에게 말했다.

"저 수업 안 들어요. 그러니까 전 신경 쓰지 마세요. 아저씨."

아저씨는 피식 웃으면서 말했다.

"그러면 지금 당장 이 학교에서 나가."

이현이는 이런 반응에 놀랐다.

"원래 여기도 다 돈 내고 다니는 곳이야. 너 돈 안 내니까 그냥 막 놀고 다녀도 되는 곳인지 알아? 그렇게 행동할 거면 이 학교에 왜 들어왔어?"

"그거야 할아버지가 절 억지로……."

"그러면 그냥 나가도 괜찮겠네."

이현이는 황당하였다.

"하…… 그래요. 나갈게요."

"그런데 너 여기 출구는 어디 있는지 알아? 밖에 나가면 뭐할래, 널 돌봐줄 사람은 있니?"

이현이는 울컥하여 입술을 다문 채 아무 말도 하지 않았다.

"너 이제 내 수업에 들어와. 아니면 내가 너 스스로 나가게 해줄 거야."

이현이는 어이가 없었다. 하지만 저 아저씨 말이 사실이기에 수긍할 수밖에 없었다.

5
아저씨와 바이올린

다음날, 이현이는 처음으로 바이올린 수업에 들어왔다. 아저씨는 살짝 미소를 지었다.

"김이현, 넌 수업에 많이 빠졌으니 이번 주는 그냥 듣기만 하고, 남아서 나한테 배우고 가."

이현이는 뾰로통한 모습으로 대답했다.

"알겠어요."

이현이가 자리에 앉는데 아이들이 하는 바이올린 소리가 들렸다. 어린 학생들이 하는 연주였지만 굉장히 멋지고, 순수한 연주였다. 평소 이현이는 음악을 좋아하는 소녀여서 금방 관심이 갔다.

수업이 끝나고, 아저씨는 이현이에게 바이올린을 쥐어주었다.

"너, 바이올린 만져보는 것도 처음이지?"

"네."

이현이는 쑥스러운 듯 말한다.

"이 부분에 턱을 괴어 보렴. 마음을 편안히 해야 해."

이현이는 생각보다 열심히 아저씨와 수업을 하였다.

이현이는 앞을 볼 수 없어 오로지 손의 느낌과 소리로만 바이올린을 배워야 했다. 아저씨는 이현이에게 맞춰주면서 천천히 알려주었다.

"아직 많이 부족한 것 알고 있지? 넌 다른 아이들보다 두 배로 열심히 해야 해. 그러니 잘 따라와. 나도 너에게는 더 많이 가르쳐 줄테니……."

이현이는 웃었다. 분명 처음에는 싫었던 바이올린이었지만 이 한번의 수업으로 이현이는 기쁨과 즐거움을 찾게 되었다.

본격적으로 이현이는 아저씨에게 바이올린을 배우게 되었다. 아저씨는 이현이만의 바이올린이 필요하다며 바이올린 공방에 가게 되었다.

"여기 어디에요? 나무냄새가 많이 나요."

"여기는 내가 자주 오는 바이올린 공방이야. 너에게 특별히 바이올린을 선물해 줄게. 혹시 마음에 드는 색이나, 원하는 모양 같은 거 있어?"

"음, 전 오렌지색이 좋아요. 뭔가 따뜻한 느낌이 나잖아요. 전 옛날부터 오렌지를 무지무지 좋아했었어요. 지금은 볼 수 없겠지만."

아저씨는 씁쓸한 표정을 짓더니 이현이를 위한 오렌지 바이올린을 만들어 주었다. 바이올린을 받은 이현이는 기뻐하며 더 열심히 하겠다고 하였다.

이현이는 처음 바이올린을 켤 때 이상한 소리가 나고 줄을 누를 때 굳은살이 없어 손가락을 많이 아파했다. 하지만 이현이의 얼굴은 즐거워보였다. 그리고 아저씨와도 많이 친해진 것 같다.

"어때, 쉽지?"

"쉽기는…… 몸이 여기저기 아파요."

"처음엔 원래 다 그런 거야. 넌 아직도 멀었어."

"이 정도면 엄청 잘 하는 거예요. 아저씨가 실력이 없는 거면서."

둘은 차가운 음악실 바닥에 누우며 웃었다. 잠깐 웃음이 멈추더니 이현이는 아저씨를 바라보며 물었다.

"아저씨, 아저씨는 언제부터 바이올린 했어요?"

"음…… 아마 7살 때부터였지? 난 바이올린을 정말 좋아했었어. 나에게 바이올린은 없으면 안 되는 존재였어. 어렸을 때부터 바이올리니스트가 꿈이었거든. 그때 전공을 바이올린을 정했지. 그런데 중학교 때 아버지라는 놈이 다른 여자와 바람을 폈던 거야. 그리고 심지어 어머니에게 폭력도 했지. 이혼은 했지만 그거 때문에 우리 가정이 상당히 어려워졌어. 나는 그때 바이올린을 관둘까 많이 고민했었어. 그런데 우리 어머니는 그만둘 생각하지 말라는 거야. 자기가 다 돈을 보태주겠다고. 자식 꿈 못 이뤄주는 부모 되는 것이 가장 슬픈 거라고 말씀하셨어. 나는 무엇보다 열심히 했어. 공부도 하고, 매일매일 바이올린 연습만 했어. 어머니 기대를 저버리지 않기 위해서 말이야.

난 고3이 되고 서울에 있는 대학에 면접 보러 가는 날, 우리 어머니는 교통사고로 돌아가셨어. 어머니가 돌아가시기 전에 나한테 문자를 보냈더라고.

'엄마는 우리 아들이 꼭 끝까지 바이올린을 하였으면 좋겠구나. 너 어릴 때 바이올린을 얼마나 좋아하던지 그 생각만 하면 항상 웃음이 나와. 우리 아들 세계적인 바이올리니스트 되는 거 보고 죽어야 되는데…… 미안하다…… 사랑해 많이.'

나는 어머니 돌아가시고 매일을 울며 술만 먹고 지냈어. 그런데 그때 어떤 아저씨가 나에게 와서는 같이 음악을 하자는 거야. 그 아저씨가 바로 이 학교 이사장이지. 나는 아저씨가 없었다면 아마 바이올린을 아예 보지도 않았을 거야.

아저씨 덕분에 난 바뀔 수 있었고, 비록 세계적인 바이올리니스트는 아니지만 난 내 꿈을 이뤘다고 생각해. 아저씨가 널 많이 아끼는 이유는 그때의 내가 생각나서 그런 것이라고 하셨어. 나보다 나이도 어리고, 더 큰 상처에 아저씨는 너의 삶을 바꿔주고 싶었대.”

“아저씨한테…… 그런 일이 있었다니.”

아저씨가 정말 힘들고 최악의 상황을 버티며 살아왔다는 것에서 이현이는 슬퍼 눈물을 흘렸다. 이 얘기를 듣고서 이현이는 돌아가신 부모님 생각이 났다. 보고 싶은 마음 꾹 참고서 이현이는 더 행복하게 살아서 부모님 걱정시키지 않는 딸이 될 거라고 다짐했다.

6
나의 오렌지 바이올린

"띠 디디 디~"

이현이는 바이올린 연습을 매일 하였다. 그때 아저씨가 들어오며 말했다.

"두 달 만에 실력이 엄청 늘었네. 아 맞다! 우리 이번에 큰 공연 있는데 그거 각 반에 한 명씩 나갈 수 있어. 열심히 준비해서 꼭 공연해 보자!"

이현이는 가슴이 벅차올랐다. 상상도 못해본 남들 앞에서 바이올린 연주.

"아! 그런데 너 F반이잖아. F반은 심사 봐야 돼. 우리가 다음 주 금요일에 심사야. 잘해봐!! 내가 너랑 친하다고 점수를 잘 줄 수는 없어~!"

"잘 봐주세요. 아저씨!"

이현이는 아침, 점심, 저녁 먹고 항상 바이올린 연습만 하였다.

드디어 예선 심사의 날이다. 예선 심사에는 아저씨, 노인, 다른 선생님들과 A반 영원이가 있었다. 이현이는 마지막 15번째였다.

F반이라 못하는 줄 알았지만 생각보다 다들 잘하였다. 이현이는 계속 경청만 하다가 자기 순서 앞 번호까지 온 것을 모르고 있었다.

"다음, 김이현 학생. 준비하세요."

'뭐야, 벌써 내 차례야?'

이현이는 심호흡을 하며 준비를 하였다. 이현이는 바이올린 채를 잡고서 연주하기 시작했다.

다른 아이들과 완전 달랐다. 이현이의 바이올린 소리는 정말 아름다웠다. 얼마나 연습을 했으면 두 달 만에 이렇게 실력이 는 것일까. 선생님들도 많이 놀란 듯하였다. 특히 이현이를 무시하던 예전의 여선생님은 입을 다물지 못하였다. 이현이는 연주가 끝나고 뿌듯함을 느꼈다. 떨어져도 상관없을 정도로 이현이는 행복하였다.

드디어 발표가 났다.

"이번 공연에 나갈 사람은…… 바로…… 김이현이다. 축하한다."

이현이는 정말 기뻐서 눈물을 흘렸다. 아저씨는 이현이에게 와서 말했다.

"오늘 너의 연주 진짜 멋졌어. 공연 때까지 열심히 연습하자!!"

"네!"

일주일이 지나고 한 달이 지나고 공연이 코앞으로 다가왔다.

공연 일주일 전, 아저씨는 나에게 달려와서 소리쳤다.

"이현아! 네가 이번 공연 마지막 순서야!"

"네? 정말요?"

이현이는 마냥 기뻐할 수는 없었다. '항상 즐기자' 라고 생각은 했지만 실수도 자주 하는 편이고 이현이 스스로 못한다고 생각하기 때문이다.

"A반 애도 있는데 왜 제가 굳이……."

"사실 나도 그렇게 생각했는데 네가 잘한다고 이사장님이 순서를 마지막에 넣었어."

이현이는 불안해하며 말했다.

"제가 잘할 수 있을까요?"

"연습 많이 했잖아. 평소대로 하면 돼."

이현이는 공연하는 날이 빨리 왔으면 좋겠다고 생각했다.

드디어 공연 날, 이현이는 정말 예쁘게 꾸몄다. 무대 올라가기 전 다들 열심히 바이올린 연습을 하고 있는데 이현이는 너무 떨려서 가만히 있지를 못했다. 아저씨가 오더니 이현이에게 말했다.

"그렇게 긴장할 필요 없어, 최선을 다해! 내가 앞에서 보고 있을게."

공연이 시작되고 이현이 순서로 다가오고 있었다. 드디어 이현이 앞 순서가 끝나고 이현이는 무대로 올라가고 있었다.

이현이는 그 어느 순간보다 제일 떨렸다. 손에도 많은 땀이 흐르고 있었고, 이현이는 실수할까 봐 계속 걱정만 하였다.

이현이는 드디어 무대 정 중앙에 섰다. 앞은 안 보였지만 많은 사람들이 날 보고 있다는 것을 느낄 수 있었다. 분명 바라던 것이었지만 이현이는 겁이 나서 자꾸 떨고 있기만 했다.

가슴이 터질듯 한 순간, 이현이는 바이올린 채를 들고 연주를 시작했다. 그런데 너무 떨렸는지 자꾸만 바이올린에서 이상한 소리가 흘러나왔다. 많은 청중들은 웅성웅성 거렸다.

그때 이현이 머릿속에 어떤 기억들이 떠올랐다.

'어렸을 적 부모님과 함께 놀던 추억들, 놀러가는 날 차 안에서 나눴던 이야기들, 부서진 차 안에서 이현이에게 했던 사랑한다는 말'

이현이는 모두 생각났다. 부모님은 이현이를 감싸주다가 더 다친 거였다. 이현이는 바이올린 연주를 멈추었다. 모두들 깜짝 놀랐다.

아저씨는 심각한 눈으로 이현이를 쳐다보았다. 이현이는 눈물이 났다. 하지만 꾹 참고서 다시 연주를 시작했다.

사실 이현이가 연주하고 있는 이 곡도 부모님께서 즐겨 듣던 곡이다. 이현이는 부모님을 생각하며 마음속으로 엄마, 아빠를 계속 외쳤다.

이현이는 눈물을 흘리며 성공적으로 연주를 끝냈다.

연주가 끝나고 정적이 흘렀다. 모두가 이현이의 마음을 느꼈는지 울면서 박수를 쳤다. 이현이가 마무리 인사를 하자 함성소리가 들렸다. 이현이는 정말 다시는 잊지 못할 연주를 마쳤다.

20년 후, 이현이는 음악 학교의 선생님이 되었다. 20년 동안 이현이는 꾸준히 바이올린을 해오고, 음악 공부도 하였다.

아저씨는 학교 이사장이 되었고, 노인은 지금 세계 여행을 다니고 있다.

음악 학교에는 다양한 장애인들이 모두 편견 없이 학교를 다닌다. 이현이는 정말 행복한 삶을 살고 있다.

이현이는 항상 노인에게 편지를 쓴다.

'할아버지 덕분에 저는 바뀔 수 있었어요. 감사합니다!'

20년 전 이현이의 공연 이후로 강의해달라고 많은 부탁이 들어온다.

이현이는 나가서 언제나 이 말을 한다.

"아직 여러분들에게는 희망이 있습니다. 포기하지 마세요. 언제나 여러분들 곁에 행복이 있습니다."

그녀의 삶의 시작은 좋지 않았다. 하지만 자신의 더 나은 미래를 위해 많은 노력을 하였다. 골목길에서 울고 있었을 때, 소녀에게 와서 도와준 노인, 나쁜 아이들에게서 소녀를 구해 준 영원이, 항상 나에게 좋은 것만 해주는 아저씨, 언제나 내 곁에 있을 부모님.

이분들이 소녀의 곁에 있지 않았다면 소녀는 어떻게 되었을까. 지금 이 순간이 힘들다고 끝까지 힘든 것은 아니다. 노력과 자신에 대한 믿음만 있다면 어두운 삶은 언제든지 바뀔 수 있다.

자신을 버리지 말고, 행복이 곁에 있다는 사실을 잊지 말았으면 좋겠다.

3

쨍그랑, 패밀리
(릴레이 소설)

남서연, 심정민, 오예림, 장한결

프롤로그

●

　요즘 학교에 가보면 입시, 공부, 시험 이외에도 많은 고민거리들과 스트레스 속에서 아이들은 한 걸음 한 걸음 발을 뗀다. 하지만 정작 '너는 꿈이 뭐니?' 하고 물어본다면 아이들은 1초의 망설임도 없이 '없는데요.' 나 '잘 모르겠어요.' 라고 대답한다.

　나도 처음에는 내가 잘하는 것이 무엇인지 내 적성은 무엇인지 알 수가 없었다. 나의 꿈은 현재 검사이다. 요즘 즐겨보는 프로그램도 이와 관련된 법 관련 프로그램이다. 우리 엄마 아빠도 내가 검사가 되고 싶다하니 그런 것보다는 의사가 낫지 않겠냐고 물어보신 적도 있다. 하지만 내가 진정 원한다면 할 수도 있는 것이다.

　이 책의 주인공 수희 역시 엄마의 반대로 인해 갈등을 겪는다. 이런 소소한 사건들을 보면서 우리 청소년들은 꿈을 찾아가고 휴식시간을 만들어 줄 수 있는 것이다. 사실 이 책을 쓰게 된 동기가 꿈을 찾는 시간을 갖기 위해서다. 자유학기제를 통해서 꿈이 없는 아이들의 꿈을 찾아주기 위해 성심을 다해서 4명이 생각해내 고른 주제이면서 이 책을 읽은 사람이 단 한 명의 학생이더라도 꿈을 찾고 고민거리를 줄여주어서 좀 더 공부에 집중할 수 있는 환경을 만들어주기 위해서 쓰게 되었다.

사실 나도 초등학교 1학년 때 동생이 태어나는 것을 보고 산부인과 의사가 되겠다고 했었고, 2학년에서 4학년 때까지는 가르치는 것이 좋아서 교사가 되겠다고 했지만 5학년 때부터 사회 시간에 법도 배우고, 경제와 사회 제도에 대해 배우니 검사가 되고 싶다고 지금까지도 생각중이다. 이렇게 많은 일들이 꿈의 불을 켠 것과 같이 이 책이 누군가의 꿈의 불을 켰으면 좋겠다.

2016. 10. 심정민

이 책을 쓰면서 주인공인 '수희'와 같은 처지에 놓인 독자들이 이 책을 읽고 진로를 차근차근 찾아나가면 좋겠다는 생각이 들었다. 나도 꿈이 완전히 확정된 것은 아니지만, 책을 쓰며 나 자신을 되돌아보고 반성할 수 있었던 시간을 가질 수 있었다.

　　내가 처음 써본 책이지만, 비록 처음 치고는 재미있게 이야기를 짠 것 같다는 생각도 들었고, 릴레이 형식으로 쓰는 글짓기라서 더 재미있었다. 바통을 받아 달리는 이어달리기를 하는 것처럼 릴레이 형식으로 쓰는 글쓰기를 해 보니, 내 다음 사람이 무슨 이야기로 적을지, 나에게 어떤 내용으로 돌아올지 궁금하게 만들었다. 시험이 없는 자유학기제 기간에 친구들과 함께 직접 책을 만들어 본다니 좋았고, 책을 완성했다는 쾌감을 느낄 수 있었다.

2016. 10. 남서연

요즈음 대부분의 학생들이 꿈과 끼를 찾지 못한다. 그래서 보통 거의 다 부모님의 의견을 많이 따르게 된다. 그것이 과연 옳은 행동일까?

　　내가 읽어본 책 중 '꽃들에게 희망을' 이라는 책이 있다. 그 책의 교훈은 목표를 가지고 살라는 것이다. 목표 없이 살면 다른 애벌레처럼 따라 하게 되고, 쓸 데 없는 짓을 해서 죽음을 맞을 수도 있다고 생각한다. 그래서 목표를 다르게 해서 꿈을 가지고 세상을 살아가면 좋겠다.

2016. 10. 장한결

화살도 목표가 없으면 허공으로 날아가듯이 우리 삶에는 목표, 즉 꿈이 있어야 한다. 하지만 요즈음에는 학생들이 꿈을 정하기 전에 수없이 많은 고민들을 하고도 정하기 어려워하며 자신의 꿈을 찾지 못하는 경우가 허다하다. 이 책의 주인공인 '수희' 역시 꿈을 찾지 못한다. 하지만 '수희'는 주변 사람들의 도움으로 인해 점차 꿈을 찾아간다. 이 책과 마찬가지로 꿈을 아직 정하지 못하였거나 꿈이 확실하지 않은 독자들이 이 책을 읽음으로써 꿈을 조금이라도 더 쉽게 정하고, 자신의 꿈을 찾길 바란다.

2016. 10. 오예림

1
띵동 –

띵동–

　수희는 기분 좋게 집으로 돌아왔다. 엄마가 수희를 보자마자 화를 내신다.

　"이수희, 왜 지금 들어와!! 지금 몇 신 줄은 알아?"

　지금 시간은 9시였다. 수희네 학교는 항상 5시에 끝난다. 하지만 오늘은 친구들이랑 놀다가 느긋하게 집에 왔다. 그런데 엄마는 수희가 들어오자마자 짜증을 내셨다. 그래서 수희는 엄마에게 짜증을 냈다.

　"엄마가 무슨 상관이야!"

　수희는 방문을 쾅 닫고 안으로 들어갔다. 엄마는 한숨을 쉬며 안방으로 들어갔다. 그런데 약 30분 있다가 안방 문이 열리는 소리가 들렸다. 수희는 그냥 엄마가 또 무슨 일이 있나보다 생각을 하고 그냥 넘어갔다. 그런데 이상하게도 수희 방으로 발소리가 점점 가까워졌다. 수희는 엄마가 자신의 방에 온다고 생각했다. 하지만 핸드폰을 책상 옆에 가지런히 놔두지 않고 계속 핸드폰을 만졌다. 왜냐하면, 수희는 엄마가 전혀 무섭지 않았기 때문이다. 작년부터 엄마가 수희를 오빠와 비교를 하면서부터

인 것 같다.

매일 시험기간만 되면 수희가 오빠보다 공부를 더 많이 하는데도 오빠가 항상 성적이 더 잘 나온다. 엄마는 그런 오빠와 비교해서 야단치곤 하셨다. 그래서인지 수희는 엄마를 더 싫어하게 되었다.

수희는 마음속으로 10초를 세었다.

'10, 9, 8, 7, 6, 5, 4, 3······ 2······ 1······ 0······'

0초까지 세자, 쾅! 방문이 세게 열렸다. 엄마가 자기 방에 들어올 걸 예상한 수희는 전혀 놀라지 않았다. 그리고 전혀 무서워하지도 않았다. 예상대로 들어오자마자 잔소리다.

"너 아까 그 말투 뭐야! 그리고 왜 9시에 들어왔냐고! 너 이제부터 학교 마치고 집에 바로 와서 씻고, 공부해! 이번 기말 오빠보다 낮기만 해! 너 그렇게 공부해서 어느 대학 가려고. 너 받아줄 대학 한 군데도 없겠다. 이수희, 지금 엄마 말하고 있는데 핸드폰을 해? 안 내려놔?"

수희는 매우 자존심이 상했다. 그래서 수희는 엄마에게 소리쳤다.

"싫어. 내가 하고 싶은데 왜 엄마가 하라 마라야! 그리고 엄마는 옛날에 공부 잘했어? 엄마는 나보다 공부 훨씬 못했잖아! 엄마도 못했으면서 왜 나한테 신경질이야, 짜증나."

그리고 수희는 방에서 나와 거실 소파에 누웠다. 그러고는 친구들과 문자를 했다. 엄마는 수희가 미웠다. 수희 생각해서 이렇게 말해줬는데, 도리어 수희는 짜증을 내었기 때문이다. 엄마는 2일 동안 집에 들어오지 않았다.

2
아빠오신 날

삐비비빅—

수희는 아빠의 발자국 소리가 들려서 현관 앞에 섰다. 수희는 엄마보다 아빠를 더 좋아한다. 아빠는 주말에 오시니까 자신에게 잔소리를 하지 않는다. 수희의 예상대로 아빠가 집으로 들어오셨다. 수희는 아빠하고 놀려고 했는데, 아빠는 갑자기 가방을 던지시고, 매를 들었다. 수희는 겁이 났다. 천사 같은 아빠가 갑자기 매를 들었기 때문이다. 아빠가 말했다.

"이수희, 너 엄마한테 뭐라고 했어? 뭐라고 했는데 엄마가 집에 들어오기 싫다는 거야? 너 엄마 말 자꾸 안 들을래? 아빠가 자꾸 오냐오냐 해주니까 우습지? 내가 너한테 왜 그랬는지 모르겠다. 딱 10대만 맞자. 울면 5대씩 늘어날 줄 알아. 벽에 머리 대고 딱 서!"

수희는 깜짝 놀랐다. 왜냐하면 자신의 아빠가 이상해졌기 때문이다. 주말에는 매일 자신과 함께 놀아주시던 착한 아빠였는데, 며칠 만에 이렇게 사람 성격이 바뀌니까 황당했다. 수희는 어쩔 수 없이 벽에 섰다. 그런데 갑자기, 엄마가 생각이 났다. 그래서 화가 난 수희는 현관으로 달려가 신발을 잽싸게 신고 집 밖으로 향했다. 아빠는 수희를 세게 때리셨는지, 힘이 다 풀려 한숨을 쉬며 눈물을 흘리셨다. 수희는 그것도 모르고 놀이터로 달려가 소리를 질렀다. 아빠는 이 소리를 들었는지, 베란다로 나가서 수희를 부르셨다. 수희는 아빠를 바라봤다. 그러고는 수희는 놀이터가 울리도록 큰소리로 외쳤다.

"엄마, 아빠 다 미워! 왜 오빠한테만 잘해줘? 그러려면 나 왜 낳았어? 진짜, 내 마음에 드는 사람 하나도 없어!"

그러고 나서 한참 뒤에 아빠는 말없이 수희 옆으로 와서 토닥여주더니 집에 들어가셨다.

3
진로 학습지

그 다음날, 매점에서 아침을 때우고 교실에 갔는데 선생님이 자신의 미래 진로에 대해서 A4 용지 한 장을 채우라고 하셨다.

45분 내내 생각했지만 수희는 꿈이 없었다. 수희는 옆 짝꿍을 힐끗 보았다. 옆 짝꿍은 벌써 다하고 학원숙제를 하고 있었다.

"미소야, 너는 뭐 되고 싶어?"

수희가 속삭였다.

"나는 경찰관이 되고 싶은데, 너는?"

미소가 묻자 수희는 '나는 꿈이 없어.' 라고 대답했다. 그때, 선생님이 다시 오셔서 '다 못한 사람은 내일까지 해오도록!' 이라고 말하고 가셨다.

수희는 그날 밤에 숙제를 하다가 오빠를 불렀다.

" 오빠, 오빠는 꿈 있어?"

" 있지. 그건 왜?"

오빠가 말했다.

"나는 왜 꿈이 없지? 나는 왜 이리 한심한 걸까?"라고 말하면서 앙앙 울어대자 오빠는 피식 웃으면서 꿀밤을 먹였다. 그리고 수희의 울음이 그치자 오빠는 수희의 진로에 대해서 밤새도록 상담해 주었다. 매일 비교 당하기는 해도 오늘만큼은 오빠가 좋았다.

아무 소동 없이 생활하던 어느 날 기분도 꺼림칙하고 안 좋았다. 그 이유는 바로 오늘이 중간고사 결과 발표 날이기 때문이었다.

'오늘도 엄마가 비교를……'

집에 왔는데 역시나 매를 들고 있는 엄마를 보았다.

"이수희! 너 이리 와봐. 오빠 성적표 좀 봐 싹 다 A인데다 다 90점 이상이잖아. 그런데 이것 좀 봐! 네 성적표는 그게 뭐니? 정말 엄마가 얼굴을 들고 다닐 수가 없잖아!"

이 후에도 비교하는 말은 계속 이어졌다. 그런데 수희한테는 어떤 소리도 들리지 않았다. 그래서 엄마 말씀이 끝나지도 않았는데 수희는 방으로 들어가서 문을 잠그고 잤다.

아침이 되자 엄마께서는 오빠와 아빠, 엄마의 밥만을 차렸다. 그 이유는 수희가 어제 엄마 말을 다 듣지 않았기 때문이다.

세 사람 모두가 수희를 투명인간처럼 대했다. 숨이 턱 막히는 것 같았다.

그래서 수희는 집을 나왔다. 그런데 마침 수희가 좋아하는 연예인의 노래가 나왔다.

수희는 그때 '나도 가수가 되면 어떨까?' 평소에 춤추기와 노래 부르기가 취미이던 수희는 방긋 웃으면서 생각했다. 하지만 그 생각은 금방 사라졌다.

'에이 내가 무슨 가수야……. 얼굴도 못생겼는데 누가 좋아해 주겠어?' 라고 혼잣말을 중얼거리며 집으로 돌아가는 길이었다.

다시 자신의 꿈에 대해서 고민하며 한숨 쉬던 그때, 수희의 단짝친구인 미소가 왔다.

"야, 땅 꺼지겠다! 무슨 고민 있어?"

미소가 묻자 수희는 깜짝 놀라며 대답했다.

"깜짝 놀랐잖아! 고민 있긴 한데 들어 줄 수 있어?"

"그럼!! 들어 줄 테니 속 시원히 꺼내나 봐!"

"음……. 나 꿈 하나 추천해 줘."

"에이 너도 참! 고작 그것 갖고 그래?"

"고작이라니! 나한텐 얼마나 중요한 일인데!"

"그렇게 걱정되면 적성 검사 해볼래? 집에 가서 컴퓨터로 해봐. 도움이 될 거야. 나도 그렇게 해서 꿈 찾았잖아!"

수희는 미소의 말에 솔깃해져서 해봐야겠다고 생각했다.

"진짜? 해봐야지. 근데 너는 왜 나와 있냐?"

"중간고사 성적표 보여드렸더니 찬밥 신세야……."

"나도야……. 그래서 나는 편지 쓰려고 여기 앞에 있는 문방구 갔다 왔어."

수희는 미소에게 편지지를 보여 주면서 말했다.

"너도 얼른 가서 사. 얼마 안 남았어."

라고 말하자 미소는 바로 달려갔다.

"잘 가! 내일 보자!"

수희가 말하자 미소는 뒤도 돌아보지 않고 대답했다.

"그래~ 내일 봐~"

미소와 헤어진 수희는 아파트 벤치에 앉아서 편지를 쓰기 시작했다.

'음…… 뭐라고 써야 할까? 일단은 엄마에게 써야겠다.'

편지를 쓰고 있던 도중 수희는 편지가 잘 안 써지는 듯 인상을 찌푸리며 편지지를 구긴다.

'에이! 이런 건 나랑 안 맞아!'

편지지를 쓰레기통에 던져버렸다. 수희는 편지 쓰는 것은 포기하고 집 근처의 분식집에 갔다. 분식집에는 사람들이 바글바글했다.

"아줌마 떡볶이 1,000원어치 주세요!"

"잠깐만, 10분 정도 기다려야 하는데 괜찮겠니?"

아줌마는 자신이 감당할 수도 없을 만큼 벅찬 사람들로 인하여 조금 기다려달라고 부탁한다. 기다리기가 싫었던 수희는 그냥 먹지 않겠다고 하며 문을 박차고 나온다. 그런 후 어디를 갈지 생각하다가 이번에는 집 앞 놀이터를 간다. 놀이터를 가보니 어린이집에 다니는 아이들과 어린이집 선생님이 함께 놀고 있었다. 수희는 그네에 앉아 그런 아이들과 선생님을 본다.

"내가 과연 하고 싶은 일은 무엇일까? 분식집 아줌마? 아니야, 그건 요리를 잘해야 해. 나는 요리를 잘하지도 않잖아. 음…… 아니면 어린이집이나 유치원 선생님? 아이들이 우는 건 딱 질색이야! 후…… 내가 정말 잘 할 수 있는 일은 무엇이 있을까?"

수희는 한숨을 쉬었다.

수희가 생각에 잠기려 할 때, 주머니에서 벨소리가 울렸다. 수희는 휴대폰을 물끄러미 쳐다보다가 빨간색의 거절버튼을 눌러버린다.

그때, 한 아이가 수희의 휴대폰을 가리키며 말한다.

"어? 언니! 가족전화인데 왜 안 받아?"

"가족은 날 별로 찾으려고 하지 않으니까."

"아닐 걸? 우리 엄마가 그랬는데 모든 가족은 가족 구성원을 모두 사랑하고 좋아한댔어! 그래서 나는 엄마처럼 멋진 사람이 되는 게 내 꿈이야!"

"꿈……."

수희는 그제야 자신이 생각하는 꿈은 오직 장래희망을 생각하고 있다는 것을 깨달았다.

'맞아. 꿈은 장래희망이 아니어도 되는 거야. 내가 어떻게 되고 싶은지 결정하는 것도 나의 꿈이야. 예를 들어, 주변에서 힘든 사람들에게 위로를 해주는 게 꿈이 될 수도 있는 거지. 어쩌면 나는 고정관념이라는 틀 안에서 지냈던 것이 아닐까?'

수희는 그네에서 내려와 집으로 발걸음을 옮기기 시작한다. 아까 놀이터에 갔었던 발걸음보다 집으로 가는 발걸음이 더 가벼워졌다.

수희는 현관문을 열고 집으로 들어가자마자 놀랐다. 엄마, 아빠, 오빠 모두 거실에서 한자리에 앉아 있었다.

"이수희, 여기로 와봐."

"왜요?"

"그걸 지금 말이라고 하는 거야? 너 여태까지 어디 있었어. 전화는 또 왜 안 받고!!"

"엄마는 나 없는 게 더 좋잖아, 안 그래? 나는 우리 가족한테 편지 써서 죄송하다는 마음 전하고 싶었는데 내 마음대로 잘 되지 않았어. 근데 엄마는 공부 잘하는 오빠하고 나하고 계속 비교만 하고, 내 기분 따위는 안중에도 없지?"

"이수희!"

지금까지 운 적이 별로 없던 수희가 눈물을 터뜨리며 방 안으로 들어갔다. 수희는 아까 놀이터에서 생각했던 것은 모두 지워버렸다. 지금은 집에서 느꼈던 슬픔만 남아 있었다. 수희는 방 안에서 울고, 또 울었다. 문밖에서 오빠가 문을 두드려보아도 대답조차 없었다.

다음날이었다. 수희는 밥도 먹지 않고 집에서 학교까지 걸어가던 도중, 미소를 만났다. 미소는 수희를 보고 놀랐다.

"수희야! 너 얼굴이 많이 부었다. 너 어제 라면 먹고 잤구나! 아니면 너

울었어?"

수희는 어제 있었던 일들을 말해 주었다. 그 말을 들은 미소가 말했다.

"수희야. 너희 가족들은 분명 너를 걱정하면서 기다리고 있었던 거야. 가족들이 모여 있었다고 했잖아."

"그렇긴 한데……. 아닐 거야."

"그나저나 너 선생님께서 어제 숙제로 내주신 진로에 대한 글쓰기 했어? 그거 내일까지잖아. 꿈이 없어서 걱정이라면 좋아하는 일을 생각해봐."

수희는 자신이 잘하는 것과 좋아하는 것에 대해 한참동안 생각했다.

'나는 노래를 부르는 것이랑 그림 그리는 것을 좋아하니까 가수나 화가가 되고 싶다고 써볼까?'

수희는 종이에 자신의 꿈인 화가와 가수를 적고, 그에 대한 설명도 덧붙였다.

수희는 학교를 마치고 집으로 갔다. 집에 와보니 엄마가 계셨는데 수희는 인사조차 하지 않고 가방을 던지고 방으로 들어가 버렸다. 그때 수희 엄마는 수희의 가방을 뒤적거리다가 종이 한 장을 발견했다. 그 종이는 다름 아닌 수희의 꿈에 대하여 적힌 것이었다.

"이수희! 여기로 와봐. 이 종이 뭐니?"

"학교 숙제."

"너 꿈이 가수랑 화가? 너 정말 이런 직업 선택하면 먹고 살기 힘들어. 네가 이런데 천부적인 재능이 있는 것도 아니잖니. 그냥 안전하게 공무원 해라. 예를 들면 교사 같은 것으로."

"엄마. 이건 내가 하고 싶은 거야. 내가 언제까지 엄마 말만 따라야 해? 그리고 가수랑 화가라고 다 돈 못 버는 것은 아니잖아."

"야! 너 자꾸 말대답 할래? 그리고 네 오빠는 꿈이 교수랑 검사던데.

얼마나 좋니. 명예도 높고…… 엄마는 다 널 위해서 이러는 거야. 그러니 공부도 좀 열심히 해야지. 그러니 들어가서 공부해."

수희는 매일 잔소리만 하고 말을 시작하면 공부하란 말로 끝나는 엄마가 싫어져서 그만 방으로 들어갔다.

4
엄마와의 전쟁

다음날 수희는 학교에 가서 선생님께 자신의 꿈에 대하여 쓴 글을 냈다. 선생님은 대충 훑어보시더니 수희에게 말씀하셨다.

"수희의 꿈이 공무원이구나. 하지만 구체적으로 쓰고 이유도 좀 더 써주면 좋겠는데."

"네? 제 꿈이 공무원이요? 저는 분명 화가랑 가수를 적었는데요?"

수희는 잠시 생각하다가 자신의 엄마가 적었다는 것을 깨달았다.

"그러면 다시 한 번 적어보렴."

"선생님 저는 무작정 그림을 그리는 것은 싫은데 그림 그리기는 하고 싶어요. 저 어떡하죠?"

"음, 그렇다면 한번 그림에 관련된 것을 알아봐. 예를 들어 미술심리상담사나 건축디자이너와 같은 직업들 말이야."

수희는 그림에 관련된 직업이 매우 다양하다는 것을 알게 되었다. 그리고 학교 수업을 마치고 집에 가서 자신의 엄마에게 말했다.

"엄마! 나는 오직 돈을 위해서 꿈을 선택하고 싶지 않아. 난 그림 그리기와 노래 부르기가 내 특기고 취미생활이기 때문에 이 꿈을 선택한 거야. 나는 내 능력을 발휘하고 싶고 즐기고도 싶은데 엄마가 내 의견을 들어줬으면 좋겠어."

그러자 엄마가 말했다.

"너, 엄마가 그건 너를 위한 것이라고 했어. 안했어! 자꾸 그렇게 말대꾸 할래?"

수희가 말했다.

"엄마는 왜 내가 짜증도 안 냈는데, 다짜고짜 화만 내? 내가 가라앉히고 소리도 지르지도 않았는데 진짜 엄마는 너무한 거 아니야? 또 이거 아빠한테 다 이를 거지? 안 봐도 비디오야."

엄마가 갑자기 버럭 소리를 질렀다.

"너 엄마한테 무슨 말을 그렇게 하니? 어른한테 그렇게 버릇없이 말하는 거 아니야!"

수희는 안 그래도 기분이 나쁜데 더 기분이 나빠졌다. 수희는 엄마를 노려보면서, 핸드폰을 들었다. 그러고는 집 밖으로 나갔다. 미소에게 전화를 했다.

뚜르르르르- 뚜르르르르-

미소는 전화를 받지 않았다. 그래서 수희는 다시 전화를 걸었다.

뚜르르르르- 뚜르르르르-

그래도 전화를 받지 않았다. 수희는 전화하는 것을 포기하고 놀이터 벤치에 앉았다.

수희가 잠깐 졸고 있던 사이, 수희의 주머니에서 전화벨이 울렸다. 수희는 깜짝 놀라서 벌떡 일어났다. 그러고 나서 전화를 받았다.

"여보세요?"

"미안, 수희야. 아까 학원에 있어서 전화 받지 못했어. 그런데 무슨 일로 전화한 거야?"

"그냥 심심해서."

수희와 가장 친한 미소는 단번에 무슨 일이 있는지 알아차렸다.

"너, 울었어? 목소리가 왜 그래?"

수희는 미소에게 그동안 일어났던 일들을 모두 다 말했다. 그 말을 들은 미소가 말했다.

"수희야, 걱정 마. 괜찮을 거야."

수희는 미소와 할 얘기를 다하고, 전화를 끊었다. 그리고 놀이터 벤치에 누웠다. 수희는 한참 생각을 했다. 그러고는 잠이 들었다. 그렇게 10시가 지나고, 11시가 지났다. 수희의 엄마는 수희가 집에 안 들어와서, 수희를 찾으러 집 밖으로 나갔다. 수희가 친구랑 놀다가 집에 들어온다고 해도, 12시 전에는 꼭 들어오는 아이였다. 엄마는 수희의 이름을 부르며 동네를 돌아다니셨다. 심지어 수희가 자주 가는 문방구, 공원 같은 곳도 둘러보았다. 엄마는 수희를 찾던 도중 너무 지쳐서 다시 집으로 들어가는 사이, 놀이터에 누군가가 누워 있는 것이 눈에 띄었다. 엄마는 누가 죽어 있나 싶어서 살금살금 숨 죽여 그 사람에게로 다가가다 깜짝 놀랐다. 왜냐하면, 놀이터 벤치에 누워 있는 사람은 수희였기 때문이다. 엄마는 수희를 찾아서 매우 기뻤다. 하지만 한편으로는 수희가 미웠다. 수희 엄마는 수희를 안고, 집으로 들어갔다. 집으로 들어간 엄마는 수희 옆에 앉아 한참동안 쳐다보았다. 그리고 말을 시작했다.

"수희야, 아빠는 직업이 있는데 엄마는 그냥 평범한 주부이기 때문에 욕심을 낸 것 같아. 혹시나 네가 엄마처럼 될까 봐 걱정이 됐어. 엄마가 미안해."

다음날, 수희는 학교를 갔다. 수희는 학교를 가자마자 미소를 봤다. 미소가 말했다.

"수희야, 너 많이 울었구나. 눈이 빨갛게 부었네."

미소의 말을 들은 수희가 화들짝 놀라면서 말했다.

"너 거울 있으면 좀 빌려줄래? 아침에 바빠서 눈이 부었는지 볼 시간이 없었거든……."

그리고 연예인 사진과 거울, 빗 그리고 화장품 밖에 없는 가방을 뒤적이면서 마침내 거울을 꺼내서 주었다. 거울을 본 수희는 표정이 울상이 되었다.

"힝. 이게 뭐야. 벌에 쏘인 것마냥 퉁퉁 부어서 그렇지 않아도 못생긴 얼굴이 더더욱 못생겨졌잖아."

거울을 보던 수희를 빤히 쳐다보던 미소는 궁금하다는 듯이 물었다.

"그런데 너 어제 집에는 들어갔었니?"

"잘 모르겠어. 나는 분명히 침대가 아닌 놀이터 벤치에서 잤는데. 신기하게 일어나보니 집이더라……."

"너희 엄마가 너 안 들어왔다고 걱정된다고 나한테 울면서 전화했던 거 있지?"

엄마에 대한 원망만 했지 이런 이야기는 몰랐던 수희는 미안하고 너무 철이 없었던 것 같아서 부끄러웠다. 하지만 엄마에 대한 원망이 가시지 않았던 수희는 미소에게 연신 툴툴거렸다.

"그거 다 연기야! 나한테 얼마나 쌀쌀 맞게 구는데…… 네가 지금 우리 엄마가 나한테 하는 것을 보면 너도 전화하면서 운다고 했던 말이 믿기지 않을 거다."

수희는 이렇게 말하면서도 눈치를 보면서 미소의 표정을 살폈다. 미소의 표정을 보아하니 수희에게 실망한 눈치였다. 수희는 하나밖에 없는 단짝 친구를 잃고 싶지는 않았기에 떡볶이로 미소를 타일러 보았다.

"미소야, 내가 이따가 학교 마치고 분식집에서 떡볶이 2,000원어치 하고 네가 좋아하는 아이스크림 사줄게. 화 풀어, 응?"

라고 말하자 미소는 수희를 힐끔 쳐다보더니 "진짜야?"라고 물으면서 기분 좋은 웃음을 지었다.

"당연하지! 하나밖에 없는 친구를 속일 수는 없지!"

한참 그렇게 웃어대며 떠들고 나니 벌써 쉬는 시간이 훌쩍 지나가고 수업시작 종이 울렸다. 원래 국어 시간이었는데 갑자기 미술선생님이 들어오셨다.

그래서 수희가 "선생님! 반 잘못 들어오셨어요!" 하자 반 아이들이 와하하 하고 웃었다. 그래서 관심이 집중된 수희는 얼굴이 붉어졌다. 선생님이 웃으시면서 마침내 입을 떼셨다.

"오늘부터 내 꿈 찾기 주간이 실시되니까 오늘 하루 동안 10년 후의 내가 어떤 직업을 가지고 살아갈지 미술실에 있는 4절지에 그려서 실장에게 내세요. 알겠어요? 이해 안 가거나 질문 있는 사람?"

"없어요!"

수희네 반 아이들은 외쳤다.

"그럼 지금부터 그리기 시작하세요. 그리고 실장?"

선생님이 두리번거리면서 실장인 윤서를 찾기 시작했다. 윤서는 손을 들면서 일어났다.

"네! 여기 있어요!"

"내일 아침 조례하기 전까지 애들 그림 다 거둬서 갖고 오세요."

이렇게 말씀하시고 선생님은 교실 문을 나섰다. 수희는 지난번 진로학습지에 이어서 또 다른 고민이 생겼다. 벌써 다른 애들은 스케치를 하고 있었고 어떤 애들은 스케치를 다 하고 물감을 가지러 가는 아이들도 있었다. 미소를 보니 경찰 제복을 입고 있는 그림을 그렸다. 수희는 자신의 꿈을 아직도 정하지 못해서 일단 자신이 제일 좋아하는 직업인 가수를 그렸다.

그 다음날, 수희네 반 아이들은 진로에 대해 그렸던 그림을 내고, 번호

순서대로 차례대로 한 명씩 상담을 하러 갔다. 곧 수희의 차례가 되자 수희는 교무실로 갔다. 담임 선생님께서는 수희가 자신의 앞에 앉자마자 말했다.

"수희야, 너 혹시 지금 장래희망이 확실하게 정해져 있니?"

"아니요. 마음에 드는 직업이 있긴 한데 꿈이 워낙 자주 바뀌고 확실하지가 않아요."

"그러면 너 지금까지 바뀐 장래희망이 다 그만한 계기가 있니?"

"네. 처음에는 빵을 만드는 것이 재미있어 보여서 제빵사가 되고 싶었는데 좀 더 생각해 보니 빵을 만드는 것은 제 취미에도 맞지 않고 장사가 잘 되지 않으면 문제점이 생길 것 같다는 생각에 그만두었어요."

"그리고?"

"그 다음의 꿈은 그림을 그리는 것이 정말 재미있었고 즐거워서 화가가 장래희망이었는데 나중에 보니까 저보다 그림을 훨씬 더 잘 그리는 사람들이 많고, 엄마가 자꾸 금전적인 걱정을 하셔서 꿈을 접게 되었어요."

"혹시 또 있니?"

"지금의 현재 장래희망이에요. 제 현재의 장래희망은 한국이나, K-POP하면 떠오르는 멋진 가수가 되는 것이에요! 왜냐하면 가끔씩 TV에 나오는 가수를 보면 정말 멋지거든요. 그리고 저는 취미와 특기가 노래 부르기에요. 하지만 장래희망이 화가였을 때처럼 엄마가 자꾸만 오빠랑 비교를 하시고 마음에 들어 하지 않으셔서 꿈을 다시 접을까도 생각중이에요."

"어머니께서 그러시니?"

"네."

"부모님은 무슨 직업을 하라고 그러시는데?"

"검사나 판사, 의사와 같은 직업이요. 듣기만 해도 머리가 아픈 직업들이에요."

"너는 그런 직업들이 마음에 들지 않니?"

"네. 당연하죠. 저희 엄마는 항상 강제로 시키는 것 같아요. 그래서 저는 제가 하고 싶은 직업을 잘 모르겠어요."

"수희야. 정 그렇다면 집에서 진로 적성 검사를 한번 해보렴. 그 검사를 하면 너에게 어떤 직업이 적합한지 알아볼 수도 있고, 여러모로 너에게 도움이 많이 될 거야. 그리고 지금 존재하는 직업을 100가지 이상 찾아서 그 직업명과 하는 일을 알아보는 것도 좋은 방법이야. 그것도 직업의 종류를 잘 알 수 있고 장래희망을 선택하는 데에 도움을 주는 방법 중 하나란다. 시간 날 때 한 번 해보는 게 어때?"

"네. 선생님, 감사합니다."

수희는 선생님께 들었던 말들을 되새기며 집으로 가 컴퓨터를 켜기 시작했다. 그때, 엄마가 수희 앞으로 다가왔다.

"이수희! 넌 또 컴퓨터야? 너희 오빠는 이번 시험에서도 어김없이 1등을 했는데 말이야, 너는 컴퓨터나 하고 있어?"

"아, 엄마 나 게임 안 해!"

"또 변명이지? 너 자유학기제가 시험 치지 말고 놀라고 있는 건 줄 아나본데, 그런 게 아니야. 너도 이때 열심히 공부해서 2학년 때는 정말 1등 해야지, 응?"

"엄마, 자유학기제는 자신의 진로를 한 번 더 생각해 보고 진로를 정하는 데 도움을 준다고 있는 거잖아. 그래서 나는 지금 그 자유학기제의 의미에 걸맞은 행동을 하려고 하는 중이야 난."

"너 자꾸 엄마한테 말대꾸 할래? 빨리 방에 들어가서 공부나 더 해!"

"아! 선생님이 해보라고 하셨어!"

"말도 안 되는 소리 한다. 그만하고 들어가서 공부나 더 하랬지!"

수희는 어쩔 수 없이 방에 들어갔다. 수희는 엄마가 자신의 말을 들어주지 않는다는 것을 깨닫고 그냥 진로에 대해 알아보는 것을 포기하고 다음에 해보기로 한다. 다음날, 선생님께서 수희를 따로 교무실로 부르셨다.

"수희야, 선생님이 검색해 보라고 한 건 조금 알아봤니?"

"아니요."

"어제는 할 것처럼 그러더니 왜 안 했니?"

"엄마가 제가 게임하는 줄 알고 그냥 방에 들어가서 공부나 하래요."

"어머니께서 그러셨어?"

"네."

"알겠어. 선생님이 어머니하고 말씀 나눠볼게. 수희 너는 그만 가도 좋아."

"네, 안녕히 계세요."

선생님과 약간 이야기를 나누고 나니 조금 괜찮아지는 수희였다.

수희가 간 뒤 선생님은 깊은 생각에 잠겼다.

'어머니께서 너무 공부만 중요하게 생각하시는 것 같아. 아무래도 첫째인 오빠가 공부를 잘하니까 수희도 그렇게 해야만 한다고 생각하시겠지. 수희 어머니와 한번 이야기를 해봐야겠어.'

5
엄마와의 상담

선생님은 학급 명단에서 수희의 가족에 있는 어머니의 전화번호를 찾아 전화를 거신다.

뚜르르르–

"여보세요?"

"아, 안녕하세요, 어머니. 저 수희 담임 선생님이에요. 다름이 아니라 어머니께 말씀드리고 싶은 게 있어서요. 오늘 시간 있으신가요?"

"당연하죠! 선생님 말씀이신데요. 제가 바로 갈게요, 교무실로 가면 되나요?"

"네, 기다리고 있겠습니다. 조심히 오세요."

뚝–

수희 엄마와의 통화가 끝난 뒤 선생님은 수희 엄마를 맞을 준비를 했다. 잠시 후에, 수희의 엄마는 재빠르게 선생님에게 다가와 인사를 했다.

"선생님, 안녕하세요. 저를 무슨 일로 부르셨나요? 설마 수희가 사고를 쳤나요? 제가 따끔하게 혼내겠습니다!"

"아니 그런 건 아니고요. 수희가 진로에 대해 확정지은 것도 없고 어머니께서 너무 공부만 고집하시는 것 같다고 생각이 들어서요."

"아…… 수희가 그러던가요? 제가 공부만 하라고 시킨다고?"

"아니요. 수희는 그렇게 말하지 않았어요. 모든 사람이 눈치가 있듯이 수희가 평소 생활하는 것을 보면 수희의 생각을 읽을 수 있었습니다. 그래서 말인데 어머니께서 수희의 진로 확정에 도움을 주시고 공부에 대한 압박을 조금만 줄여주시면 좋겠습니다. 그리고 어제 수희가 컴퓨터를 켠 것은 제가 여러 직업에 대해 검색하고 찾아보라고 부탁했던 거예요. 부디 오해는 하지 말아주셨으면 합니다."

"…… 네, 알겠습니다. 제가 수희에게 조금 너무했던 것 같다는 생각이 드네요. 그럼 이제 하실 이야기는 다 하신 건가요?"

"아, 맞다. 중요한 이야기가 있었는데 그걸 빼먹을 뻔 했네요. 어머니. 이 종이 좀 봐주세요."

선생님은 수희의 엄마에게 한 종이를 내밀었다. 그것은 다름 아닌 진로 캠프 신청서였다.

"이건 진로 캠프 신청서인데, 진로를 확정짓지 못한 친구들을 주로 대상으로 하는 프로그램이에요. 이걸 수희가 신청해서 꿈에 대해 확실한 목적을 갖고 공부에 대한 압박도 덜 받게 되면 좋겠어요. 어떻게 생각하시나요, 어머님?"

"오, 괜찮은 것 같아요. 수희랑 상의해 보고 좋다고 하면 제가 바로 선생님께 연락드리겠습니다."

"네, 시간 내주셔서 감사합니다. 어머님."

"아니에요, 별말씀을요. 그럼 수고하세요!"

수희의 엄마는 문을 열고 나오면서 종이를 유심히 들여다보셨다. 차를 타고 교문을 빠져나왔다.

학교가 끝난 후, 수희는 집으로 터덜터덜 걸어갔다. 또 혼날 것이라고 생각되었는지, 자꾸 집으로 들어가는 것을 망설인다. 끝내 결심을 마친 수희는 결국 문고리를 잡고 집 안으로 들어간다.

삐비비빅—

수희는 들어가자마자 놀랐다. 다름 아닌 수희의 엄마가 수희를 환하게 웃으면서 기다리고 있는 것이었다.

"엄마, 여기서 뭐해?"

"수희야, 잠깐 여기 앉아봐. 엄마가 수희 선생님이랑 이야기를 하고 왔는데, 내가 너에 대해 오해를 한 게 많은 것 같아. 그래서 엄마가 생각해 봤는데……."

6
진로 캠프

"수희야, 진로 캠프에 한 번 참가해 보는 게 어때?

고민에 빠졌던 수희는 흔쾌히 승낙했다. 오해가 풀린 두 사람은 잠시 동안 서로 화목할 수 있었다. 캠프 당일 날, 수희는 긴장이 되었다. 새 친구들도 만나고, 자신의 진로가 결정될 수도 있다는 기대감에 빠져 있었을 때, 진로 캠프 담당 선생님이 오셨다.

"안녕하세요, 친구들! 예상보다 많이 참여해 주었군요. 일단, 제 소개부터 할게요. 제 이름은 안소미예요. 한 달 동안 여러분의 꿈과 끼를 찾아볼 예정이에요. 다들 준비됐죠?"

"네!"

"아, 맞다. 여러분 오늘은 첫 시간이니까, 자기소개부터 할게요. 친구 이름은 뭐에요?"

"저는 이정민이에요."

"우리 정민이부터 오른쪽으로 가면서 자기소개 할게요! 괜찮죠? 정민 학생?"

"네! 안녕하세요. 저는 이정민입니다. 저는 꿈이 여러 가지여서 저에게 더 잘 맞는 꿈을 확실하게 정하기 위해 이 캠프에 참여했습니다. 그리고 모두가 친하게 지냈으면 좋겠습니다. 이상입니다."

친구들은 박수를 쳤다. 많은 친구들이 자기소개를 하고, 수희 차례가 되었다. 수희는 부끄러움이 많고 매우 소심한 아이다. 하지만, 이번 수희는 달랐다. 정말 꿈을 찾고 싶었던 건지 수희는 용기를 내어 큰소리로 자기소개를 하였다.

"안녕하세요. 저는 이수희입니다. 저는 매일마다 항상 꿈 때문에 엄마와 사소한 다툼이 많이 있어서 저의 끼를 알아보고 꿈을 정하기 위해 이 캠프에 참여했습니다. 감사합니다."

친구들은 처음 친구에게 박수를 보냈던 것보다 더 큰 소리로 박수를 쳤다. 모두 공감이 돼서일지도 모른다. 그리고 수희가 몰랐던 사실, 이 진로 캠프 선생님은 수희 담임 선생님과 매우 친한 사이이다. 수희의 담임 선생님께서는 진로 캠프 선생님께 수희 이야기를 해주었다. 그래서 그런지는 몰라도 진로 캠프 선생님은 수희를 아끼고 잘 챙겨주었다. 수희는 잘 눈치채지 못했지만, 진로 캠프 선생님은 수희를 더 도와주고 있으셨다. 선생님이라 그런지 수희의 마음을 잘 이해하셨나보다.

일주일이 지났다. 수희는 자신의 꿈을 점점 찾아가는 것 같다는 생각이 들었다. 학교에서도 잘 생활하고 꿈에 대한 학습지 같은 것도 나오면 수희는 매우 재미있게 참여했다. 그것을 보신 담임 선생님께서는 수희의 엄마에게 전화를 걸었다.

뚜르르르르

"여보세요?"

"네, 수희 어머니. 저 수희 담임선생님입니다."

"아 선생님이시군요. 저희 수희 잘 하고 있나요?"

"진로 캠프 다녀온 이후로 엄청 잘 하고 있습니다. 아! 어머니 수희 꿈이 확실하게 정해졌습니다."

"정말요? 뭐죠?"

"과학자입니다. 진로 캠프에서 과학에 대한 흥미와 지식을 엄청 많이 가지고 있다고 나왔더군요. 그리고 제가 1학기부터 수희를 지켜본 결과, 수희가 과학을 85점 이하로 내려간 적이 없어요."

"정말요? 수희가 과학을 그렇게 맞았어요? 왜 난 몰랐지? 그래도 지금이라도 알았으니까 제가 조금 더 신경 써줘야 될 것 같아요."

"네, 어머니. 수희에게 부담을 주진 마시고 옆에서 조금 거들어 주는 것이 수희에게 가장 좋은 방법입니다. 수희는 소심한 성격이라 자칫하면 전처럼 싸움이 발생할 가능성이 있어요. 부탁드릴게요."

"네, 선생님. 항상 감사드려요."

마침내, 수희가 집으로 돌아왔다. 오늘은 과학 쪽지시험을 본 날이다. 수희는 엄마에게 자랑을 했다.

"엄마! 나 과학 쪽지시험 100점 맞았어요!"

수희의 엄마는 입이 귀에 걸린 것처럼 활짝 웃음꽃이 피셨다.

"우리 수희 갈수록 잘하네. 수희가 공부도 잘해서 엄마가 어깨를 쫙 피고 다니겠네. 아이고 장하다 우리 수희!"

수희 엄마는 수희의 엉덩이를 토닥토닥 두드리셨다. 수희는 자신도 모르게 얼굴이 붉어졌다. 살짝 어색했지만 엄마에게 칭찬을 받아 기분이 좋아진 수희였다.

"다음에도 또 100점 맞아서 올게요!"

라며 조심스레 입을 떼자 엄마는 눈시울이 붉어지셨다. 수희는 이제까지 엄마의 이런 모습을 본 적이 없어서 당황스러웠다.

"엄마, 갑자기 왜 그래?"

"아니야, 수희야. 엄마는 꼭 일등을 원하는 게 아니야. 그저 우리 수희가 예의 바르고 건강하게 커주면 고마울 따름이야. 그러니 네가 할 수 있는 만큼만 해. 더 이상 바라지는 않을게."

평소 같으면 또 왜 이런 고리타분하고 지루한 이야기를 괜히 길게 이야기 하냐며 짜증을 내면서 밖으로 나갈 수희였다. 하지만 진로 캠프를 다녀오면서 수희는 변했다. 이제 자신의 확실한 진로도 정해졌고, 불량스러운 행동들도 점차 줄어들어 예의바른 학생이 되었다. 그날 밤 수희의 오빠는 야자를 끝내고 집으로 돌아와 엄마에게 물었다.

"엄마, 이수희 왜 저래? 살짝 충격이 있었나본데. 쟤 공부해!"
라고 말하자 항상 오빠에게는 너그러운 수희 엄마가 갑자기 화를 내면서 말했다.

"야! 너 수희 앞에서 그렇게 잘난 척 좀 하지 마! 네가 공부 잘 하면 다야? 동생 앞에서 혼내면 기죽는다고 수희만 혼냈는데 이제는 안 되겠다. 너 때문에 활발하던 애도 소극적이게 되어 버렸잖아! 너 앞으로 수희 앞에서 잘난 척하거나 무시하면 엄마한테 혼난다."

수희 오빠는 깜짝 놀라면서 방에 들어가 혼잣말했다.

'공부도 못하는 그 한심한 놈이 뭐가 좋다고…… 내가 걔보다는 백배천배 낫지. 이수희, 앞으로 내가 너한테 잘해주나 봐라!'

수희는 공부하다가 오빠가 혼나는 소리를 듣고 큭큭대며 웃어댔다. 수희는 속이 뻥 뚫리는 것 같았다. 공부하다가 집중이 되지 않자 수희는 안방에 있는 엄마에게 가서 말했다

"엄마, 나 공원 가서 바람 좀 쐬고 올게."
그러자 엄마는 저녁바람이 쌀쌀하다고 가디건을 입고 가라고 하셨다.

"다녀오겠습니다!"
하고 쾅하고 문을 닫고 나간 수희는 바로 미소에게 전화를 걸었다.

뚜르르르르르…… 뚜르르르르……

"여보세요? 수희야 왜? 또 야단맞았어?"

"아니거든! 얘는 내가 전화 걸면 맨날 무슨 일 있는 줄 아네!"

"음 아니면…… 혹시 과학 시험지 보여드렸는데 칭찬받았어?"

"우와, 어떻게 알았어?"

"진짜? 칭찬받았어?"

"응, 그렇다니깐! 그리고 게다가 오늘 우리 오빠도 혼났어, 잘난 척 한다고!"

그러면서 수희는 깔깔대면서 좋아했다.

"피…… 좋아?"

"야…… 갑자기 왜 우울해졌어?"

"나는 또 우리 언니랑 비교 받았거든……."

미소가 우는 목소리로 말해서 수희는 당황했지만 분위기 메이커로써 미소의 기분을 풀어 주었다. 미소는 수희의 계속되는 노력에 마침내 기분이 풀렸다. 그러면서 미소는 수희에게 말했다.

"너희 어머니께서 걱정하시겠다. 얼른 들어가. 나는 학원 숙제 때문에 먼저 끊을게. 잘 자!"

그리고 조금 후에 엄마에게서 전화가 왔다.

"수희야! 이제 들어와서 자자."

"알겠어."

수희는 화를 내지 않고 차분히 대답했다. 엘리베이터를 타고 올라오는데 갑자기 엘리베이터가 멈추었다. 덜컥 겁을 먹은 수희는 엄마에게 전화를 했다.

뚜르르르르…… 뚜르르르르르……

기다리던 엄마의 목소리가 들렸다.

"엄마! 지금 엘리베이터가 멈췄어. 어떡해? 나 무서운데……."

수희는 엉엉 울면서 다리를 동동거렸다.

"엄마가 하라고 하는 대로 해. 침착하고…… 응?"

엄마도 목소리가 떨리면서 말씀하셨다.

"먼저 비상벨을 누르고 거기에서 하라는 대로 해줘. 알았지? 아마 곧 문이 열릴 거야."

수희는 비상벨을 누르고 경비실에서 하라는 대로 기다렸더니 마침내 문이 열렸다. 엄마는 엘리베이터 문 앞에 서 있었다. 가족이 너무나도 반가웠던 수희는 엉엉 울면서 엄마와 아빠에게 안겼다. 수희는 그렇게 한참동안 울다가 집에 들어갔다. 그리고 방에 들어가서 일기를 썼다.

2016년 10월 10일 월요일

미소와 전화통화를 하러 공원에 내려갔다가 다시 올라오는데 엘리베이터가 멈췄다. 너무 무서웠다. 순간 심장이 멎는 줄 알았다. 내가 지금까지 사고를 친 것에 대한 벌인 것 같다는 생각이 들었다. 앞으로 엘리베이터를 탈 때에는 가족과 함께 탈 것이다.

다음날, 수희는 전날 엄마에게 과학 시험지에 대해 칭찬받았던 것을 미소에게 자랑을 펼쳐 좋았다.

"야, 너는 학교에 오자마자 자랑질이야?"

"헤헤 미안."

"그나저나 너, 꿈은 결정했어?"

"응! 내 꿈은 과학자야."

"너 가수랑 화가가 되고 싶다고 하더니 갑자기 웬 과학자?"

"내가 과학을 잘 하거든."

"오로지 과학 성적만 본 거야? 너 원래 너희 엄마가 과학 과외 시켜줘서 너 과학 잘하는 거잖아!"

"너는 왜 내가 진로 캠프에서 힘들게 꿈을 찾아왔는데 그런 식으로 말해? 나도 이때까지 꿈이 없어서 힘들었어."

"미안, 그렇게 들렸어? 나는 그런 의미가 아니었는데. 진짜 미안……"

"응."

수희는 미소와 이야기를 마치고 다음 수업시간 책을 준비하러 갔다. 시간이 남아, 수희는 자기 자리에 앉아서 방금 미소와 말한 것을 생각했다. 곰곰이 생각을 해보니, 미소의 말이 맞는 것 같기도 했다.

'내가 솔직히 공부를 과학 밖에 안 했나? 하긴 집에서 공부하는 과목은 과학밖에 없네.'

종이 치고 선생님이 들어오셨다. 선생님께서 수업을 하셔도 자꾸만 다른 생각이 났다. 과학 시간이었지만 재미가 없었고, 선생님의 말씀이 귀에 잘 들어오지 않았다. 다른 생각을 해서 그런지 시간이 매우 빨리 갔다.

수업이 끝난 후 수희는 밥을 먹으러 급식실로 갔다. 안 그래도 기분이 꿀꿀하고 안 좋은데, 오늘 급식은 맛이 없었다. 수희는 급식실을 가다가 매점으로 향했다. 원래 급식실은 미소와 같이 가는데 아까 한 말이 거슬려서 미소와 같이 오지 않았다. 수희는 매점에서 과자와 소시지를 사들고 반으로 향하였다. 반에는 미소가 있었다. 미소는 수희가 오는 소리를 들었는지 문을 열기 전에 이미 미소의 눈은 문으로 향하고 있었다. 미소가 갑자기 말했다.

"아까 내 말 때문에 기분이 나쁜 거야? 왜 급식실 같이 안 갔어?"

"아니, 내가 아까 생각을 해봤는데 그때 내가 좀 예민했던 것 같아. 미안해. 오늘 급식 맛이 없는 것 같아서 매점에서 과자랑 소시지 사왔어. 너는 가서 급식 먹고 올래?"

"아니야. 그냥 같이 먹자. 어차피 나도 오늘 급식 먹을 생각이 없었어."

　수희와 미소는 과자와 소시지를 함께 먹었다. 점심시간이 끝나고 5교
시가 시작되었다. 4교시랑 똑같이 집중이 되지 않았다. 시간이 또 흘러,
쉬는 시간이 되었다. 수희와 미소는 나란히 앉아 깔깔거리면서 떠들었
다.

7
2학년의 시작

종업식 날이 되었다. 3학년은 어느새 고등학생이 되었고 수희는 이제 어엿한 2학년이 되었다. 수희는 2학년 3반이었고, 단짝친구인 미소는 2학년 2반이었다. 수희는 미소와 떨어지게 되어 아쉬웠지만 한편으로는 다른 친구들과도 친해질 수 있다는 생각에 기쁘기도 하고 설렜다.

2017년 3월 2일 2학년의 첫 시작 날이 되었고, 새 담임 선생님께서 들어오셨다.

드르르륵–

"애들아, 안녕? 선생님 이름은 민찬영입니다. 오늘부터 여러분의 담임 선생님이에요. 선생님도 그렇고 너희들도 서로를 잘 모르니까 자기소개를 하겠습니다. 자 창가에 앉은 학생부터 이름과 자신의 장래 희망, 그리고 취미 등을 소개해 주세요. 그러면 선생님부터 소개 시작할게요."

라고 말하면서 반 아이들을 쳐다보셨다. 그리고 텀블러에 담긴 물을 한 모금 마시고 말을 다시 이어가기 시작하셨다.

"선생님 이름은 아까도 말했듯이 민찬영이고 선생님은 전국일주를 하는 것이 꿈이에요. 그리고 취미는 풍경 사진 찍기입니다. 자, 그러면 이제 여러분도 자기소개를 시작해 주세요."

활발해 보이는 한 친구가 일어나서 말했다.

"내 이름은 채서린이고, 장래희망은 가수야. 취미는 노래 부르기야. 앞으로 잘 부탁해!"

서린이의 발표가 끝난 후에 박수갈채가 쏟아졌다. 수희 앞으로도 많은 친구들이 멋진 소개가 이어지고 마침내 수희의 차례가 되었다. 수희는 잘 발표해야겠다는 생각을 하며 자신 있게 일어서며 말했다.

"얘들아 나는 이수희라고 해. 내 장래 희망은 과학자고 취미는 춤추기야. 앞으로 춤과 과학에 대한 것이라면 나에게 맡겨줘! 이번 2017년도에 아무 탈 없이 모든 친구들과 잘 지냈으면 좋겠어. 내가 부족할지 모르겠지만 이해해 주고 다가와주길 바래. 잘 부탁해 얘들아!"

예상 외로 서린이가 발표했을 때보다 훨씬 더 많은 박수갈채가 쏟아졌다. 수희는 부끄러웠지만 내심 속으로 기뻐하며 이번 2017년도를 잘 보낼 것 같다는 생각이 들었다.

4

해리포터와 롤링 월드의 사회적 문제들

권유나, 송윤아

차례

●

Out of the story

•

Out of the story 1. 더 큰 선을 위하여

Out of the story 2. *"After all this time?"*
                   "Always."

0 서문

●

비밀의 문을 열다

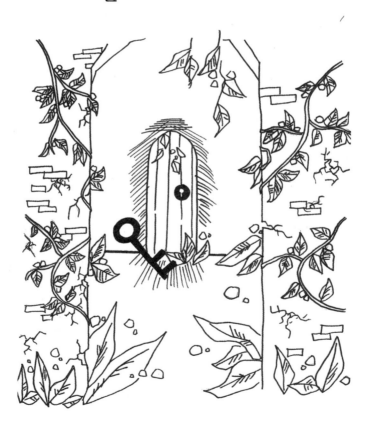

먼저 우리가 왜 해리포터에 대한 책을 썼는지를 밝히겠다. 해리포터를 처음 접했을 때의 당시 우리는 초등학생이었고, 마법세계와 기이한 생물들, 그리고 우리가 할 수 없는 기상천외한 마법들에 매료되었다. 그 신기함은 곧 우리가 그 책을 파고드는 것에 대한 좋은 원동력이 되어주었고, 그것이 지금까지 이어져 우리는 마침내 해리포터에 관한 책을 쓰게 된 것이다.

이 책은 한 마디로 말하자면 제목에도 잘 드러났듯이, 해리포터 책 속에 들어 있는 온갖 사회적 문제점들, 잘못된 것들을 현재 사회와 비교해 그것들을 수면 위로 끌어올리는 것이다. 우리 사회에는 지금도 여러 가지 문제들이 내포되어 있다. 요즘 흔히 말하듯이 금수저, 은수저, 흙수저로 대표되는 계급사회, 몇십 년 전까지만 해도 미국 사회에 만연했었고 지금도 그 잔재가 남아 있는, 종족(인종)차별.

그리고 마지막으로 우리가 매일 인터넷으로든, 종이로든 접하고 있는 언론에 관해. 당신의 눈과 귀는 사실 막혀 있는 것이 아닌지. 우리가 진실이라 생각하고 믿는 거짓이 당신을 진짜 진실에 다가가지 못하게 막고 있는 게 아닌지. 우리는 책 내에서 수많은 의문들을 이 책을 읽고 있는 사람들에게 줄 것이다. 책은 우리에게 또 다른 세상으로 가는 문이다. 그 문을 열지는 각 개인에게 달려 있지만, 대부분은 그 문을 여는 것을 망설여한다.

시간이 없어서.

딱히 흥미를 느끼지 못해서.

관심을 가지지 않아서.

별로 도움 될 것이 없어서.

또는 그 외의 것.

책이라는 문을 열지 못하는 것에 대한 이유, 또는 변명. 해리포터는 전 세계에 널리 알려진 대작이고, 아마도 해리포터를 한 번쯤 읽어보려 시도하지 않은 사람은 거의 없을 것이다. 그만큼 유명한 작품인 만큼 읽어본다는 것 자체가 이미 문을 연다는 것에 대해 한 발짝 나아가는 계기가 될지도 모른다. 우리에게 책이란 문이고, 이 책을 처음 펴고 서문을 읽기 시작한 사람들에게 각자에게 맞는 열쇠를 건네주고 싶다. 열쇠가 없다면? 걱정하지 마라. 해리포터에는 잠긴 문을 여는 마법 주문도 있다.

"알로호모라."

만능열쇠에 가까운 이 주문은 당신의 문을 가볍게 열고 책의 세계로 이끌 것이다. 한 발을 내딛어 열린 비밀의 정원 안으로 들어가 보라. 한 번도 보지 못한 세계가 당신을 맞이할 것이다.

언젠가 부엉이가 당신에게 날아오기를.

2016. 10. 권유나, 송윤아

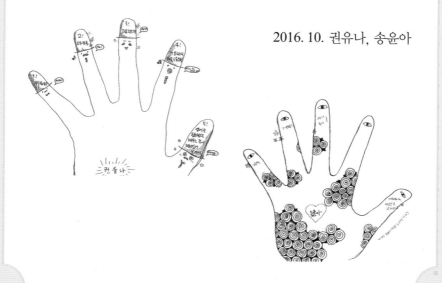

1
계급사회 : 모든 것의 시작

론과 헤르미온느가 무슨 일인지 보려고 잔디밭으로 걸어오고 있었다.

"무슨 일이니?"

론이 해리에게 물었다.

"왜 경기하지 않는 거니? 그리고 저 애는 여기서 뭐 하는 거야?"

그는 슬리데린 퀴디치 망토를 입고 있는 말포이를 바라보고 있었다.

"난 슬리데린의 새 수색꾼이야, 위즐리."

말포이가 잘난 체하며 말했다.

"우리 아버지께서 우리 팀 모두에게 사주신 빗자루를 자랑하고 있던 참이었어."

론이 눈앞에 있는 최고급 빗자루 일곱 개를 입을 쩍 벌리고 멍하니 바라보았다.

"좋지, 안 그러니?"

말포이가 능글능글하게 말했다.

"하지만 그리핀도르 팀도 금을 조금 모으면 새 빗자루를 살 수 있을 거야. 저 클린스윕 5를 팔 수 있을지도 몰라. 박물관에서 그 빗자루를 사려고 나선다면 말야."

슬리데린 팀이 낄낄대며 큰 소리로 웃었다.

"그리핀도르 팀에서는 적어도 돈을 내고 선수가 된 팀은 없어." 헤르미온느가 날카롭게 말했다.

"그 애들은 다 실력으로 들어왔으니까."

말포이의 얼굴에 새침한 표정이 휙 스쳤다.

"너한테 말하지 않았어, 이 더러운 잡종아."

그가 내뱉듯이 말했다. 말포이의 말이 끝나기가 무섭게 소란이 일어났으므로 해리는 말포이가 정말로 나쁜 말을 했다는 것을 단번에 알았다. 플린트는 프레드와 조지가 말포이에게 달려드는 것을 막기 위해 그의 앞으로 뛰어들어야만 했고, 앨리샤는 날카로운 목소리로 "어떻게 감히 그런 말을"이라고 말했다.

– 해리포터와 비밀의 방 中

순수혈통, 혼혈, 잡종.

해리포터 세계관 내에서 가장 대두되는 주제인 계급사회는 몇몇을 제외한 순수혈통 28가문[1]을 중심으로 그 모습을 드러낸다. 해리포터 2권 비밀의 방 작품 중에서 28가문 중 하나인 말포이는 마법을 쓰지 못하는, 소위 '머글' 부모에게서 태어난 헤르미온느에게 말한다.

"너한테 말하지 않았어, 이 더러운 잡종아."

그 뒤로 바로 싸움이 일어나는 것과 잡종이라는 말을 들은 아이들의 반응을 보면 '잡종'은 마법세계 사람들이 혼혈에게 할 수 있는 가장 심한 욕이라고 볼 수 있겠다.

해리포터와 불의 잔에 보면, '머글 부모를 가진 마법사에겐 잡종이라는 말이 굉장히 모욕적이라는 건 누구나 다 알고 있었다.'라고 서술된 바 있다.

잡종(mud-blood). 마법사와 머글 사이, 또는 머글과 머글 사이에서 태어난 마법사를 저급한 말로 칭하는 용어이다. 혼혈이라는 단어가 있음에도 그것을 쓰는 것은 조롱이나 비아냥의 의미와 다름없다. 이 문제는 해리포터라는 시리즈물의 전반에 걸쳐 나타나는데, 머글들을 옹호한다는 이유로 순수혈통 28가문 중 하나인 위즐리 가(家)는 배신자 취급을 받는다.

---

1 조부모 때부터 모두 순수혈통인 28개의 가문을 뜻한다. 유명한 가문으로는 블랙, 말포이, 위즐리, 크라우치. 곤트, 레스트랭(레스트레인지), 롱바텀 그리고 올리밴더 등이 있다.

또한 이 소설에서의 최고 악이라고 할 수 있는 볼드모트 경은 극순혈주의자다. 순혈이 아닌 자들을 배척하고 머글이나 혼혈들은 순수혈통보다 천박하다고 생각하며 심지어는 순수혈통이 마법세계를 다스려야 한다고 생각하고 그것들을 그대로 실천한다.

우리는 이런 종류의 차별을 역사책에서 흔히 볼 수 있다. 조선시대의 양반과 천민, 또는 옛날 평민과 그 위에 군림하던 귀족과 왕족, 현재에도 자리 잡고 있는 악습인 인도의 카스트제도와 같은 것들.

이 중 현재에도 무서운 관습으로 남아 있는 카스트 제도를 예로 들어보겠다. 카스트 제도는 아리안족이 인도를 정복한 후 소수집단인 지배계급이 피지배계급에 동화되는 것을 방지하기 위한 목적에서 출발한 것으로 알려져 있다.

피부색 또는 직업에 따라 승려계급인 브라만(brahman), 군인·통치계급인 크샤트리아(ksatriya), 상인계급인 바이샤(vaisya) 및 천민계급인 수드라(sudra)로 크게 나누어지며, 이 안에는 다시 수많은 하위 카스트(subcaste)가 존재한다. 최하층 계급으로는 불가촉천민(不可觸賤民, untouchable)이 있다.

카스트 제도가 생긴 최초에는 그다지 엄격하지 않았으나 오랜 역사적 흐름과 더불어 다른 카스트와의 결혼 불허 등 수많은 금기를 가진 사회 규범으로 굳어졌다.

엄격한 카스트 제도 하에서 인도인들은 자기가 속한 카스트의 행위 규범을 준수해야 했다. 예를 들어 브라만은 반드시 해가 지거나 뜰 때 기도를 해야 했고 경전을 외워야 했다. 이러한 계급제도는 인도 사회를 안정시키고 결속시키는 데 도움이 된 면도 있다고 하나, 인권을 침해하고 사회를 정체시켜 활력을 잃게 하는 부정적 영향이 크다.

브라만과 불가촉천민은 사는 구역을 나누는 것뿐만이 아니라 어느 계급의 사람들이든 불가촉천민과 신체가 닿으면 매우 불쾌하게 생각한다. 실제로 인도에서는 불가촉천민과 다른 계급의 사람이 서로 사랑해 결혼하려다 여자 측이 다른 계급에 의해 살해당하는 일이 생겼다. 그들의 신분 차이는 하늘과 땅 차이며, 손과 발의 차이이고, 그 차별을 벗어나 자유롭게 사는 것은 거의 불가능할 정도다.

해리포터 책 속에서도 그와 비슷한 사례들은 분명하게 나타나고 있다. 해리포터의 대부인 시리우스 블랙과 사촌지간인 안드로메다 통스는 본래 순수혈통 중에서도 볼드모트를 따르며 순수혈통에 대한 우월의식을 가지고 있는 블랙 가문이었다.

하지만 그녀는 머글 출신 마법사 테드 통스를 좋아하게 되고, 서로 결혼하였지만 이에 블랙 가는 그녀가 천박한(실제 블랙 가가 머글 출신과 혼혈들을 칭하는 말이다) 머글 출신과 결혼했다는 것에 크게 노해 그녀를 블랙 가의 가계도에서 지우고 호적을 판다. 심지어 나중에는 안드로메다의 남편인 테드를 죽이는 끔찍한 일을 저지른다.

순수혈통과 혼혈 또는 머글 태생, 브라만 계급과 불가촉천민은 서로 다른 것일까, 틀린 것일까? 물론, 모두가 알다시피, 그 답은 '다른 것'이다. 무엇이든 틀린 것은 없다. 다만 서로 다를 뿐이다. 이와 마찬가지로, 순수혈통과 혼혈, 그리고 머글 태생은 모두 마법사의 피가 얼마나 많이 섞였는지는 다르겠지만 모두 부정할 수 없는 인간이다.

마법이라는 머글들이 쓸 수 없는 힘의 유무에 따라 계급이 달라지고, 차별이 시작된다. 선대가 마법사이면 대우가 달라진다. 그에 따라 순수혈통 가문에서는 근친상간이 벌어지는 일도 자주 있었으며 그래서 그랬는지는 몰라도 블랙 가와 곤트 가에서는 정신병을 가진 후손들이 많이 태어났다고 한다.

심지어는 순수혈통이라 자부하는 이들도 사실은 순수혈통이라 딱 집어 말할 수 없는 경우도 많이 있다. 순수혈통 중 유명한 말포이 가만 하더라도 국제 마법사 비밀 법령의 제정으로 머글 사회에서 종적을 감추기 전까지 영국 왕실에서 강력한 권력을 휘둘렀으며 권력을 가진 머글들과의 혼사도 자주 있었다고 한다.

머글 태생이나 혼혈이라고 해서 능력이 뛰어나지 않은 것도 아니다. 반대로 순수혈통이 특별하게 뛰어난 것도 아니다. 해리포터 삼총사 중 하나인 헤르미온느 그레인저는 머글 태생이었으나 거의 모든 시험에서 O(Outstanding, 특출함. 호그와트의 성적 등급 중에서 가장 높음)을 받았으며 학구열도 높은, 작품 중에서 계속 수석을 차지한다고 묘사될 정도로 명석한 두뇌를 가지고 있었고, 순수혈통보다는 머글 태생과 혼혈의 비율이 더 높은 마법 세계에서 높은 직위를 차지한 이들도 있었다.

또한 순수혈통주의의 가장 대표적인 인물, 볼드모트도 혼혈이다. 볼드모트의 본명은 톰 마볼로 리들이다. 그는 수려한 외모와 뛰어난 두뇌로 재학 당시 순수혈통을 가장하여 모두의 우위에서 행동했고 재학 후에도 볼드모트라는 그의 아나그램(Tom Mavolo Riddle → I am Lord Voldemort)을 사용하여 활동하면서 순수혈통 주의자들의 정점에 섰다.

그들(볼드모트와 그의 추종자들)의 악행이 정점을 찍었을 때에는 그야말로 끔찍했다. 머글 태생과 혼혈들을 보호해 주고 인권을 지켜주어야 할 마법부의 중앙 홀에는 짓눌려서 마법사들을 떠받들고 있는 머글들의 동상이 세워져 있었고, 머글 태생 마법사를 잡아들이기 위해 머글 태생 등록법이 새로 만들어졌다.

머글 태생인 마법사나 마녀들은 청문회에 강제로 불려나갔고, 그들은 마치 독일의 나치 때 수용소로 이끌려가던 유대인들처럼 강제로 디멘터의 키스[2]를 당했다. 그리고 누가 머글이고 혼혈인지 쉽게 판단할 수 있도록 아이들이 호그와트에 출석하는 것을 강요하며, 입학 허가를 받기 전에 자신들이 순수혈통인지, 혼혈인지, 머글 태생인지에 따른 혈통 등급을 부여받아야 했다.

머글 태생 마법사들은 인권을 보장받지 못하고 고통 받았다. 순수혈통주의의 사람들 때문에 얼마나 많은, 무고한 사람들이 다치고 죽었는가? 그들의 악행은 절대로 지워지지 않을 것이다.

마법부 장관 코넬리우스 퍼지는 장관이라는 직위에 심취해 자신의 자리를 지키기 위해 해리포터 불의 잔 편의 대표 악역이라 할 수 있는 바티 크라우치 2세를 아즈카반으로 데려가지 않고 그 자리에서 즉결심판(디멘터의 키스)을 하기도 한다. 아래는 코넬리우스 퍼지에게 덤블도어가 한 말인데, 그의 장관 자리에 대한 열망과 애착을 단편적으로나마 잘 나타내 주고 있다.

"코넬리우스, 자넨 눈이 멀었어! 자네가 차지하고 있는 그 직책에 대한 애착 때문에! 자넨 항상 소위 그 순수한 혈통이라는 것에 지나치게 많은 의미를 부여하고 있었어! 그래서 정말로 중요한 건 어떤 신분으로 태어나는가라는 게 아니라, 어떻게 성장하는가라는 사실을 미처 깨닫지 못하고 있단 말일세!"

'계급사회의 문제' 라는 제목을 가진 챕터에서 갑자기 왜 코넬리우스 퍼지 장관의 이야기를 꺼냈는가 하고 의문을 가질 수도 있을 것이다. 지금부터 할 말이 바로 그 이유이다. 코넬리우스 퍼지는 자신의 자리를 지키기 위해 순수혈통의 각종 비리와 패악을 눈감아 주는 등 누구보다 청렴해야 하는 마법세계 장관으로서는 옳지 않은 짓을 하였다.

---

2 디멘터는 아즈카반의 간수로, 사람의 행복을 빨아들이고 절망을 불러온다. 디멘터에게 입맞춤을 당하면 행복이 없어지고 절망과 공허만 남아 죽는 것보다 못한 상태에 이르게 된다. 디멘터는 익스펙토 패트로눔 마법을 쓰면 물리칠 수 있다.

순수혈통이나 그 외에도 다른 잘못된 권력을 쥔 사람들의 특징은 오직 그들만의 힘으로 이루어진 것이 아니라는 것이다. 물론 그들의 힘이 강대함도 있겠으나, 그와 더불어 코넬리우스 퍼지처럼 자신의 이익을 위해 권력가에게 붙는 사람들이 많아져 가면서 힘이 더 커진다고 볼 수 있다.

　작은 힘을 가진 사람이라도 많이 뭉치게 되면 힘이 무시하지 못할 정도로 커지는데, 하물며 큰 힘을 가진 자들이 뭉치면 어떻게 될까. 호그와트 네 개의 기숙사 중 하나가 통째로 순혈주의 사상을 가지고 있을 만큼, 마법부에서도 그들을 통제할 수 없을 만큼 힘이 커지는 것이다.

　볼드모트의 사상에 감히 거스르는 이들이나 머글, 또는 혼혈 태생들을 마구잡이로 학살하며 그들은 그들의 주인에게 기쁨이 될 것이라 여겼고 실제로도 그러하였다. 수백 명의 사람들이 죽어나갔다. 신문에는 하루가 멀다 하고 속보가 실렸다. 빈 집에서 살해된 채 발견된 머글 태생, 가족과 함께 있다가 떼죽음을 당한 혼혈. 지금부터 할 이야기는 주제에 맞지 않는 말이지만, 죽음을 먹는 자들의 악행과 그에 따른 인종 차별을 얘기하려면 사실 반드시 필요한 이야기이니 한번쯤 이런 방면으로 생각해 보는 것도 나쁘지 않을 것이다.

　솔직히 말해 이성적으로 보면 말이 되지 않는 일이다. 누가 더 귀하고 천한지 정확히 판별할 수 있는 자는 설령 신이라도 없으며, 귀하지 않은 생명은 없다. 있다 하더라도 인간의 존엄성을 가지고 판단해 보자면 옳지 않다.

　살아간다는 것은 수학도 논리도 아니다. 누구도 침범할 수 없는 자신만의 권리인 것이다. 그것이 살인자라면 나뉘는 의견이 많지만, 아무 죄를 짓지 않은 사람들은? 그들이 고작 조상들에게서 물려받고 섞인 피에 따라 죽고 다치는 것은 사람이 가지고 있는 고유한 권리를 빼앗는 것이나 다름없다.

무리의 안녕과 질서를 꾀하기 위해서는 일단 무리를 이끄는 사람이 하나는 있어야 한다는 게 내 생각이다. 제대로 질서가 잡혀 있지 않고 규칙이 없다면 결국 그 무리는 파멸에 이를 것이기 때문이다. 하지만, 과연 권력이 있는 자가 권력이 없는 자라 하여 함부로 대하는 것이 문제가 없을 것인가.

물론 조금의 강제는 필요하다. 벌이나 징계 같은 것. 실제 학교에서도 교칙을 위반하면 벌점 같은 방식으로 제재를 두고는 한다. 하지만 결과적으로 필자가 이야기하고자 싶은 것은 그것이 도를 지나치면 안 된다는 것이다.

그들은 애초에 도를 넘어섰고, 처음부터 잘못된 것이었지만. 잘못된 생각과 이념을 가진 자들이 뭉쳐 힘을 가진 조직을 만들면 좋지 않은 일들이 야기된다는 것을 해리포터 책 속에서 잘 보여주고 있다.

그들은 오랜 세월 동안 마법 세계의 중점에 서서 다스려왔다. 그들은 오만하고 거들먹대었으며, 정의롭고 자신의 신의를 위해 행동하는 몇몇 이들을 제외한다면 그들에게 감히 반기를 들 자는 없었다. 특히 볼드모트가 지배하던 시절에는.

아주 당연하게도, 순수혈통을 지지하는 사람들만큼 순수혈통주의를 좋지 못하게 보고, 반대하는 사람도 많았다. 그들은 언제나 순수혈통만이 우월하지 않다는 사실을 외쳤고, 후에(해리포터 작품 내에서는 만날 수 없는, 작가 공식 인터뷰에서 밝혀진 사실이지만) 헤르미온느가 새로운 장관 킹슬리 샤클볼트를 도와 순수혈통 지지 정책을 폐지하는 결과를 만들어 내었다. 이 결과가 나오기까지 수많은 사람들의 희생과 노력과 피와 땀이 있었다는 것을 잊지 말기를 바란다.

1.5
헬가 후플푸프의 요리법

〈버터맥주〉

재료: 바닐라 아이스크림 1컵, 버터 2큰술, 황설탕 2큰술, 견과류 가루
　　　1꼬집, 시나몬 가루 1작은술

크림소다 재료: 탄산수 2컵, 바닐라 아이스크림 1/4컵

1. 넓은 볼에 버터 2큰술과 황설탕 2큰술, 시나몬 가루 1작은술, 견과
류 가루 1꼬집을 넣고 배합해 주세요. 버터는 실온에 두었다가 약간
녹인 후 말랑한 상태로 넣어야 골고루 잘 섞여요.

2. 바닐라 아이스크림 1컵을 넣고 다시 섞고 차가운 아이스크림 때문
에 버터가 뭉친다면 전자레인지에 조금 돌린 뒤 섞어주세요.

3. 마지막으로 이렇게 만든 버터 아이스크림을 냉동실에 넣고 꽁꽁 얼려줍니다!

헬가 후플푸프의 팁!

"버터맥주의 진짜 비밀은 바로 맥주가 아니라는 것에 있어요. 아이들도 마실 수 있도록 크림소다로 만든답니다. 바닐라 아이스크림 1/4컵과 탄산수 2컵을 섞으면 크림소다가 드디어 완성돼요! 얼려 둔 버터 아이스크림 한 스쿱을 컵에 담고 크림소다를 부어요. 알코올이 없는 맥주라도 기분을 내시려면 거품이 한쪽으로 넘치게 따라보세요. 선호에 따라 코코아 가루를 위에 뿌려 먹으셔도 맛이 좋아요.

마지막으로, 마법을 쓰실 수 있는 분은 따뜻하게 해도 사라지지 않는 거품과 탄산을 포함시키는 주문을 외워주시면 요리 과정이 훨씬 편해진답니다."

2
종족 차별 : 그들이 무엇을 잘못했기에

"(금지된 숲에서 켄타우로스에게) 그러니까 알아서 모시란 말이야! 신비한 동물 단속 및 관리부가 정한 법령에 의하면, 너희 같은 잡종들이 인간을 공격했을 때엔……."

'해리포터와 불사조 기사단'에서 마법부 차관 엄브릿지가 한 말이다. 한눈에 봐도 그녀가 매우 무례한 말을 한 것임을 알 수 있다. 더군다나 켄타우로스라는 종족은 인간들에게 하등종족 취급받는 것을 매우 불쾌하게 생각하는데도 말이다.

이처럼 켄타우로스나 늑대인간 인어 등 마법부에서 인간과 동등한 존재가 아닌 동물로 취급받는 생물들은 종종 마법사들과 마녀들에게 무시당해 왔다.

그중 하나인 엄브릿지는 특히나 그녀의 권력을 이용하여 잡종이라는 말도 서슴없이 하며 그들을 무시하고 깔봐왔다. 심지어는 인어에게 꼬리표를 붙여야 한다는 운동까지 벌였다. 이렇게 마법 생물들이 받아온 차별과 무시는 미국의 1800년대부터 시작되어 현재 사회에서도 조용히, 그러나 강하게 일어나고 있는 인종차별과 매우 닮았음을 확인할 수 있다.

그들이 집단으로 이루어지면 사태가 커지기도 하는데 대표적인 예로 KKK단(쿠 클럭스 클랜)이 있다. 그들은 한마디로 인종주의자들의 모임인데, 그들은 흰색 천으로 그들의 몸을 감싸 백인이라는 것을 과시했다. KKK단은 흑인들과 인종차별을 반대하는 백인들을 구타했으며 자신들의 세력과 반대되는 생각을 가지고 있는 사람들을 테러, 폭행 등 끔찍한 일들을 일삼았다. 다행히 현재는 사실상 와해되었다고 한다.

이런 마법사들에게 마법 생물들이 받아온 차별과 무시는 미국의 1800년대부터 시작되어 현재 사회에서도 조용히, 그러나 강하게 일어나고 있는 인종차별과 매우 닮았음을 확인할 수 있다.

1800년대 미국의 사람들은 피부색에 따라서 사람을 차별했다. 이 차별의 시작은 1600년대에 처음 등장한 노예제도인데, 이 당시에는 노예들을 동물 취급하며 사고팔았고, 그 노예가 마음에 안 들면 심하게 때리고 고문하고 심지어 죽이기까지 했다. 그 당시에는 도망간 노예를 잡아오면 포상금을 준다는 광고가 자주 보였다고 한다. 심지어 이 때문에 전쟁이 일어나기도 했다.

노예에 대한 의견이 얼마나 극단적으로 갈렸는지 잘 보여주는 예로 남북전쟁이라는 것인데, 1800년대 중반에 노예제도의 철폐 유무를 놓고 미국 남부와 북부가 싸운 것이 바로 그것이다. 노예제도를 철폐해야 한다 쪽의 남부가 승리하여 그 뒤로는 노예금지법이 통과되었지만, 흑인을 차별하는 모습은 여전히 심했다.

그들이 당한 차별은 다양했는데, 그것들 중 하나가 버스에 흑인과 백인의 자리가 나누어져 있는 것이었다. 흑인은 언제나 뒷자리에 앉아야 했고, 그것마저도 백인이 앉을 자리가 없다면 일어나야 했었다. 다른 상점과 음식점도 백인과 흑인의 지정석이 달랐다.

또한 아이들은 다니는 학교까지 나뉘기도 했는데, 백인 학교가 지원받는 재정이 10배는 많았다고 한다(흑인 아이들이 다니는 학교는 위에서 언급했던 KKK단과 같은 인종주의자들에 의해 불이익을 받기도 했다). 백인과 흑인이 받는 대접은 그야말로 하늘과 땅 차이였다. 그들은 일자리, 상점과 버스의 좌석, 받는 대우부터 먹는 물까지 차이가 컸다.

우리 사회에 과연 종족차별의 예가 하나만 있을까. 결코 그렇지 않을 것이다. 하나만 더 들어 보자면, 역시 가장 유명한 것은 단연 아돌프 히틀러의 유대인 차별주의가 되겠다.

유대인 600만 명을 학살한 히틀러는 거의 유대인을 증오하는 수준이다. 이는 볼드모트와 매우 흡사하다. 웅변에 능하였다는 점부터, 다른 이들을 제 편으로 끌어당기는 데 재능을 보였고, 한 단체의 최고 수장으로 군림하였다는 점. 그리고 혼혈과 머글을 혐오한다는 점까지.

또한 그들은 잔인한 학살을 했다. 아돌프 히틀러는 유대인 수용소를 만들어 잡혀온 유대인들 중 쓸 만한 사람을 강제 노역을 시키고, 다시 쓸모가 없어지면 샤워를 시켜준다고 거짓말을 하며 가스실에 들여보내고 독가스를 내보내 사람들을 죽였다. 그와 비슷한 볼드모트는 머글들과 혼혈들, 심지어는 자신의 사상에 반하는 순수혈통들까지도 닥치는 대로 죽였다.

해리포터와 불의 잔편에서는 머글들을 타깃으로 한 범죄를 저질렀으며 히틀러가 유대인을 강제로 잡아오는 것처럼 머글 태생 마법사들을 강제로 청문회에 응하게 했다. 그들이 한 행동은 참혹했다. 머글 태생 마법사는 자신이 무엇을 잘 못했는지 모르는 채로(실제로도 잘못한 것은 없지만) 청문회에 불려갔고, 마지막에는 사람의 행복한 기억을 빼앗아가고 공허와 두려움만을 남기게 하는 '디멘터의 키스'를 받았다. 아무 이유 없이 평범한 사람들은 잡혀가고 그곳은 아비규환이 된 것이다.

마법 세계에서 반인반수들이 차별받았던 예를 들자면, 차별받는 마법 생물 중 하나인 늑대인간, 리무스 존 루핀의 예를 들 수 있다.

그는 '해리포터와 아즈카반의 죄수'에서 어둠의 마법 방어술 교수를 맡게 되었다. 그가 교직에 있을 때, 그는 학생들에게 훌륭한 선생님이라는 호평을 받고 인기 있는 선생님이 되었지만, 평소에 리무스 루핀을 그리 좋아하지 않았던 세베루스 스네이프(그가 늑대인간 자체에 악감정을 가진 것은 아니다. 그는 리무스 루핀에게 늑대인간을 위한 약까지 만들어 주기도 했다) 교수가 그가 늑대인간이라는 사실을 알리게 되면서 자발적이긴 하지만 사실상 쫓겨나는 것과 같은 퇴직을 하게 된다.

또한 그는 결코 자의로 늑대인간이 된 것이 아니다. 그의 5살 생일, 마치 좀비에게 물리면 같은 좀비가 되는 것처럼 늑대인간에게 물려 늑대인간이 된 것이다. 리무스 루핀은 자신이 호그와트에 다닐 자격이 있는지 항상 생각하고, 자신이 다른 아이들과 다르다는 것에 절망했을 것이다. 그는 모범생이고, 우수학생이었음에도 불구하고 졸업 후 늑대인간인 자신을 받아들여주는 직장을 찾을 수 없어 가난하게 살아야 했다.

하지만 그가 퇴직하게 된 가장 큰 이유는 그의 위험성도 아니고, 학생들의 불안도 아닌 학부모의 반발이었다. 그는 학생들을 포함한 학교 내의 모두에게 피해를 입힌 적이 단 한 번도 없었음에도 불구하고, 대부분의 학부모들은 늑대인간을 매우 위험한 존재로 인식하고 있었기 때문이었다(그들의 입장은 자신의 아이들을 그렇게 위험한 존재 옆에 둘 수 없다는 것이었다).

덧붙이자면, 늑대인간은 그렇게 위험한 존재가 아니다. 신비한 동물 사전의 늑대인간 부분에서는 늑대인간이 다른 신비한 동물들에 비하면 위험한 면이 있지만, 인간일 때에는 위험하지 않다고 정확히 명시해 두고 있다. 또한, 최근에 늑대인간을 위한 마법약[3] 제조법이 발달하여 최악의 사태는 상당한 정도까지 방지할 수 있게 되었다고 한다.

이러한 상황은 최근에 있었던 인종차별 사건과 비슷하다. 이 사건은 캘스테이트 계열 대학에서 근무했던 한인 여교수가 인종차별로 불이익을 겪었고 이어 부당해고까지 당하게 된 일이다. 그녀는 외국어 문학부 소속 교수를 상대로 인종차별적 언어폭행을 당해왔다고 한다.

리무스 루핀은 호그와트의 교장 덤블도어가 직접 교수 제안을 할 정도로 교수를 할 자질이 충분했으며, 호그와트 재학 당시에도 항상 우수한 성적을 거두었다. 보름달이 뜨는 날 밤만을 제외한다면 그는 훌륭한 교수였고, 좋은 친구였으며, 친절한 어른이었다.

늑대인간이 불러오는 위험을 감안하고서라도 한 달 중 고작 하루의 가능성을 가지고 그 사람을 평가한다는 것은 분명 올바르지 못한 것이다.

지난 2005년, 조교수로 채용됐을 때부터 외국어문학부 소속 교수들로부터 인종차별적 언어폭력을 들어왔다고 전해진다. 아시아계라는 이유로 종신교수 승진 심사에서도 2번 연속 떨어졌고, 지난해 6월엔 해고까지 됐다.

마찬가지로, 늑대인간, 켄타우로스, 거인을 비롯한 마법 생물들도 이 교수가 언어폭행을 당해 왔듯이, 자신이 이러한 생물이라서 마법사와 마

---

3 늑대인간들을 위한 마법약으로, 보름달이 뜨기 일주일 전에만 먹어도 늑대로 변했을 때 이성을 잃지 않게 된다. 재료들 중 굉장히 위험한 독성을 가진 것들이 있어 제조가 극히 어렵고 까다로우며, 제조가 어려운 만큼 그 재료들도 희귀한 것들이 많아 마법약이 상당히 비싸다.

녀들에게서 경멸받아왔던 것이다.

또 다른 비슷한 일로는 다트머스 대학 종신 교수직 심사에서 인종차별로 탈락한 여교수의 일이 문제되고 있다.

이 교수는 영문과 내부의 심사위원회에서는 만장일치로 추천을 받았으나 대학 고위급 인사들이 진행한 최종심사에서 탈락해 인종차별의 논란이 일어나고 있다.

누군가의 모습이 연상되지 않는가? 그렇다. 그들은 심지어 늑대인간 같은 다른 모습의 사람이 아닌데도 동양인이라는 이유로 차별받았다. 이 사건에서도, 위의 사건에서도 아니, 인종차별의 모든 면에서 마법생물들이 마법사들에게 차별을 받는 모습이 겹쳐 보인다.

그 다음으로는 조금 특별한 마법 생물 이야기를 해보겠다. 바로 꼬마 집요정 이야기이다. 그들은 말을 할 수 있고, 어느 정도의 지능도 있으며, 마법을 쓸 수 있다. 여느 마법 생물들처럼 학대를 당하고 무시를 당하는 그들이지만 조금 특이한 점이 있다.

학대하는 자도, 학대받는 대상도 그것을 당연하게 여기고 집요정이라는 생물이 노예 취급을 받는 것이 정당화되었다는 것이다(이런 학대가 당당하게 사회에 자리잡고 있는 것은 아마 오래전부터 내려와 지속되고 있기 때문일 것이라 여겨진다).

그들은 자신들이 학대받고 있다는 걸 인식조차 하지 않으려 하며 자신의 주인에게 헌신을 다한다. 주인이 하라고 명한 일이라면 설령 자신이 죽는 한이 있더라도 그 명을 완수하려고 한다. 그들이 정식으로 학대에서 벗어날 수 있는 길은 주인에게 옷을 받는 경우밖에 없다.

하지만 그런 일은 거의 없을뿐더러, 설령 주인의 심기를 크게 거슬러 옷을 받는다 하더라도 집요정은 태어났을 때부터 노예로 살아왔기 때문에 쫓겨난 집요정은 아무것도 할 수 없게 된다.

보편적인 집요정들이 그러하다면 특이 케이스도 있는 법. '도비'라는 집요정은 해리포터에 의해 그가 종속되어 있던 말포이가(家)에서 풀려날 수 있었다.

풀려난 뒤에 호그와트의 주방에서 일하기 시작한 그는 다른 집요정들과는 다르게 집요정의 자유를 주장하며 보수를 받아야 한다고 주장했다. 하지만 그의 주변에 있는 집요정들은 그가 이상한 말을 하고 있다고 생각하였다. 마법사들도 같았다. 그들은 집요정을 마음대로 다루는 것이 당연하다고 생각하며 함부로 취급했다.

하지만 머글 태생 마법사인 헤르미온느는 집요정들이 학대받는 걸 알면서도, 그것에 크게 관심갖지 않는 것을 보고 그것이 부당하다고 생각하였다. 그녀는 머글 태생 마법사였던지라 집요정이 받는 학대에 익숙하지 않고, 처음 본 상황에 대해 아무렇지도 않아하는 주변 사람들에게 당황스러움을 느꼈을 것이다.

그래서 꼬마 집요정의 복지 향상을 위한 모임(S.P.E.W)을 만들어 추진하지만, 모두들 그녀를 가볍게 여기며 무시하고 그녀의 가장 친한 친구들에게도 그 일을 하는 것은 어리석은 짓이라는 소리를 듣기까지 했다(가장 충격적이었던 것은 집요정들의 거부였다. 그들은 자신의 주인들은 자신을 학대하는 것이 아니라며 성을 냈다).

이러한 헤르미온느의 모습은 흑인 해방 운동가인 해리엇 터브먼과 닮았다. 미국 20달러 지폐에 등장하게 될 그녀는 노예의 삶을 살다가 탈출해 그 후 다른 흑인 노예를 탈출시키는 지하철로의 차장이 되었으며(지하철로 조직은 탈출 경로를 철로, 흑인노예들을 이끌어 북부로 안전하게 탈출시키는 인도자를 차장이라고 불렀다), 은퇴 후에는 여성참정권을 위해서 힘썼다.

비록 성공하지는 못했지만 꼬마 집요정의 복지 향상을 위한 모임을 만들어 집요정들에게 보다 더 나은 삶을 살게 해주려고 했던 헤르미온느의 모습은 해리엇 터브먼의 삶과 같아 보인다.

종족차별. 우리사회에서는 인종차별. 과거에 생겨나 현재까지도 사라지지 않은 문제이다. 현재는 과거의 인종차별보다는 나아졌다고 볼 수 있지만, 인종차별 문제는 끊이지 않고 나타난다. 지금도 동양인이 유럽 쪽의 나라에 가면 침을 뱉고, 욕설을 한다고 한다.

서양만의 문제가 아니다. 흔히 책이나 동영상으로 많이 보았을 것이다. 외국인 노동자들과 동남아시아에서 온 사람들, 피부색이 우리와 다르고 한국말이 어눌하다는 이유만으로 배척받는 사람들, 우리도 일제강점기 시대의 비슷한 역사를 가지고 있는데, 그들의 마음은 헤아리지 않는 것일까. 차별이라는 단어는 생각보다 우리 삶 가까이에 있다.

애초에 왜, 어째서 인종으로 차별을 하고, 등급을 나누었던 것인지 이해가 가지 않는다. 챕터 1에서 다루었던 계급을 만들어 놓은 것이나 마찬가지인 것이다. 흑인과 백인이 있다. 그런데 과연 백인이 더 우월한가? 둘 다 같은 사람이다. 생명을 가지고 있고 의식을 가지고 있는 평범한 사람 둘이다. 차이점이란 피부색. 그것밖에 없다.

피부색은 멜라닌 색소가 많고 적음에 따라 결정되는 것이다. 누가 더 우월하고 대단하냐에 따라 결정되는 것이 아니다. 피부색이 다르다고 해서 외계 생물체인 것도 아니고.

그런데 인간들은 그것으로 누가 우월한지, 누가 열등한지 가르곤 한다. 자신이 우월감을 느끼면 또 다른 사람들은 열등감을 느끼며 우울해한다는 것을 알아야 한다. 사람들이 만들어 놓은 기준 때문에 누군가는 고통 받는다는 것이다.

계급사회의 문제나 종족차별의 문제나 차별받는 대상만 다르지 사실상 다를 게 없는 내용이다. 차별받는 사람은 개, 돼지 취급을 받는 것과 무엇이 다른지 잘 모르겠다. 인간들은 같다. 그들은 인간이지, 흑인과 백인 등으로 나뉘지 말아야 한다. 다들 소중하고 가치 있는 존재이며 차별받지 말아야 한다.

그들이 꼬마 집요정은 아니지 않은가? 충분히 저항할 수 있다. 충분히 우리에게 동등한 자격을 요구할 수 있다.

2.5
헬가 후플푸프의 요리법

〈호박파이〉

재료: 소금 한 꼬집, 시나몬가루 1/2작은술, 생강가루 1/4작은술, 달걀
    1개, 설탕 1/3컵, 단호박 1개, 달걀 1개, 버터 125g, 파우더슈거
    50g, 박력분 250g

1. 단호박을 반으로 갈라 씨를 제거한 뒤 10여 분간 찐 다음 알맹이만
   분리해 포크로 으깹니다.
2. 으깬 단호박에 생강가루 1/4작은술, 시나몬 파우더 1/2작은술, 소금
   약간, 설탕 1/3컵, 달걀 1개를 넣고 섞어 주세요.
3. 볼에 1.5cm 정도로 자른 버터와 곱게 체에 내린 박력분 250g, 슈거

파우더 50g을 넣고 재빠르게 손으로 으깨가며 섞어 주세요.

4. 반죽이 뭉쳤을 때 달걀물을 넣고 한 덩이가 되도록 섞어 주세요. 완성된 반죽은 냉장고에 30분간 두었다가 꺼내 밀대나 맥주병을 이용해 적당한 두께로 밀어 주시면 됩니다. 이때 반죽이 들러붙지 않도록 도마에 밀가루를 뿌리는 것이 중요하답니다.

5. 평평하게 민 반죽은 지름 10cm의 원형 틀로 찍어 냅니다. 파이 특유의 바삭한 식감을 위해 반죽은 잠시 냉장고에 넣어 두어 차갑게 만들어 주세요.

6. 꺼낸 반죽에 호박퓌레를 2큰술씩 넣고 반달 모양으로 접어요. 그리고 가장자리를 포크 끝부분으로 살포시 눌러 여며 주세요.

7. 만들어 둔 호박파이는 겉면에 달걀 물을 발라 180도로 예열한 오븐에 10~15분 구우면 완성됩니다.

헬가 후플푸프의 팁!

"계속 따뜻하게 드시기를 원하신다면 보온 마법을 걸어 보세요. 세세한 마법 컨트롤이 필요한 일이지만, 만약 그렇게 하신다면 겉은 바삭하고 속은 따뜻하면서 보드라운 호박파이가 될 거예요!"

3
예언자 일보 : 진실과 거짓의 양면성

'펜은 칼보다 강하다'라는 속담이 있다. 그리고 그 펜을 쥐고 있는 언론은 더욱 강력하다. 이번에 다룰 주제인 언론. 마법세계에도 물론 우리 사회와 같이 언론들이 있다. 대표적으로는 가장 유명한 마법세계의 신문인 '예언자 일보'부터 여성잡지 '마녀주간지', 우스꽝스럽지만 후에 중요한 역할을 하는 '이러쿵저러쿵'이라는 소규모 잡지까지 우리 사회만큼이나 다양한 언론들이 존재한다.

또한, 이들이 주는 영향력은 강력하다. 우리를 웃게 하기도 하고, 울리기도 하고, 화나게 하기도 하고, 때로는 현혹시키기도 한다.

언론은 사람들의 눈과 귀를 막을 수도 있고, 그들이 원하는 것들을 가장 완벽한 면에서 보여 줄 수도 있다. 그리고 반대로 가장 밑바닥의, 어두운 면의, 그리고 추악한 면을 사람들에게 보여 줄 수도 있다.

매일 아침 일어나 습관적으로 스마트 폰을 켠 다음 포털 사이트에 들어가 가장 위에 뜬 '실시간 검색어'를 클릭해 진실일지 고작 찌라시일지 모르는 정보를 보며 때로는 분노하고, 때로는 기뻐한다. 피 흘리지 않고 사람들을 세뇌시킬 수 있는 것이 '언론'인 것이다.

자, 그럼 이제 이번 챕터에서 가장 대두되는 인물을 소개해 보겠다. 해리포터에서 가장 짜증나는 등장인물 중 하나, 해리포터와 불의 잔 편에서 등장해 끊임없이 해리포터 삼총사를 괴롭혔던 여기자, 왜곡된 언론 이야기를 하면서 빠트릴 수 없는 여자 등등 많은 수식어가 붙어있지만 결코 좋은 수식어가 붙어 있는 일은 없는 예언자 일보 소속의 기자 리타 스키터를 말해 보려 한다.

그녀는 자동으로 써지는 속기 깃펜을 가지고 다니며 글을 쓰는데, 이 속기 깃펜은 리타 스키터가 과장된 기사를 쓰는데 도움을 준다. 예를 들어 그녀가 "내 이름은 리타 스키터, 예언자 일보의 기자다."라고 말하면 깃펜은? 스스로 "매력적인 금발의 리타 스키터. 나이는 마흔 셋. 그녀의 잔인한 펜은 수많은 엉터리 유명 인사들을 작살내고 말았다……."라고 살을 붙이며 글을 써내는 식이다.

리타 스키터는 마법부에 등록을 하지 않은 무허가 애니마구스[4]인 점을 이용하며 호그와트에 들어가 해리포터를 포함한 많은 사람들(특히 해리포터 주변 사람들)을 상대로 왜곡된 기사를 써냈다. 예를 들어, 헤르미온느가 리타 스키터에 대해 험담을 하자 그저 친한 친구사이를 낯 뜨거운

---

4 동물로 변신할 수 있는 마법사를 일컫는 말. 일반적인 변신술처럼 단순히 그 모습만 일시적으로 바꾸는 것이 아니라 정말로 해당 동물이 되어 그 능력을 자유자재로 활용하면서도 지성은 그대로 유지하는 독특한 능력을 구사하는 이들을 가리킨다. 이것을 악용하는 것을 우려한 마법부가 애니마구스를 성공한 사람들(애니마기라고 부른다)을 마법부에 등록해야만 한다는 법을 만들었다.

연인관계로 묘사하는 식의 좋지 않은 기사를 써 수많은 사람에게 헤르미온느가 질타 받게 했다.

그녀는 항상 거짓되고, 과장되고, 왜곡된 기사를 써 왔는데 그녀의 기사가 실리는 예언자 일보는 어떨까? 아마 말하지 않아도 당신은 알 것이다. 그들이 얼마나 가식적이고 끔찍한지. 먼저, 예언자 일보를 설명해 주겠다.

예언자일보는 유명하고 큰 영향력을 끼치는 일간지이다. 예언자일보의 가장 큰 피해자인 해리포터 삼총사까지도 볼 만큼 굉장한 영향력을 끼친다. 하지만 구독률을 높이기 위해서라면 왜곡과 거짓을 서슴지 않는 신문이라고 할 수 있다.

해리포터와 불의 잔에서 해리가 작품 내의 최고 악인 볼드모트가 다시 돌아왔다고 말하자 현재의 안락하고 질서 있는 마법세계가 혼란스러워지는 것을 두려워하며 진실을 알리려고도, 예방하려는 어떠한 일도 하지 않았다. 심지어는 그런 일을 할 수 있는 시간이 충분했음에도 불구하고, 그 시간에 예언자 일보는 해리포터는 거짓말쟁이이며, 호그와트의 교장인 덤블도어는 망령난 늙은이라고 비방하기에 급급했다.

그들은 너무나 무능했다. 끔찍하게도. 그들이 어떻게 마법세계에서 가장 유명한 언론사가 될 수 있었는지가 의문이다. 해야 할 보도를 하지 않은 그들은, 이제 아예 악의 편을 들었다. 볼드모트가 돌아오자 그들은 볼드모트의 편을 들었다. 어느 누구도 그들이 악의 편을 들었다 하지는 않았지만, 마법세계의 모든 사람들은 그들이 믿을 수 없는 언론임을 알았을 것이다.

여기서 잠깐 알아보자면, 우리나라 방송심의에 관한 규정 제 9조는 '방송이 공정성을 유지할 것' 을 의무화하고 있다. 이러한 법적인 의무조항이 아니더라도 모든 언론기관은 공정성을 지켜야 한다. 언론은 국민들에게 사회적 문제나 이슈에 대한 다양한 정보를 제공하고 이에 대한 사회적 여론을 형성하는데 막대한 영향을 미치기 때문이다. 만일 언론이 공정성을 지키지 않을 경우 그 피해가 고스란히 국민들에게 되돌아가는 까닭도 있다.언론의 공정성은 언론사의 보도기사나 방송 프로그램이 한쪽으로 치우치지 않고 사회적 이슈가 되는 사건의 진실을 객관적으로 보도하는 것을 말한다. 예를 들어 사회적으로 논란이 되는 이슈가 있다고 하자. 그들은 정확한 취재와 관련 전문가들의 인터뷰 등을 통해 해당 이슈와 관련된 논란에 대해 하나하나 구체적으로 확인하고 검증하는 취재 과정을 거친 다음 비로소 보도기사나 방송 프로그램을 만들어야 한다는 것이다.

어느 한쪽으로 치우쳐 일방적으로 다른 한쪽을 헐뜯는 것이 아니라 논란이 되고 있는 문제점에 대해 전문가들과 함께 과학적이고 객관적인 검증과정을 거친 확인 작업을 통해 보도내용의 공정성을 확보해야 하는 것이다.

언론의 공정성은 방송이나 신문을 떠나 모든 언론기관에 동일하게 요구되는 언론사가 반드시 지켜야 하는 중요한 가치이다. 언론의 공정성은 모든 언론 기관이 언론의 공정성을 중요한 가치로 여기고 동일하게 지켜야 한다. 왜냐하면 언론사는 소유구조에 관계없이 태생적으로 공공재의 성격을 가지고 있어 탄생과 동시에 사회의 '공공적 기능'을 수행해야 하기 때문이다.

우리는 이로써 예언자일보가 얼마나 잘못된 언론인지를 확실하게 다시 짚고 넘어갈 수 있게 된다.

마법세계의 혼란이 두렵더라도 나중의 마법세계를 위해, 마법사들의 안전과 생명을 위해 조금만 정직히 일했더라면 비극을 막을 수 있었을 것이다. 사람들에게 옳은 정보를 알려주는 역할임에도 그것을 행하지 않은 예언자 일보는 참으로 무능하다고도 볼 수 있다.

예언자일보는 해리포터와 그의 친구들, 해리포터의 가장 친한 친구 론 위즐리의 가족들, 그리고 머글 태생과 혼혈 마법사들을 비방했다. 속된 말로, 본격적으로 까내리기 시작한 것이다.

머글 태생들은 마법 능력을 갈취했다는 것부터 머글 태생과 혼혈들은 청문회에 와서 혈통등급을 부여받아야 된다는 기사까지.

그들은 거의 단 하나밖에 없다고 할 수 있는 큰 규모의 신문이므로 많은 사람들이 볼 수 있다는 장점을 이용했다. 맙소사, 도대체 누가 악당인지 모르겠다.

예언자일보는 심지어 해리포터가 '볼드모트가 다시 돌아왔다' 라고 말한 사실을 숨기고 거짓으로 보도하면서, 동시에 코넬리우스 퍼지(마법부 장관)가 견제하는 덤블도어와 마법세계의 유명인사 해리포터를 비방하려는 의도로 신문을 제작했다.

이것을 왜곡보도[5]라고 한다. 그런데 우리 사회에서도 언론이 왜곡보도, 왜곡편파보도를 하는 일이 발생한다. 예를 들자면, 특히나 왜곡보도 사례가 많은 C신문을 들 수 있다.

이 신문의 왜곡 보도 중에 단연 눈에 띄는 것은 광우병 사건이다. C신문에서는 인터뷰 내용을 왜곡하고 비틀어 광우병이 걸린 소를 구워 먹으면 이상이 없다고 말했다. 하지만 광우병은 '프리온' 이라는 물질이 원인인데, 그 물질은 높은 열에도 사라지지 않으므로 구워먹는 것은 아무 소용이 없다. 이 신문으로 인해 잘못된 정보를 얻는 사람은 위험에 처할 수도 있었음에도 불구하고 말이다.

사람의 안전이 걸린 일인데도 이렇게 신빙성 없는 기사를 써 구독자들

---

5 거짓을 사실로 혹은 사실을 거짓으로 바꾸는 것이나, 보도에 의도성과 고의성을 담은 것을 의미한다.

에게 믿음을 주지 못한 사건 중 가장 유명한 일이다. 사람들이 보고 필연적으로 믿게 되는 언론의 특성으로 보자면 그들은 이미 거짓말을 한 것이나 다름없다. 그것도 수많은 사람들에게 말이다.

물론 예언자일보보다는 C신문이 훨씬 더 믿을 수 있다. 비교하게 되면 조금 괴리감이 있으나 굳이 비교해 보자면, 스케일은 다르지만 사람의 안전이 걸린 일이라는 것은 진배없다.

생명의 크기는 무엇으로 판단하는가. 어느 누구에게나 각자 사람에 따라 어떤 이의 생명이 가진 무게는 다를 것이다. 한 명의 목숨이 스러지든, 수백 명의 목숨이 그 한 순간에 없어지든. 어쩌면 그 누군가에게는 한 명이 더 귀할 수도 있는 것이다.

예언자 일보는 자신의 이익에만 급급하여 민중에게 올바른 진실을 건네지 못했다. 거짓에 가려져 곧 다가올 어두운 진실을 보지 못하게 만들었으며, 그에 대처가 늦어지게 만들었고, 결국 나비효과를 내듯이 작은 비리가 마법 세계를 위태롭게 했다.

과연 그 작은 일이, 결국 파멸에 가까운 일로 돌아오게 될 줄은 누가 알았겠는가.

앞 문단까지 언론의 비리에 대해 말해 보았으니 이번에는 올바른 정보를 외치는 것, 바로 언론의 의무에 대해 말해 보겠다. 그 예를 가장 잘 드러낼 수 있는 언론은 그 누구도 아닌 '이러쿵저러쿵'이라고 생각한다.

이러쿵저러쿵 잡지는 해리포터 작품 내에서 첫 등장은 매우 우스꽝스러운 잡지로 소개되었다. 이러쿵저러쿵이 처음으로 소개되는 장면에서도 헤르미온느가 '형편없다'는 말을 할 정도로 사실상 근거 없는 이야기만 써대는 잡지였다.

편집장 제노필리우스 러브굿의 딸인 루나 러브굿이 괴상한 아이였다는 것도 그들의 생각을 확정짓는 데 도움을 주기도 했지만 말이다(후에,

루나 러브굿은 죽음을 먹는 자들 세력을 무너뜨리는 데 공헌을 하며 그들의 인식을 완전히 뒤바꾸었다).

하지만 시간이 지나면서 점점 이러쿵저러쿵은 큰 역할을 하기 시작하였는데, 이 잡지가 훌륭히 평가되는 이유에 가히 놀라울 정도로 리타 스키터의 엉터리 기사가 이러쿵저러쿵의 신뢰성과 겹쳐져 큰 시너지 효과를 내며 공헌을 했다.

그녀는 한번 언급하고 넘어갔듯이 등록되지 않은 애니마구스인 점을 이용해 불허가된 곳을 자유롭게 들어가 추적하며 기사를 썼다. 애니마구스를 할 수 있는 마법사, 통칭 애니마기들은 그것을 악용할 우려가 있기 때문에 마법부에 애니마구스 성공 여부를 보고해야 한다.

리타 스키터는 기사문을 쓸 때 이용하려고 마법부에 보고하지 않았으나 헤르미온느가 이를 밝혀내어, 해리포터가 말한 바 있는 사실인 '볼드모트가 다시 마법사회에 돌아왔다' 라는 사실을 기사로 써내라고 회유하였다.

이때에는 예언자일보가 엉터리로 기사를 써내고 출간하였던 시점이었기에 해리포터 삼총사는 마법세계에 진실을 알리고 볼드모트에 대항하고 싶어 했다. 그래서 그들은 그것을 위해 리타 스키터를 부른 것이다.

그녀는 법을 위반한 것을 들키기 싫었기에 기사를 썼고, 이 기사는 해리의 인터뷰를 중심으로 이러쿵저러쿵에 실렸다. 이러쿵저러쿵은 이 기사로 사람들에게 알려지게 되었으며 진실성 있는 기사로써 거짓투성이인 예언자일보와 비교되어 사람들의 관심을 샀다. 또한 관심을 사는 것에 그치지 않고 모두의 생각을 바꾸는 결과를 만들어내기도 했다.

한창 악의 세력인 볼드모트의 추종자, 죽음을 먹는 자들이 마법세계에 영향력을 뻗치고 위력을 과시할 때 그들에게 대항하는 해리포터를 지지하는 기사를 썼던 편집장, 제노필리우스 러브굿. 그는 마법부를 장악한 죽음을 먹는 자들에 의해 어쩔 수 없이 리타 스키터가 쓴 '덤블도어의 삶과 거짓말' 이라는 기사와 여러 가지 해리포터를 비방하는 글들을 올리다가 결국 발행을 완전히 멈췄다. 그는 그 일 때문에 죽음을 먹는 자들에 의해 아즈카반[6]에 간 적도 있다.

우리 사회에서도 이러쿵저러쿵 같은 언론들을 찾아 볼 수 있다. 박정희 대통령 집권 시절에 광고 탄압에 대항해 백지 광고를 낸 모 신문사이다. 박정희 대통령 집권 시절에는 언론이 통제되었고, 이로 인해 모든 언론사와 언론인들은 자신들의 의견을 마음껏 펼치지 못했다.

그러나 이 모 신문사에서는 그에 대항해 백지 광고를 낸 것이다. 언론이 통제되는 것에 대한 반항과 언론인의 자유를 달라는 의미가 포함되어 있던 그 광고는 당시 많은 이들의 관심을 샀다.

언론. 칼과 방패 같은 그 이름

그들은 동전의 양면성을 가지고 있다. 우리가 모르던 사건들, 중요한 일들, 여러 가지 가십거리들을 우리에게 제공해 준다. 우리는 그것으로 정보를 알게 되고, 우리 사회에 어떤 일들이 일어나는지 알게 된다. 반면, 우리가 믿어 의심치 않는 이 언론들이 왜곡보도를 한다면 잘못된 것을 보고 들은 우리는 마찬가지로 잘못된 행동을 하게 될 것이다.

이렇듯 언론은 진실과 거짓을 모두 우리에게 보여줄 수 있는 존재이다. 그들은 그들이 가진 힘을 잘 알고 있고, 우리에게 옳은 진실을 보여줄 때가 많지만 어떤 면으로는 항상 위험하다고 할 수 있는 것이다.

---

6 해리포터 작중 내에 나오는 한번 들어가면 다시는 나올 수 없다는 것으로 유명한 감옥. 사람의 행복한 기억을 빨아먹는 디멘터라는 마법생물이 간수로 있다.

이 사건에서 우리는 볼드모트의 추종자들이 장악하고 있던 시절에 대항해 제노필리우스 러브굿이 자신의 이러쿵저러쿵 잡지에 해리포터를 지지하는 기사를 마구 써냈던 모습을 찾아 볼 수 있다. 올바르지 못한 사회를 바로잡기 위해, 사람들이 올바른 사회를 만들어 나갈 수 있도록 해 주는 언론사가 우리 사회에 많아지기를 바란다.

3.5
헬가 후플푸프의 요리법

〈록케이크〉

재료 : 버터 115g, 설탕 55g, 밀가루 250g, 베이킹파우더 1작은술, 계
　　　란 1개, 우유 1큰술, 록케이크에 넣어 먹을 건과일이나 견과류

1. 실온에서 부드럽게 해 둔 버터에 설탕을 넣고 거품기로 잘 저어 주
   세요.
2. 베이킹파우더와 밀가루를 섞어서 체를 쳐둔 것을 1번에 넣고 주걱
   으로 반죽이 될 때까지 잘 저어 주세요.
3. 계란과 우유를 잘 섞은 것을 2번에 넣어 다시 한 번 섞고 기호에 따
   라 건과일이나 견과류를 먹고 싶은 만큼 넣은 다음 전체를 잘 섞습

니다.

4. 판에다 오븐 시트를 깔고 그 위에 적당히 먹기 좋은 크기로 하나씩
   반죽을 떠서 5센티미터 간격으로 올려 주세요.

5. 180도로 가열한 오븐에서 15분 정도 구우면 완성됩니다.

헬가 후플푸프의 팁!

"해리포터 작품 중에서 나왔던 해그리드가 준 록케이크는 이름처럼 돌같이 딱딱했다죠. 부드러운 식감을 원하신다면 우유를 조금 더 넣으시면 좋을 것 같네요.

그리고 해리포터와 아즈카반의 죄수 편에서 리무스 루핀이 디멘터를 목격한 해리에게 진정의 의미로 초콜릿을 주었잖아요? 그랬듯이 초콜릿에는 디멘터와 마주치면 그 특유의 한기와 느껴지는 공포로 잠시 몸이 경직되는데, 몸을 진정시킬 수 있는 효과와 더불어 맛도 좋기 때문에 견과류뿐만 아니라 초콜릿을 넣어도 좋답니다."

Out of the story **1**

더 큰 선을 위하여

※ 본 번외는 필자의 의견을 담은 것이다. 알버스 덤블도어에 관한 해석은 사람들마다 각자 다르므로 이에 양해를 구한다.

호그와트의 교장이며 마법세계의 모든 사람들이 기억하는 최고의 마법사라고 불리는 그는 해리포터 팬들 사이에서 '흑막'이라고 호칭되기도 한다.

흑막, 겉으로는 들어나지 않은 음흉한 내막을 비유적으로 이르는 말이다. 마법세계 최고의, 유능한 마법사가 흑막이라는 호칭을 가지게 된 이유는 무엇일까?

덤블도어는 해리포터의 삶 자체를 볼드모트를 물리치기 위한, 마법세계의 평화라는 커다란 체스 판의 장기 말로 썼다. 해리포터라는 책 또는 영화(정확히는 해리포터와 불사조 기사단)를 한번이라도 본 사람들은 해리포터가 볼드모트의 호크룩스[7]라는 것을 알고 있을 것이다.

덤블도어는 볼드모트를 최종적으로 없애려면 해리포터가 죽어야 한다는 사실을 알았다.

그래서 그는 해리포터가 처음 입학했을 때부터 그를 예언[8]에 부합하는 영웅으로 만들려고 온갖 시련을 그에게 주었다.

1권에서는 퀴렐의 뒤통수에 기생하는 볼드모트, 2권은 슬리데린의 비밀의 방. 3권은 아즈카반에서 탈출한 죄수 시리우스 블랙과 부모님의 죽음에 대한 진실, 4권은 트리위저드 시합, 5권은 덤블도어의 비밀군대 불사조 기사단, 6권은 세베루스 스네이프의 과거사가 밝혀지고, 마지막 7권은 죽음의 성물. 이야기의 끝. 리무스 루핀, 그의 아내 님파도라 통스, 세베루스 스네이프, 그리고 덤블도어까지 수많은 이들이 희생하며 볼드모트는 죽는다.

이는 모두 덤블도어에 의해 계획된 것으로, 조금 더 포괄적으로 이야기해 보자면 해리포터 시리즈 1권부터 7권까지 해리포터가 겪은 일 모두 덤블도어의 머릿속에서 나온 계획들이라는 것이다.

만약 작은 희생으로 큰 희생을 막을 수 있다면 대부분의 사람들은 망설일 것이다. 사람의 목숨은 대소로 가려지는 것이 아니기 때문이다. 하지만 덤블도어는 망설임 없이 그것을 행할 것이다.

---

7 시전자 대상의 영혼을 쪼개서 물건에 담는 어둠의 마법. 현존하고 있는 마법들 중 가장 사악하고 위험한 마법으로 알려져 있다. 호크룩스 마법을 시전하려면 영혼이 타격을 입을 정도의 나쁜 일(살인)을 해야 한다. 참고로 볼드모트의 호크룩스는 총 일곱 개인데, 볼드모트가 학생 시절에 썼던 일기장, 곤트 가의 반지, 후플푸프의 잔, 래번클로의 보관, 슬리데린의 로켓, 볼드모트의 애완뱀 내기니, 그리고 마지막으로 해리포터가 있다.
8 해리포터와 볼드모트 둘 중 하나는 죽게 된다는 내용을 가지고 있는 예언. 오직 덤블도어와 해리포터(그의 친구 론 위즐리와 헤르미온느 그레인저까지)만이 이 내용을 알고 있다.

덤블도어는 모든 것을 계획했다고 볼 수 있다. 자신의 죽음까지도.

'더 큰 선을 위하여.'

덤블도어가 자신의 옛 친구이자 볼드모트가 마왕이 되기 전 유럽을 장악했었던 갤러트 그린왈델드에게 한 말이자 자신의 신조이다. 여기서 덤블도어의 평가가 갈린다.

더 많은 사람들을 위해 자신을 희생하면서까지 마법세계의 평화를 지키려고 노력했으며 만약 볼드모트가 죽지 않았더라면, 덤블도어가 계획을 세우지 않았더라면 더 많은 사람이 죽거나 고통 받았을 것이라는 의견이 하나.

자신이 원하는 더 큰 선을 위해 마법세계 사람들의 희생이 불가피했고 그것은 그리 적은 수가 아니었는데도 '희생'이라는 명목하에 사람들의 죽음을 방치하고 한 아이의 삶을 자신의 계획에 맞게 재단했다는 것이 나머지 하나이다.

제 2차 세계대전. 6년 동안 이루어진 그 방대한 역사를 이 책에 다 담을 수 없으니, 그 일부만 발췌하여 써 보겠다.

이 전쟁은 1939년 9월, 독일의 폴란드 침공으로 시작되어 1941년 12월, 태평양 전쟁 개시와 함께 세계 전쟁으로 발전한 추축국과 연합국 사이의 대 전쟁을 말한다. 1945년 5월에 독일이 항복하고, 같은 해 8월 미국이 원자폭탄을 일본에 투하해 일본이 무조건 항복으로써 이 전쟁은 종결되었다. 제 1차 세계 대전과 마찬가지로 제국주의 전쟁으로 시작되었으나, 한편으로는 파시즘과 민주주의의 전쟁, 식민지와 종속국의 민족 독립 투쟁이기도 하였다.

여기서 우리가 주목해야 할 점은 미국의 원자폭탄 투하이다. 우리는 미국의 원자폭탄 투하와 덤블도어의 계획을 비교해 보려고 한다. 이 둘은 비슷한 점이 상당히 많다고 할 수 있다.

많은 나라들이 피해를 입자 원자폭탄을 투하하기로 작전을 짠 미국.

많은 마법사들이 피해를 입자 볼드모트를 죽이려고 계획한 덤블도어.

투하한 원자폭탄에 죄 없는 사람들이 피해를 입었다는 것.

덤블도어의 계획에 수많은 사람들의 희생이 있었다는 점.

그리고 그 전쟁의, 영웅이 되었다는 것.

일본은 히로시마와 나가사키에 원자폭탄을 떨어트리고 난 며칠 뒤 항복해왔다.

볼드모트는 덤블도어의 계획 속에서 해리에게 져 결국 영원한 죽음을 얻었다.

물론, 미국은 더 큰 희생을 원치 않았기에 폭탄을 터뜨렸다. 그것은 분명한 사실이며, 실제로 미국이 일본에 원자폭탄을 투하하지 않았다면 전쟁이 얼마나 더 오래 갔을지, 우리나라에서 대한독립만세를 부르다 죽어간 사람이 얼마나 더 많아졌을지는 짐작도 할 수 없다.

하지만 이번만은 그 승리에 감춰진 희생자들에 초점을 두어 보려고 한다. 원자폭탄이 투하되었을 때, 그 일대는 모두 괴멸되었다. 그 속에서 죽은 희생자들은 수없이 많았다. 그들은 무고하게 희생되었던 것이다. 아마 그 희생자들은 어떤 가정의 가장일 수도, 어떤 부모의 사랑스러운 아들과 딸일 수도, 누군가의 자랑스러운 선생님, 누군가의 아끼는 제자일 수도 있었던 것이다.

물론 그곳에는 군인들도 있었다. 세계 제 2차 대전의 희생자들을 만드는 데 한몫 보탠 사람들도 있다. 하지만 히로시마에 그 당시 살고 있던 사람들은 거의 대부분이 더없이 평범한 삶을 살고 있었을 뿐이다. 그러나 자신이 그곳에 살고 있었다는 사실 하나만으로 목숨을 잃었다. 심지어 수십 년이 지난 현재까지도 원자력 피폭으로 인해 그 일대에 방사능이 퍼져 기형아가 태어나고 건강의 위협을 받기도 했다.

원자폭탄의 수많은 희생자 중에는 비단 일본인뿐만이 아닌 우리나라 사람도 있었다. 또한 그 중에서도 그 누구보다도 안타까운 이가 있었다. 바로 우리 조선의 왕자인, 이우 왕자이다. 그는 일제 치하에 있던 조선의 왕족으로 태어나 유년시절을 일본에서 지냈다. 또한 나이가 들면서부터는 일본의 볼모가 되어 지내야 했었다. 그는 세계 제 2차 대전 때 일본의 군사로 있었다.

전쟁이 막바지로 치닫던 때, 잠시 귀국해 있었던 그는 다시 일본으로 돌아와 있으라는 통보를 받고 떠났다. 그리고 8월 6일. 원자폭탄이 터져 그는 비운의 죽음을 맞이했다. 그해 8월 15일, 우리나라의 광복이 있었지만 그는 그것을 보지 못했다. 미국의 원자폭탄 투하로 인해 너무나도 안타까운 이가 죽게 된 것이다.

이우 왕자는 아직도 일본에 있다. 일본의 전범들이 묻힌 야스쿠니 신사에 강제 합사되어 있기 때문이다. 죽어 혼이 되어서도 우리나라에 돌아오지 못한 그. 비록 유해는 우리나라에 있다고 하지만, 죽음마저도 일본에서 맞이해야 했던 것은 안타까운 일이 아닐 수 없다.

우리는 때때로 어떤 일의 결과만을 볼 때가 있다. 그 결과가 우리에게 평화를 가져다주었다면, 아니면 우리에게 이득이 된다면, 에이, 잘 끝났으면 됐지 뭘, 하고 대수롭지 않게 생각한다. 하지만 그 일의 과정을 생각해야 할 때도 있다. 세계 2차 대전의 무고한 희생자들처럼 결과가 좋아도 과정이 참혹할 수도 있는 것이다.

마법사회의 영원한 영웅인 알버스 덤블도어. 그 뒤에 가려진 수많은 희생자들이 있었음을, 한 번쯤은 기억해 보길 바란다.

"After all this time?" "Always."

※ 본 번외는 필자의 의견을 담은 것이다. 세베루스 스네이프와 마루더즈에 관한 해석은 사람들마다 각자 다르므로 이에 양해를 구한다.

　세베루스 스네이프(이하 스네이프). 그는 마녀와 머글 사이에서 태어나 가난하고 폭력적인 가정환경 속에서 자랐다. 그 때문인지 그에게 유일한 친구는 머글 태생의 릴리 에반스 뿐이었다. 그는 11세가 되는 해 호그와트의 슬리데린 기숙사에 입학한다.

　호그와트로 가는 기차에서부터 사이가 좋지 않았던 제임스 포터와 시리우스 블랙은 그가 슬리데린 기숙사에 입학하면서(슬리데린은 예로부터 그리핀도르와 앙숙이었다. 또한 볼드모트의 추종자들을 가장 많이 배출하였고, 순수혈통주의가 기숙사 내에서 만연했다. 참고로 포터와 블랙은 슬리데린과 앙숙인 그리핀도르에 들어갔다.) 어둠의 마법에 관심을 가지고 재능을 보이자 그를 소위 말하는 왕따 수준으로 괴롭히기 시작한다.

복도에서 마주칠 때마다 악의서린 주문을 날리고, 스니벨루스(코찔찔이)라는 우스꽝스러운 별명으로 부르는 것은 일상일 정도이다. 분명 이것은 징계를 받아야 할 수준임에도 다른 기숙사의 학생들은 재미있어하면서 넘기거나 비열한 슬리데린이라는 이유로 모른 척 넘어갔고, 같은 기숙사의 학생들은 그가 '잡종'이라는 이유로 그때마다 눈을 감고, 귀를 막았다.

호그와트의 징계는 기껏해야 기숙사 점수를 깎고, 그도 아니면 트로피 보관실에서 머글식 청소법으로 트로피를 닦는 징계를 내리는 등 굉장히 가벼운 정도로 넘어간다.

하지만 그들이 장난의 수위를 지나칠 때에도 호그와트의 징계는 거의 솜방망이 수준에 불과했다. 학교 폭력 징계위원회(?), 강제 전학(?)이 있을 리가. 호그와트는 수많은 학생들을 배출해 낸, 거의 천 년이 다 되는 시간 동안 퇴학 조치가 취해진 적이 딱 한 번 있었다. 요지는, 그것이 학교 폭력이라는 이름을 걸어야 할 정도로 심각한 수준임에도 불구하고 돌아오는 것은 학교생활을 하면서 한번쯤 겪을 수 있는 가벼운 장난이라는 말 뿐인 것이다.

이것이 해리포터라는 책을 읽으며 이해가 되지 않았던 것들 중 하나였다. 학교 폭력은 굉장히 심각한 사안이라고 배워 왔다. 학교 폭력 위원회, 가해자와 피해자. 심지어 방관자도 처벌받는, 절대 그냥 그저 그런 것이라 치부하고 넘어가서는 안 되는 것. 극단적으로 말하자면 한 사람의 인생이 망가질 수도 있는 것이다. 호그와트는 그것을 가볍게 여긴다.

옛 호그와트의 창립자 시절부터 이어져 왔던 순수혈통이 혼혈보다 우월하다는 정신이 학교 폭력을 가볍게 여기게 만드는지도 모르겠다. 하지만 교수들조차 그것을 방관한다. 학생을 올바르게 키워야하는 교사가 그 일을 보고는 그냥 방관해 버린다는 사실이 놀랍게만 느껴진다.

위에서도 말했듯이 본 해리포터 작품 내에서도 그것은 드러나고 있다. 학년 말, 가장 점수가 많은 기숙사에 우승 트로피를 주는 기숙사 점수제도. 작품 중에서 가장 많이 쓰이는 징계 방식이다. 확실히 점수에 신경 쓰는 이들에게는 굉장히 좋은 방법이라 할 수 있다.

하지만, 반대로 생각해 보면 기숙사 점수에 신경을 쓰지 않는 아이들에게는 신경 쓰지 않고 자기 마음대로 할 수 있는 기회가 주어지는 것이다.

상금을 주기를 하는가, 아니면 나중에 졸업할 때에 도움이 되는 개인적인 스펙이 쌓이기라도 하는가? 애초 점수라는 것도 순전히 교수 개인의 주관에 의해 부여되는 것이라 공정성도 없다. 실제로 해리포터 작품 중에서 스네이프는 슬리데린을 편애해 마법 약 시간마다 그들에게 점수를 더 높게 준다고 나왔다.

장점을 굳이 말해 보자면, 기숙사 내에서의 단합을 시킬 수 있다는 것이다. 하지만 장점 속에도 단점이란 존재하는 법. 원래부터 그리핀도르와 슬리데린은 대립 구도가 서 있어 서로간의 사이가 빈말로라도 좋다고 할 수 없는 상태였다.

이런 상황에서 기숙사 점수 제도는 서로간의 편 가르기를 더 심하게 조장하는 것이라고밖에 생각할 수 없다.

세베루스 스네이프. 그는 학창시절에 마루더즈에게 괴롭힘을 당했기에 제임스 포터를 닮은 해리포터를 싫어하지만, 사랑하는 릴리 에반스가 죽으면서까지 살리려 한 아이이기 때문에 끝까지 보호해 준다. 패트로누스9는 보통 연인끼리 암수 한쌍을 이룬다. 하지만 아주 특수한 경우, 바로 목숨을 바칠 수 있을 만큼의 사랑을 하게 되면 완전히 같은 패트로누스가 나오기도 하는데, 스네이프의 패트로누스는 릴리의 것과 같은 암사슴이다.

다시 한 번 상기시켜 보자면 이 번외편의 제목은 "After all this time?" "Always."이다. 의미가 무엇인가 하면, 스네이프의 명대사를 적어놓은 것이다. 해석해 보자면 덤블도어가 아직도 릴리를 사랑하느냐고 묻고, 스네이프가 릴리의 것과 똑같은 암사슴 패트로누스를 부르며 언제까지나(항상)이라고 대답하는 장면인데, 여기서 우리는 릴리 에반스에 대한 스네이프의 마음을 다시 한 번 알 수 있게 된다.

자신이 그토록 끔찍한 일을 당했음에도, 가해자의 아이(이 아이는 당연히, 분명하게도 아무 잘못이 없다. 하지만 해리포터는 눈 색깔을 제외하고는 제임스 포터와 똑같이 생겼다. 누군가를 보고 다른 누군가를 연상시키는 것은 아주 쉬운 일이며, 그 누군가를 증오하게 되는 것도, 쉬운 일일 것이다.)를 살펴줄 수 있다는 것이 그가 얼마나 릴리 에반스를 사랑했는지를 알 수 있다.

해리포터를 읽는 독자 중에는 세베루스 스네이프를 좋지 않은 성격의 등장인물로 생각하는 사람이 있을지도 모르겠다. 해리포터를 제임스 포터와 겹쳐 보고 심하게 대한 것, 릴리 에반스에게 '잡종'이라고 말한 것 등. 하지만 그는 학창시절에 폭력을 당하던 소년이었고 항상 해리포터를 도와주던 좋은 인물임을, 그의 다른 면을 한 번쯤 보기를 추천한다.

---

9 디멘터로부터 자신을 보호할 수 있는 유일한 마법. 일종의 선한 힘으로, 익스펙토 패트로눔이라는 주문을 외우며 아주 강렬하고 행복했던 기억을 떠올린다. 불려진 패트로누스는 은빛을 띄며, 형체와 강도는 불러낸 마법사의 재량에 따라 달라진다. 패트로누스를 보고 있으면 마음의 안정을 찾게 되고 편안해진다. '익스펙토'는 라틴어로 '기다리다', '패트로눔'은 '보호자'라는 뜻이다.

마루더즈에 대한 평가는 여러 가지로 갈린다. 그들이 한 심각한 행동을 위주로 본 사람은 그들이 매우 나쁘다고 하고, 해리포터의 대부와 아빠로서, 선생님으로서 올바르고 정의롭게 행동한 것들을 위주로 본 사람들은 그들이 좋은 사람들이라고 생각한다. 둘 다 맞다.

그들은 나쁜 면도, 좋은 면도 가지고 있다. 먼저, 그들이 학창 시절에 저지른 일들은 지워낼 수 없는 과오이다. 어떤 이들은 그들이 아직 정신적으로 미성숙한 학생이어서 그랬을 수도 있다고 생각한다. 그렇지만 아니다. 그들은 엄연한 폭행을 저지른 것이다. 우리 사회에서 학교 폭력이 아직 어렸다는 이유로 감형이 되는가? 그렇지 않다. 오히려 그런 것이 심해지고 더 도를 넘어섰기 때문에 학교 폭력이라는 단어가 생겨난 것이다. 어리다는 것이 면죄부가 될 수는 없다.

애초에 제임스 포터는 자신을 사랑해 주는 부모님과 유복한 가정환경에서 자라 스네이프를 이해할 수 없었고, 자기중심적 성향을 가지고 있었다. 그가 스네이프를 괴롭힌 이유는 오직 하나. 마음에 들지 않는다는 것이었다. 또한 시리우스 블랙은 자신의 집안, 블랙 가를 끔찍하게 증오하고 있을 정도로 어둠의 마법을 싫어해 스네이프를 괴롭혔다. 그들이 개인적으로 가지고 있는 불만을 굳이 그에게 표출해야만 했을까? 그들의 방식은 분명 잘못되었다.

제임스 포터와 마루더즈는 스네이프에게 씻을 수 없는 잘못을 저질렀다. 하지만, 그들에게 나쁜 점이 있다면 분명 좋은 점도 있다. 사람은 한쪽 면만 가지고 있을 수는 없다. 학창시절이 지나고, 성인이 되었을 때 그들은 바뀌었다. 제임스 포터는 죽음을 먹는 자들을 막고 볼드모트를 물리치는 것을 목적으로 삼는 오러로 일하면서 그의 아들인 해리포터의 좋은 아빠가 되어 주었고, 시리우스 블랙도 해리포터의 좋은 대부가 되어주었다.

학창 시절엔 자신만을 생각했던 그들이 나중에는 누군가를 위해서 모든 것을 바칠 수 있는 사람이 되었다는 것 자체로도 그들이 얼마나 성숙해졌는지 알 수 있다.

세베루스 스네이프.

이 번외편의 주인공인 그를 많은 사람들은 선한 사람이었다고 생각한다. 그토록 괴롭힘을 당했었는데, 그 가해자의 아이를 보살펴줄 수 있다는 것이, 끝까지 지켜줄 수 있었다는 것이. 또한 한 여자만을 끝까지 사랑했고 그녀가 죽은 후로도 그 사랑은 계속 이어졌다는 것이 그 이유였다.

그렇지만 그는 완벽한 선인도 아니다. 먼저, 그는 포터 부부(제임스 포터와 릴리 에반스)를 죽인 것이나 마찬가지이다. 과거 리키 콜드런에서 세베루스 스네이프는 덤블도어와 트릴로니의 대화에서 나온 예언을 엿들었다.

그리고 그는 그 당시 볼드모트의 추종자였으므로 듣자마자 바로 볼드모트에게 달려가 그 사실을 알렸다. 이 일로 인하여 포터 가족이 볼드모트의 표적이 되었고 결국 할로윈의 밤, 릴리 에반스와 제임스 포터가 죽게 된 것이다.

분명 그때의 그는 아직 학창 시절 괴롭힘의 흔적이 선명하게 남아 있었다. 너무나도 증오하고 또 미워했던 그는 아마 릴리 에반스만 안전하다면 나머지는 죽어도 된다고 생각했을 수도 있다. 하지만 그는 사람의 목숨을 너무 쉬이 생각했다. 그는 그래서는 안 되었다.

스네이프는 볼드모트에게 말했다. 릴리 에반스만 살려달라고. 나머지는 어떻게 되든 상관없다고. 하지만 릴리 에반스는 자신의 가족을 지키기 위해 볼드모트의 앞을 막아섰고, 결국 포터 부부는 세상을 떠났다. 스네이프가 한 행동으로 인해 해리포터는 고아가 되었던 것이다.

해리를 도와주고 지켜봐 준다는 것은 당연한 것까지는 아니어도 어느 정도 그에게 책임이 있다고 봐야 한다. 자신이 저지른 행동 때문에 고아가 된 아이를 자신이 보살핀다는 것은 선한 행동이 아니라 책임지고 맡아서 해야 할 일인 것이다. 그런데 이 도와주는 것마저 스네이프가 자의로 한 것이 아니다. 덤블도어의 부탁에 의해 하게 된 것이지, 그가 나서서 한 것은 아니었던 것이다. 그는 과연 해리포터의 완전한 조력자였을까.

이렇게 마지막으로 제임스 포터와 세베루스 스네이프라는 인물에 대해서 살펴보았다. 사실 그들은 이미지 변화가 심한 인물이다.

먼저 제임스 포터라는 인물은 해리포터 작품 전개 상 일찍 고인이 되었기 때문에 해리가 그를 볼 수 없었으므로 막연히 상상으로만 간직하고 있었다. 그는 든든한 아빠에 자상한 남편이었다가, 해리포터와 혼혈 왕자 편에서 스네이프의 과거사가 밝혀짐과 동시에 학창시절에 스네이프를 괴롭힌 가해자라는 이미지가 되면서 두 가지가 서로 상반되게 충돌했다.

반면에 스네이프는 해리포터 첫 권부터 해리포터에게만 불공평하고 슬리데린을 편애하는, 어딘가 수상하고 죽음을 먹는 자일 것만 같은 음울한 교수로 등장했다가 마지막에 해리포터를 보호하려고 했었고 평생 릴리만을 바라본 순정남이라는 이미지로 바뀌었다. 서로 이미지 변화가 뒤바뀐 것이다.

두 사람 간의 격차는 크다. 역사에 기록될 성격 차이도 클 것이다. 누가 선이고, 누가 악이라는 것은 함부로 판단할 수 없다. 알 수도 없다. 하지만 단 하나 아는 것은, 그들은 그들의 인생을 살았다는 것이다. 각자 그들의 방법으로 역사에 이름을 새겼고, 많은 독자들에게 잊지 못할 추억을 만들어 준 그들에게 우리도 우리만의 방법으로 경의를 표해야 하지 않겠는가.

　모두 의견차가 있지만, 해리포터라는 책에서 활자로 그려진 그들이 우리에게 깊은 감흥을 주었다는 사실은 변하지 않는다. 잉크로 만들어진 세상에서 자신들만의 인생을 만들어간 그들.

　볼드모트의 세력들이 마법세계에 한창 기승을 부리던 시기, 자신들만의 방법으로 치열하게 세상을 살았던 그들에게 후회 한 점 없기를 바란다.

After all this time? Always.

그림　권유나, 송윤아

5

Visual Thinking으로 배우는 Visual Thinking

엄서연

프롤로그

●

YG–르네상스. 책 쓰기 동아리에서 어떤 주제로 책을 써 보면 좋을까? 고민하고 있었던 찰나였다. 선생님께서 '비주얼 씽킹'에 대해 책을 써 봤으면 좋겠다며 추천을 해주셨다.

비주얼 씽킹은 자유학기제를 하는 2학기 동안 수업에 적용시키고 있는 것이다. '비주얼 씽킹'은 처음 만났을 때부터 나의 궁금증과 호기심을 유발하는 활동이었다.

첫 만남 같이 활동 내내 나에게 흥미를 느끼게 하였기 때문에 그 이야기를 책에 담으면 의미도 있고 보람도 있겠구나! 하는 생각도 들고, 선생님들께서 열심히 준비한 것이니 책으로 보답한다는 마음으로 써 보면 어떨까? 하는 생각도 들었다. 그리고 무엇보다도 이 책을 쓰면서 나 자신에게도 많은 도움이 될 것 같았다. 그렇게 나는 망설임 없이 '비주얼 씽킹'을 주제로 책을 쓰게 되었다.

비주얼 씽킹의 정의, 장점, 비주얼 씽킹이라는 도구를 잘 활용하여 자신의 생각, 정보들을 잘 표현할 수 있는 방법 등을 직접 찾아보고 쓰다 보니, 이 내용들을 직접 그려보는 건 어떨까? 하는 생각이 들었다. 그렇게 글로 표현하였던 내용을 한 장 한 장 그리기 시작했다.

처음에는 글을 그림으로 표현하는 것이 어려웠다. 몇 줄이나 되는 글을 한 장의 그림으로, 그것도 다른 사람이 알아볼 수 있게 그린다는 것이 생각만큼 쉽지 않았다. 하지만 고민해 보고 그려나갈수록 간단히 표현할 수 있는 능력이 좋아졌고, 시간도 많이 걸리지 않았다.

이 책을 쓰기 위해 나의 생각을 써보고, 자료를 찾고, 그리는 과정 하나하나가 비주얼 씽킹에 한 발짝 더 나아갈 수 있는 계기가 될 수 있었던 것 같다.

내가 쓴 책을 보고 독자들, 내년에 수업에 사용할 후배들 등이 비주얼 씽킹에 대해 쉽게 알아갔으면 좋겠다.

엄서연

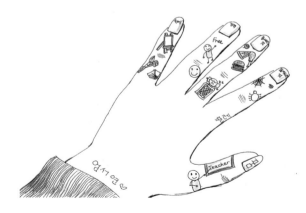

차례

비주얼 씽킹(Visual Thinking)이란?

자신의 생각을 글과 그림 등을 함께 활용하여 나타낸 후 다른 사람과 함께 공유하는 것

그림으로 표현하는 생각, 비주얼 씽킹

비주얼 씽킹 정의

비주얼 씽킹은 말 그대로 생각(thinking)을 시각적(visual)으로 표현하는 것이다. 자신의 생각을 글과 그림(글, 도형, 기호, 이미지, 색상)등을 활용하여 표현하고 기록한 후 사람들과 함께 공감하며 나눈다.

그림에 대한 트라우마는 No, No

비주얼 씽킹이 글과 그림을 함께 이용해 나타낸다고 해서 그림을 잘 그리고 미술적 감각이 있어야만 잘 할 수 있다는 생각은 오해다. 미적 감각이 전혀 없어도 동그라미, 세모, 네모와 같은 도형만 그릴 줄 안다면 누구나 쉽게 비주얼 씽킹을 할 수 있다. 비주얼 씽킹은 미술 수업의 그림 그리기와 전혀 다르다.

아날로그와 디지털

디지털과 아날로그의 장점을 알고 상황과 필요에 따라 알맞은 방법을 선택해야 한다. 디지털이 항상 빠른 것은 아니다. 간단한 스틱맨을 그리는데 컴퓨터를 켜서 작업하는 것보다는 근처에 있는 종이 한 장과 연필 한 자루만 가지고 표현하는 것이 더 빠르다. 또한, 직접 그리면서 좋은 생각을 마구 쏟아 낼 수 있다.

비주얼 씽킹 ≠ 예술 작품

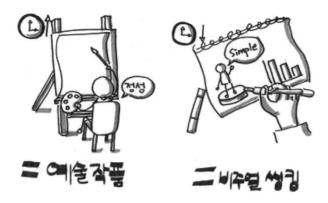

너무 많은 시간과 정성을 쏟아 부어 그린 것은 예술 작품일 뿐이다. 비주얼 씽킹은 예술이 아닌 짧은 시간 안에 누구나 알아 볼 수 있게 간단히 나타내는 것이다.

복잡한 생각, 간단하고 쉽게 정리

정보를 한눈에 볼 수 있고, 추상적인 개념을 구체적으로 만들 수 있어 복잡한 생각도 간결한 하나의 이미지로 표현 할 수 있다. 이를 통해 다양한 학습정보를 보다 간단하고 쉽게 정리하는 방법을 터득할 수 있다.

많은 정보를 그림 한 장으로

비주얼 씽킹을 사용하면 그림 한 장만으로 몇십 장의 책, 긴 강연 등을 표현할 수 있다. 그리고 종이 한 장만 보고서도, 누구든지 한눈에 내용을 파악할 수 있다.

의사결정 속도가 빨라짐

글과 그림을 함께 사용하면 더 빠르고 명확한 의사결정이 가능해진다. 따라서 누군가에게 의사결정을 요청하고 싶다면 단순히 글로만 설명하지 말고 글과 그림을 함께 활용하는 것이 좋을 것이다.

우리의 두뇌와 감성을 자극하는 비주얼 씽킹

소통하는 능력 키우기

뛰어난 아이디어가 있더라도 제대로 표현하지 못하면 결국 무용지물이 되고 만다. 이때 자신의 생각을 비주얼 씽킹으로 나타내면 이해도를 높이고 공감대를 형성해 상대방을 설득하는 데 효과적으로 사용할 수 있다. 말하려고 하는 것이 무엇인지, 어떻게 이야기하고 싶은지 등 설득의 과정을 비주얼 씽킹으로 나타내다보면 상대방의 이해를 도울 뿐 아니라 객관적으로 설득할 힘이 생긴다.

더 나은 아이디어를

글을 이용해 아이디어를 떠올릴 경우 논리적으로 작성해야 한다는 압박감에 생각이 틀에 갇히게 된다. 반면, 그림은 자유롭게 그리며 생각에 생각, 상상에 상상을 이어나갈 수 있어 더 나은 아이디어를 이끌어 낼 수 있다

자신감과 능동적 태도를 가질 수 있음

비주얼 씽킹이 자유로운 생각과 사고를 유도하기 때문에 좀 더 진취적이고 적극적인 성향을 가질 수 있다. 또한 본인이 그린 것을 남들 앞에서 발표하면 자신감을 키우는 데 효과적일 것이다.

표현력 상승

글자로만 구성된 정보를 전달하기 위해 중심 주제를 적절하게 배치하고 효과적으로 표현하는 것은 생각보다 어렵다. 이럴 때 비주얼 씽킹을 활용해 단어와 문장을 시각화하면 풍부하게 표현할 수 있다. 스토리텔링 능력 역시 자연스레 향상된다.

예술적 감성을 키울 수 있음

평상시에 나타내지 못했던 감정들을 그림을 통해 표현함으로써 감정의 순화를 기대할 수 있다. 또한 미디어 디지털(게임, 핸드폰, TV)에 노출된 아이들의 정서를 아날로그적인 그림을 통해 진정한 삶의 가치를 경험하게 할 수 있다.

기획력을 높이는 도구

비주얼 씽킹은 기획력을 높이는 도구로도 쓰인다. 필요한 아이디어를 정리해 기획의 뼈대를 잡고 내용을 짜임새 있게 구성할 수 있도록 도와주는 것, 진행되고 있는 일이 난관에 부딪혔을 때 다양한 그림을 그리면서 새로운 아이디어를 떠올려보는 것도 좋은 방법이다.

집중력과 상상력을 높여줌

그림을 그릴 때의 몰입을 통해 학업에서의 몰입에도 긍정적 역할을 기대할 수 있다. 평상시 언어화된 교재로 길들여진 상태에서 시각적인 활동을 한다면 자연스럽게 상상력을 확장시키는 계기가 될 것이다.

생각을 많이 하게 됨

비주얼 씽킹을 하기 위해서는 많은 것들에 대해 생각하게 된다. 특히 '글을 어떻게 비주얼 씽킹으로 나타낼까?' 에 대해서 많이 고민하게 된다. 따라서 자연스럽게 생각하는 시간이 많아지게 된다.

비주얼 중심으로 변한 우리의 일상

비주얼 자료로 이루어진 SNS

수많은 SNS(사회 관계망 서비스)에는 텍스트와 함께 비주얼이 차지하고 있다. 글만 길게 나열된 게시물은 거의 없다고 봐도 될 정도로 말이다. 이미지가 텍스트보다 사용자들의 더 높은 참여와 몰입을 이끌어 내기 때문이다.

실제로 영국 디지털 마케팅 에이전시 Web Liquid 조사에 따르면 페이스북에서 사진을 포함한 포스트는 사용자 몰입도('좋아요'와 '코멘트' 수로 결정)가 0.37%로, 비디오(0.31), 텍스트만 포함(0.27%)한 포스트와 비교해 높은 것으로 나타났다.

일상생활에 사용되는 비주얼 씽킹

시각 자료는 우리의 일상에서 흔히 볼 수 있다. 일상생활에서 비주얼에 흥미가 없는 눈은 이제 '죽은 눈'이나 다름없다고 한다.

예를 들어보자. 교통 표지판은 빠른 속도로 달리는 자동차 안에서도 눈에 확 들어올 수 있는 디자인을 사용한다. 우리는 안내표지판을 보고 세계 어디를 가더라도 출입구와 화장실이 어딘지 금방 이해할 수 있다. 스마트폰 시대인 요즘 스마트폰 바탕화면에 보이는 수많은 어플리케이션 또한 비주얼로 되어 있다. 확인용으로 쓰여 있는 글을 보지 않아도 충분히 어떤 기능을 하는지 쉽게 알 수 있다.

전 세계 공통어

비주얼 씽킹은 전 세계인이 모두 알아볼 수 있는, '만국 공통어'로 한 국사람 뿐만 아니라 다른 나라 사람들과의 의사소통에도 도움을 준다. 화장실 앞에 '화장실'이라는 텍스트만 있다면 어떨까? 한국어를 모르는 사람은 그곳이 화장실이라는 것 알 수 없을 것이다. 하지만 남자와 여자 가 그려진 이미지를 사용하면 누구든지 "아하! 여기가 화장실이구나!" 하고 알 수 있을 것이다.

비주얼 씽킹에 적합한 우리 뇌

함께 사용하는 좌뇌와 우뇌

좌뇌와 우뇌는 각각 다른 기능을 한다. 그렇기 때문에 글(좌뇌)과 그림 (우뇌)을 동시에 사용하면 그만큼 기억력이 높아지고, 생각을 정리하는 데도 도움이 된다.

효율적인 기억

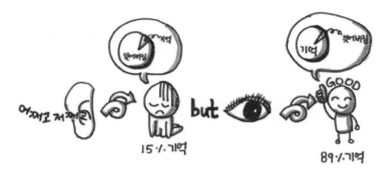

　스탠포드 대학의 로버트 혼(Robert Horn) 교수의 연구 결과에 따르면 듣고 기억한 정보는 시간이 지나면 15% 정도만 기억에 남는 반면, 이미지와 함께 기억한 정보는 약 89%까지 남게 된다고 한다.

창의성 향상

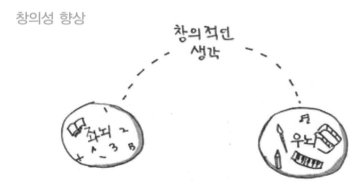

　창의적인 생각은 좌뇌와 우뇌가 서로 신호를 교환하는 순간에 만들어진다. 그렇기 때문에 그림과 글을 함께 사용해서 논리적이고 감정적인 부분이 동시에 작동하면 창의성이 더욱 향상 된다.

　「창의성 교육의 실천적 접근」에서 이동원은 시각적 표현이 좌뇌와 우뇌의 협응을 최대한 이끌어 내어 새로운 아이디어를 창출하거나 표현하는 것을 용이하게 하여 창의성을 높이는 효과가 있다고 하였다.

새로운 아이디어를 얻을 수 있다.

    그림으로 생각하는 습관을 가지면 새로운 아이디어와 영감을 보다 쉽게 얻을 수 있다. 새로운 아이디어는 좌뇌와 우뇌가 함께 동작할 때 만들어진다. 비주얼 씽킹은 좌뇌와 우뇌를 함께 사용하므로 전뇌형 인재에게 꼭 필요한 기술이다.

쉽고 빠르게 이해

    우리의 뇌는 텍스트 정보보다 이미지 정보를 쉽게 그리고 빠르게 이해하고 더 편안하게 받아들인다고 한다. 한 글자씩 읽어 내려가면서 이해해야 하는 텍스트와는 달리 이미지는 짧은 시간에 한눈에 담을 수 있기 때문이다. 비주얼 씽킹은 글과 그림을 함께 사용하기 때문에 우리의 뇌가 정보를 보다 쉽고 빠르게 받아들여 이해하기 쉽다.

이미지를 좋아하는 뇌

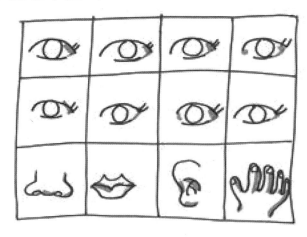

뇌는 이미지 중심을 기본적으로 사고처리를 하고 있기 때문에 글보다 이미지를 더 좋아하고, 빠르게 반응한다.

「마법의 냅킨」에서 댄 로암은 사람의 감각기관이 정보를 저장하고 처리하는 과정에서 시각이 75%를 담당하고 있다고 주장한다. 보고, 듣고, 맛보고, 만지고, 냄새 맡는 5가지 감각 중에서 시각이 75%를 차지하고 있음을 시각화하면 위 그림처럼 된다. '눈 모양 그림'이 대부분으로 보인다. 그만큼 시각은 정보 저장과 기억에서 많은 역할을 하고 있다.

수업에 사용하는 비주얼 씽킹

모두가 참여하는 수업

중하위권 학생들까지 모두가 즐겁게 참여할 수 있으며 단순 강의식 수업에서 벗어나 색연필과 사인펜 등 다양한 재료를 활용하여 그림으로 자신의 생각을 표현할 수 있어서 학생들의 수업참여도가 높아지고 다양한 학습 결과물을 얻을 수 있다.

학습효과 ↑

수업시간에 비주얼 씽킹을 적절하게 활용하면 새로운 아이디어를 떠올리는 데 도움이 된다. 또, 그날 배운 내용을 시각화하여 정리하면서 더

오래 기억하는 효과를 볼 수 있다.

그림은 추상적 개념과 정보를 구체적으로 만들어주고 뇌는 그런 생각을 신속하게 흡수하여 더 깊은 학습이 일어나게 만든다.

그림을 그려가며 스스로 배워감

문제해결을 위해 함께 그림을 그리고 토의함으로써 문제점을 명확히 파악하고 개선점을 신속히 찾을 수 있고, 아이디어 발상법 또한 배울 수 있다. 그림을 통해 언어적 사고에서 탈피하여 시각적 사고의 유연성을 함께 배워 나갈 수 있을 것이다.

Chapter 2
비주얼 씽킹 어떻게 그릴까?

비주얼 씽킹 시각언어

비주얼 씽킹의 기본 도형

비주얼 씽킹의 기본 도형은 이미지를 통해 생각과 정보를 표현하기 위한 가장 작은 단위이다. 기본 도형들은 점, 선, 삼각형, 사각형과 같은 여러 가지 도형, 색, 음영(그림자), 텍스트 등이다. 이와 같은 기본 도형들을 잘 이용하면 여러 가지 사물이나 다양한 행동을 하고 있는 사람을 간단하고 쉽게 표현할 수 있다.

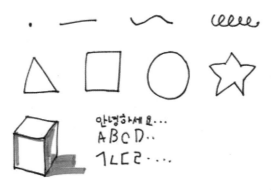

기본 도형 결합하기

 집 = 삼각형 + 사각형 + 원 + 선

 배 = 삼각형 + 사각형 + 선

 사람 = 원 + 사각형 + 선

비주얼 씽킹 시각언어

생각을 시각화하고, 비주얼 씽킹을 더 효과적으로 응용하려면 시각언어를 배우는 것이 좋다.

1. 사람 표현하기(행동과 표정 표현하기)

비주얼 씽킹을 하다보면 사람이 매우 자주 등장하며, 다양한 행동과 상태 표정들을 요구한다. 사람을 그리는 방법은 스틱맨 별사람 등 많은 방법이 있다. 어떻게 그리는 것이 잘 그리는 것일까?

몸은 사각형이나 삼각형

흔히 '졸라맨'이라고 하는 '스틱맨'처럼 몸을 일자로 표현하게 되면 행동을 표현하는 데에 한계가 생긴다. 표현을 풍부하게 하고, 팔과 다리를 자유롭게 그리려면 몸을 사각형이나 삼각형 등으로 표현하는 것이 좋다.

팔 다리 관절 표현하기

팔과 다리의 중간에는 관절이 있다. 이 관절을 표현하지 않고 일자로 표현하게 되면 행동을 잘 나타낼 수 없을 뿐만 아니라 딱딱하고 어색하게 보인다. 그렇기 때문에 팔과 다리의 관절은 잘 표현해야 한다.

팔과 어깨는 나란히!

팔은 어깨와 최대한 가깝게 그리는 것이 자연스럽다. 팔이 몸통 중간이나 끝에서 나오게 된다면 매우 이상하게 느껴진다.

얼굴과 몸은 붙여서

얼굴과 몸통 부분이 떨어지게 그리면 안 된다. 만약 얼굴과 몸통이 떨어지게 그린다면 사람처럼 보이지 않고 이상하게 보일 것이다.

잘못 그린 예

사람 그리는 순서와 방법

사람은 '머리 → 몸통 → 팔과 다리 → 그림자(음영)' 의 순서로 그린다.

얼굴 표정

표정은 생각이나 느낌을 전달하는데 효과적이다.

2. 화살표로 과정 표현하기

화살표는 우리 주변에서 흔히 볼 수 있고, 많은 곳에 사용한다. 주로 방향을 표현할 때 사용하며, 흐름을 설명하거나 강조를 할 때 더욱 유용하게 이용된다. 기본적으로 사각형과 삼각형을 이용해서 쉽게 표현할 수 있다. 그 밖에 점선을 이용하거나 동그라미를 이용해서 자신만의 화살표를 만들 수도 있다. 중요한 것은 화살표의 방향, 입체성, 그림자이다.

3. 말풍선으로 생각과 느낌 표현하기

말풍선은 대화를 설명할 수 있으며 여러 가지 상황이나 감정 등을 자연스럽게 표현할 수 있다. 말풍선 안에 텍스트를 써도 되지만 비주얼로 표현하면 자연스럽고, 강조하는 효과를 나타낼 수 있다.

4. 리본 및 배너 그리기

배너는 제목이나 메시지를 강조하기 위해 사용된다. 사람들은 일반적으로 배너 안쪽 문장에 집중하는 경향이 있다. 따라서 배너를 효과적으로 사용하게 되면 핵심 주제를 잘 전달할 수 있으며 표현을 멋지게 할 수도 있다.

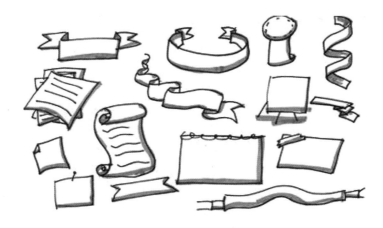

기본 배너 그리기

1. 네모 모양 그리기

2. 접히는 부분을 그리기

3. 나머지 부분 그리기

(마무리 부분은 둥글게 그릴 수도 있으며 자신이 좋아하는 스타일로 그리기)

4. 그림자 넣기

(이러한 방법으로 배너를 만들면 단순하면서 멋진 배너가 만들어진다.)

5. 사물과 건물 표현하기

사물의 특징만 드러날 수 있도록 간단하게 외곽선 위주로만 그린다. 회색으로 그림자를 넣으면 입체적으로 보인다.

6. 레이아웃 (lay out)

레이아웃은 전체적인 배치이기 때문에 레이아웃을 어떻게 설정하는가에 따라 느낌이 많이 달라진다. 그렇기 때문에 적절한 레이아웃을 머릿속에 그려 놓고 비주얼 씽킹을 하는 것이 좋다. 또한 주제에 해당되는 것을 크게 그려 핵심 내용을 바로 알 수 있게 한다.

시간 흐름형

시간 흐름형은 여러 과정을 순서대로 표현하는 것이다. 사람들이 시계 방향으로 읽는 것에 익숙하기 때문에 순서를 시계 방향으로 하는 것이 좋다. 또한 중앙에 중심 이미지를 넣는 것이 효과적이다.

방사형(마인드맵형)

마인드맵에서 많이 사용되며, 생각을 정리하거나 주제 중심으로 내용을 정리할 때 많이 사용된다. 마인드맵을 먼저 작성하거나 미리 내용을 정리하고 표현하는 것이 효과적이다.

오솔길형

오솔길형은 시간 흐름에 따라 표현할 때 주로 이용된다. 예를 들면 시간대별로 자신이 해야 할 것을 표현하거나, 10~50년 후의 자기 모습을 표현하는 경우에도 사용할 수 있다. 특히 단순하게 목표나 행동들을 나열하는 것보다 오솔길형의 레이아웃을 사용하면 스토리가 있는 모습이 된다.

주변 강조 방사형

주변 강조 방사형은 가운데 핵심 주제를 중심으로 주변을 강조할 때 사용된다. 주의할 것은 가운데 중심 내용보다는 개별적인 소단원이 중요하기 때문에 화살표 방향을 주변으로 향하게 한다.

이 외의 다양한 레이아웃

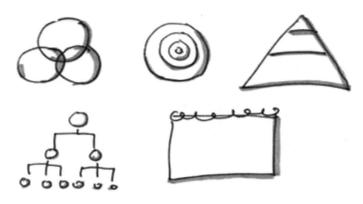

7. 장소 나타내기(표지판)

장소를 나타낼 때에는 그 장소를 대표하는 사물을 그려주거나 표지판을 이용해 나타내주는 것이 좋다.

8. 제목과 내용 표현하기

자신이 좋아하는 스타일로 만들어 사용하면 된다. 다양한 글씨체도 사용할 수 있고, 리본이나 배너 등을 사용해도 좋다.

우리 학교 비주얼 씽킹

나의 생각

항상 글로만 채워가던 학습지, 그런 딱딱한 학습지가 2학기에 비주얼 씽킹을 적용하면서 그림과 함께 채워져 갔다.

처음에는 글을 그림으로 표현하는 것이 익숙하지 않았고, 간단하게 나타내는 것도 어려웠다. 하지만 비주얼 씽킹을 활용한 수업을 하고, 정보를 수집하며 책을 쓰는 과정에서 글을 그림으로 바꾸어 나타내는 법과 간단히 그려내는 법을 터득한 것 같다.

비주얼 씽킹으로 수업을 해보니 학습지를 작성하는 부분에서 글로만 채워져 있었을 때보다 훨씬 한눈에 들어오는 것이 느껴졌다. 기억에도 오래 남고, 정리도 잘 되는 것 같았다.

비주얼 씽킹은 필기할 때 특히 효과가 컸던 것 같다. 글과 함께 비주얼 씽킹을 함께 그려 글로만으로는 표현하기 힘들었던 부분도 표현하면서 이해도를 높일 수 있었다. 또한, 글을 그림으로 빠르게 압축시킬 수도 있었다.

평소에 글이 대부분이었던 국어 학습지를 비주얼 씽킹으로 채우니 글로 작성할 때보다 훨씬 한눈에 들어왔다.

백석의 「수라」를 학습할 때 한 비주얼 씽킹 활동은 시의 정서, 나의 생각 등을 간단히 간추려서 정리해 볼 수 있게 해주었다. 그림으로 나타내니 글로 나타내는 것보다 딱딱하지도 않고, 시의 정서변화를 한눈에 파악할 수 있어 좋았다. 그래서 활동 전보다 기억도, 정리도 잘 되었던 것 같다. 시와 비평문 내용을 나의 생각과 함께 단 6컷으로 간추려 나타낼 수 있다는 것에 놀라웠다.

비주얼 씽킹이 글을 그림으로 압축시킬 수 있게 해주어 국어 과목에 특히 학습효과가 컸던 것 같다.

우리나라 말이 아닌 영어로 학습지를 작성하고, 수업하는 것이 쉽지만은 않다. 하지만 서클맵을 작성해 보고, 미니북도 작성해 보는 등 비주얼 씽킹을 활용한 활동을 하다 보니 정리하기 어려웠던 부분도 쉽게 정리가 되고 이해가 되는 것 같다.

학생들의 생각

김채원

Q1. 비주얼 씽킹이 어떤 부분에서 도움이 되었나요?

– 그림을 잘 못 그려서 그림으로 표현하는 것에 자신이 없었다. 하지만 비주얼 씽킹을 배우며 그림으로 표현하여 정보 전달을 할 때 꼭 그림을 잘 그려야 잘 할 수 있다는 편견에서 벗어날 수 있었다. 그림을 못 그려도 간단하게, 누구나 알아볼 수 있게 표현할 수 있는 방법을 알 수 있어 좋았다.

Q2. 비주얼 씽킹을 어떤 곳에, 어떻게 활용하고 있나요?

– 정밀하게 그릴 수 없었던 사물들을 간단하게 표현하면서 비주얼 씽킹을 정말 유용하게 사용하고 있다. 학습에서는 공책에 글로만 필기하기는 어렵고 이해하기 어려웠던 것을 비주얼 씽킹으로 표현하여 이해도를 높이고 있다.

Q3. 비주얼 씽킹에 대해 어떻게 생각하나요?

– 쉽고 간단하게 내 머릿속 생각을 표현 할 수 있는 매체인 것 같다. 간단하게 나의 생각을 글과 그림으로 간단하게 표현할 수 있다.

Q4. 비주얼 씽킹의 과목별 효과는 어떤가요?

   – 비주얼 씽킹은 글을 아주 빠르게 그림으로 압축시킬 수 있기 때문에 국어 과목에 효과가 큰 것 같다. 예를 들어서 국어시간에 시인 백석의 「수라」를 비주얼 씽킹으로 표현할 때, 간단하고 이해하기 쉽게 나타낼 수 있어 기억에도 오래 남고 내 생각도 정리가 잘 되어 정말 좋았다.

Q5. 비주얼 씽킹을 활용해서 수업을 하기 전과 후의 차이점은 무엇인가요?

   – 비주얼 씽킹으로 수업을 하기 전에 그림 그리는 활동을 하면 많은 시간이 들어가고 잘 못 그린다는 생각에 힘들었다. 하지만 비주얼 씽킹으로 수업을 하니 간단하게, 누구나 알아 볼 수 있게 그릴 수 있고, 시간도 절약할 수 있어 더 편리하였다. 글로만 학습지를 채워나갔을 때에는 기억이 오래 남지도 않고 이해하기도 힘들었던 부분이 있었지만, 비주얼 씽킹 학습을 하니 기억이 더 잘 되고 이해도 잘 되는 등 학습효과가 큰 것 같다.

Q6. '비주얼 씽킹은_____이다.' 라고 표현하자면?

   – 혁명 _ revolution

Q7. 이외에도 더 하고 싶은 말이 있으면 해주세요.

   – 앞으로 이렇게 유용한 비주얼 씽킹을 다양한 것들에 사용해 보고 싶다.

국어 활동(백석의 「수라」) 후 인터뷰

김민주

Q1. 활동을 하면서 어려웠던 점은 무엇인가요?

– 처음에는 비주얼 씽킹으로 나타내는 것이 별로 어려워 보이지 않았다. 그런데 직접 시의 내용과 나의 생각을 그림으로 표현해보려니 잘 그려지지 않아서 힘들었다.

Q2. 비주얼 씽킹으로 활동함으로써 더 도움이 된 점은 어떤 것인가요?

– 시의 내용을 그림으로 간단하게 표현할 수 있어 도움이 되었다.

Q3. 활동을 하기 전과 후의 이해도 등의 차이가 어떤가요?

– 시만 읽었을 때에는, 내용을 쉽게 이해할 수 없었다. 그러나 비주얼 씽킹으로 직접 내용을 그림으로 표현해 보고 나의 생각을 나타내 보니 머릿속에 시의 그림이 붕붕 뜨는 느낌이었다. 고맙다. 비주얼 씽킹 ^^

Q4. 비주얼 씽킹 활동이 기억하는 것이나, 정리 요약하는 것에 도움이 되었나요?

– 글로 된 문장을 비주얼 씽킹으로 표현할 수 있을까? 했는데, 간단하게 표현할 수 있다는 게 좋았다.

Q1. 비주얼 씽킹이 어떤 부분에서 도움이 되었나요?

- 그림을 못 그리는 편이어서 비주얼 씽킹이 그림으로 표현한다는 말을 듣고 처음에는 많이 당황했다. 하지만 비주얼 씽킹을 통해 간단히 그릴 수 있는 방법을 터득할 수 있어서 좋았고, 내가 그린 비주얼 씽킹이 누구나 알아볼 수 있다는 점이 놀라웠다. 학습내용 정리 부분에서도 많은 부분이 도움이 되었다. 학교에서 수업을 들은 후 공책에 내용 정리할 때 복잡한 내용을 간단한 그림으로 나타내어보니 이해도 잘 되고 정리도 잘 되었다.

Q2. 비주얼 씽킹을 어떤 곳에, 어떻게 활용하고 있나요?

- 그림을 간단하게 그려 나타낼 때나 수업을 들은 후 간단히 내용 정리를 할 때 주로 사용하고 있다.

Q3. 비주얼 씽킹에 대해 어떻게 생각하나요?

- 일상생활, 학습 등 다양한 곳에서 사용할 수 있는 아주 실용성이 높은 도구, 간단히 표현할 수 있어 좋다.

Q4. 비주얼 씽킹의 과목별 효과는 어떤가요?

- 모든 과목에서 사용이 간편하고 편리한 것 같다. 국어나 영어에서는 글을 그림으로 나타내어보고, 과학에서는 구조를 알기 쉽게 그림으로 그리는 등 다양한 교과목에서 사용할 수 있고, 그 효과 또한 매우 큰 것 같다.

Q5. 비주얼 씽킹을 활용해서 수업을 하기 전과 후의 차이점은 무엇인가요?

> – 비주얼 씽킹으로 수업하기 전 글로만 수업을 할 때에는 흥미도 떨어지고 이해도 잘 안 되는 부분이 많았다. 이런 부분들을 비주얼 씽킹을 통해 학습하여보니 이해도가 높아졌다. 비주얼 씽킹을 사용한 수업은 확실히 기억도 잘 되고 학습 효과가 큰 것 같다.

Q6. '비주얼 씽킹은 _____이다.' 라고 표현하자면?

> – 간단한 그림

Q7. 이외에도 더 하고 싶은 말이 있으면 해주세요.

> – 비주얼 씽킹을 연습하고 그려 나가보니 그림 실력도 늘고 사물을 관찰해 보고 나타내보려는 습관도 조금씩 생기는 것 같다. 앞으로 비주얼 씽킹을 유용하게 잘 사용하는 방법을 잘 터득하고 싶다.

나의 비주얼 씽킹

나의 비주얼 씽킹

나의 비주얼 씽킹

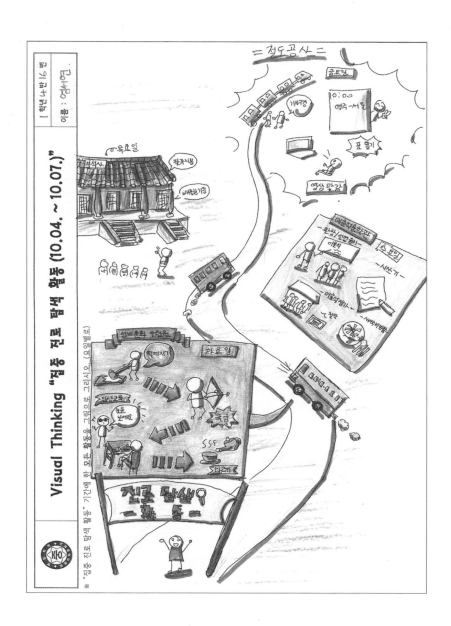

나의 비주얼 씽킹

나의 비주얼 씽킹

나의 비주얼 씽킹

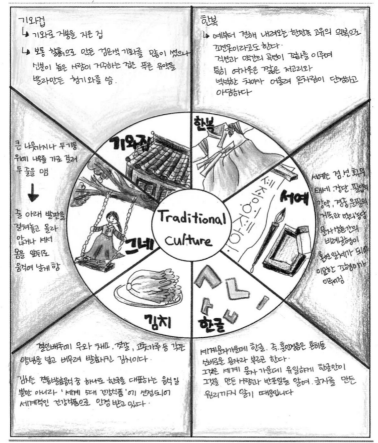

< Circle Map >

※ 작성 시 유의 사항
1. 가운데 원에는 주제가 되는 단어를 적고, 그 다음 원에는 주제에 대해서 알고 있는 것이나 생각나는 것을 동그라미 안에 적는다. 사진, 그림, 단어, 문장으로 서술할 수 있다.
2. 사각형 Frame에는 주제에 대해 알고 있는 것이나 생각나는 것에 대한 배경을 적는다.

Small Drops Make a Shower　　　　　　　　ⓒ Yeonggwang Girls' Middle School ⓒ

나의 비주얼 씽킹

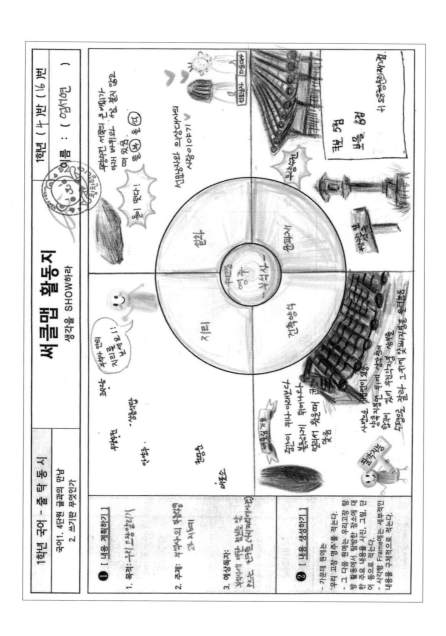

213

참고문헌

책

교실 속 비주얼 씽킹 / 김해동 / 맘에드림

비주얼 씽킹수업 / 우치갑 외 5인 / 디자인 펌킨

블로그

http://dong2.org/

http://visual-thinking.co.kr/

http://blog7.naver.com/wooseokjin/

참고 사이트

http://globalstyle.co.kr/120173460756

http://blog.naver.com/tntbyj/220311189779

http://blog.naver.com/naegokstory/220572939822

http://blog.naver.com/ay0629/220592673837

http://booklikedream.tistory.com/658

글, 그림 : 엄서연

6

체인지 컬러

반나연

스윽, 연필을 쥐다

초등학교 3학년 처음으로 상이란 것을 받았다.

이전에는 오로지 자격증이었다. '아, 이게 상이구나' 처음 느껴본 쾌감이다. 시원하고 마음 놓고 웃을 수 있는 상황이 마련된 것이다. 남에게 인정받은 거니까.

내가 나를 인정해서 뭐할까. 아무도 모르는데. 내가 드라마의 단역을 볼 때처럼 말이다. 그 이후, 매년 글쓰기 상을 받게 되었고, 그러다보니 은근 자신감도 생겼다. 나만의 책은 어떨까? 라는 생각까지 하게 된 것이다.

"A4용지 인쇄해서 붙이나?", "뭘 어떻게 해야 하지?"

지금 시작해도 충분할 만큼의 동기가 생겼다.

기회는 온다더니 역시 어른들 말 틀린 게 하나도 없었다.

"이번 동아리에 들어와~" 국어 선생님의 말씀이다.

'어, 진짜인가?', '내 책?', '내 실력을 향상시킬 수 있는 건가?'

온갖 생각들이 들기 시작하고, 고민을 하게 되었다.

곧 결정 했다. 들어가기로.

일단 내 첫 동기는 '글쓰기 실력 향상' 이다. 나의 흥미를 자주 느껴볼 수 있게 해준 이 기회를 놓치고 싶지 않았다.

그래서 시작하고 시작하여 단계는 점점 높아지고 지금까지 오게 되었다.

시간은 상상치 못하게 촉박해지고 할 일은 태산 같아서 물론 힘들었지만 절대 포기하고 싶지 않았다.

끝을 맺고 나의 첫 모티브가 되어줄 책도 나에겐 어느 정도 필요했던 것이다.

그렇게 보이지 않던 길이 보이고 천천히 걸어가 도달할 수 있었다.

나의 첫 motive, 모티브

    일반 동화책은 고전 소설과 같이 전형적이고 평면적인 인물들이 나와 너무 흔한 내용이 일상이다. 쓸데없는 듯 쓸데없지 않은 혁신을 추구하는 나는 일반 동화책과 달리 특별한 내용을 써내려가기로 했다.

    시중 동화책의 주연들에 맞춰져 있는 스포트라이트를 조연들로 바꾸는 것이다.

    – 다음 글 하나하나가 기대되고, 책장 넘기는 재미가 쏠쏠 할 거예요!

    기본적으로 알고 있는 내용을 바탕으로 하기에 조금은 더 쉽게 다음을 예상할 수 있지 않을까 싶어요!

차례

신데렐라

블란쳇

- 좋은 가문 출신이며 아나스타샤와 가브리엘의 엄마임
- 엘라의 아버지가 세상을 떠나자 본 성격이 나옴
- 질투의 여왕이며 자신의 딸들만 사랑함

아나스타샤

- 블란쳇의 첫째 딸 아나스타샤
- 자신의 엄마를 닮아 질투가 심함
- 자신이 리코더를 가장 잘 분다고 생각하며 무도회 때 왕자님
  이 자신만을 기다리고 있을 것이라며 자랑함
- 엘라에게 속임수를 칠 때만 가브리엘과 마음이 잘 맞음

가브리엘

- 블란쳇의 둘째 딸 가브리엘
- 블란쳇을 닮아 질투가 심함
- 위 아나스타샤처럼 자신이 노래를 가장 잘 부른다고 생각하
  며 가브리엘 또한 무도회 때 왕자님이 자신만을 기다리고 있
  다며 아나스타샤와 싸움

엘라

- 어머니가 세상을 떠나면서 아버지께서 블란쳇의 집에 엘라를
  맡김
- 재에 떨어진 삶은 옥수수 씨를 주워먹는 것을 본 새 언니들이

재를 주워먹는 엘라라는 뜻으로 '신데렐라' 라고 부름
- 새 엄마와 새 언니들에게 구박을 받게 되어 다락방으로 쫓겨남

커치 프라인
- 나라의 왕이며 엘라와 결혼한 왕자의 아버지
- 아무에게도 관심이 없는 왕자에게서 손자를 바라며 점점 심해 져 매일 손자와 놀아주는 꿈을 꿈

요정할머니
- 갑자기 나타나 엘라가 무도회에 갈 수 있도록 마차와 마차를 끌어 줄 말, 마부, 하인, 드레스 그리고 기적을 불어넣어 줄 수정 구두를 만들어 줌
- '비비디 바비디 부' 가 마법노래임
- 이 일을 아나스타샤와 가브리엘이 몰래 보고 또 엘라를 오해하게 됨

내가 세상을 떠났다고 해서
진짜 이 이승을 떠나는 것은 아니니
끝까지 잘 부탁하오.
나의 부탁을 거절하지 말아다오.
아, 나의 엘라여
어느새 재투성이가 되었는가.
블란쳇 씨가 두 딸을 사랑하는 것이야말로
세상의 도리라 하여
우리 엘라도 사랑해 주시오.
불쌍한 엘라여,
가엾은 엘라여,
내 곁을 떠나지 않음을 기억하리라.

      – 수정 구두를 사랑한 엘라의 친아버지

"으아아아아아아아아악! 엄마! 엄마! 엄마! 엄마! 엄마! 살려줘!"

신데렐라가 준비해온 아침을 먹으려 찻잔을 든 가브리엘이 놀라 소리치며 방을 뛰쳐나왔어요.

"언니, 왜 그래요? 무슨 일인데요?"

신데렐라가 내려가던 계단을 다시 뛰어 올라오며 가브리엘에게 물었어요.

방 안에 있던 아나스타샤도 가브리엘의 비명에 방을 나왔습니다.

"네가 그랬지? 일부러 그런 거지! 엄마!"

가브리엘이 문을 쾅 닫으며 블란쳇의 방으로 가는 도중 눈이 동그래져 올라오던 신데렐라에게 손가락질을 했습니다.

신데렐라는 당황한 채 가딘의 손에 있는 가엾은 쥐를 꺼내 주었어요.

가딘은 블란쳇의 집에 사는 심술이 고약한 고양이입니다.

"가브리엘, 도대체 무슨 일이기에 그리 호들갑인 게야!"

한참 평화롭게 아침을 먹던 블란쳇이 호들갑을 떠는 가브리엘에게 화난 듯 물어보았습니다.

"아니, 신데렐라가 쥐를 말이에요······! 속닥속닥······."

가브리엘이 개미 말하는 소리 만하게 블란쳇에게 말했습니다.

"뭐? 신데렐라가?"

"네."

"어이, 재에 묻은 옥수수 씨를 주워먹은 주제에. 어디 두고 보자, 흥."

블란쳇의 방으로 들어가려던 신데렐라를 사이에 두고 아나스타샤와 가브리엘이 입 맞춰 말했습니다.

아나스타샤와 가브리엘은 열쇠구멍으로 방 안을 보려고 서로를 있는 힘껏 밀어댔습니다.

"이리 오너라."

"저⋯⋯. 새엄마, 전 모르는 일이⋯⋯."

"입 다물지 못해!"

새엄마는 가브리엘의 말만 듣고 일어난 일을 해결하려 했습니다.

아, 이건 해결도 아니죠.

"많이 컸구나, 신데렐라. 재에 묻은 옥수수 씨를 주워먹으라 하면 잔말 없이 주워먹던 때가 엊그제 같은데 벌써 이렇게나 대들 생각을 하다니, 호호."

"새엄마, 정말 오해세요! 전 그런 적이⋯⋯."

"입 다물어!"

블란쳇은 신데렐라를 죽일 듯이 눈을 부릅뜨고 쨰려보았습니다.

"신데렐라, 그런 속임수는 당하는 줄만 알았는데, 우리 신데렐라, 새 언니들이 괴롭히디? 많이 착했었는데⋯⋯. 이러한 큰 속임수가 일어났을 땐 난 이렇게 생각한단다. 아, 단단한 각오가 되어 있겠지 라고 말이야. 어디 보자, 큰 홀에 있는 카펫 두 개⋯⋯, 청소해! 흐음. 집 안에 있는 모든 창문과 책장 위의 먼지 모두⋯⋯, 닦아놔!"

옆에 있던 가딘이 꼴좋다는 듯 고개를 끄덕였습니다.

"아, 그리고 벽에 걸려 있는 액자와 커튼, 옷걸이마저 전부……."

"그건 방금……."

"다시 하라고! 그리고 정원 풀 뽑고, 2층과 4층 테라스 위의 테이블에 쏟긴 쓰디 쓴 커피와 더러워진 과자 부스러기 모두…… 청소해! 계단 닦고, 굴뚝 청소하고, 마루 쓸고, 바느질에, 꽃병 물 갈아주고 빨래까지 모두 다 해놔!"

가딘은 더 없냐는 듯이 블란쳇을 쳐다보았습니다.

"아, 그래."

가딘은 갑자기 생각이 떠올랐다는 듯한 표정을 지은 블란쳇을 보고 씩 웃음을 지었습니다.

"마지막으로 한 가지. 가딘을 목욕시키고, 부드러운 빗으로는 검은 색 털만, 까칠한 빗으로는 수염만을 빗어줘. 그리고 주방에 들어가자마자 보이는 서랍의 두 번째 칸 안쪽에 있는 달콤한 간식을 가딘에게 그릇에 조금 덜 차게 넣어서 주도록 해."

가딘은 만족한다는 듯의 표정을 지으며 드러누웠습니다.

며칠 후, 신데렐라는 며칠 전 블란쳇이 시킨 일을 하고 있었습니다. 마루를 쓸었죠.

"아, 오 멋진 그대여, 나의 박자에 맞추어 한 걸음, 한 걸음 다가와. 아."

2층 신데렐라가 청소한 테라스 바로 옆방에서는 블란쳇이 치는 피아노에 맞춰 자신이 세상에서 리코더를 제일 잘 분다고 생각하는 아나스타샤와 자신이 세상에서 노래를 가장 잘 부른다고 생각하는 가브리엘이 함께 연주하고 있었습니다.

하지만 실력은 형편없었지요. 듣기 싫을 만큼은 아니지만요.

신데렐라는 자신도 함께 부르고 싶었는지 마루를 쓸고 닦으면서 노래

를 따라 불렀습니다.

옆에서 귀를 막고 있던, 신데렐라가 가딘에 의해서 구해주어 살게 되었던, 그 쥐가 깜짝 놀라 귀에서 손을 떼었습니다.

신데렐라의 노래는 정말 아름다웠기 때문이에요.

신데렐라는 원래부터 노래를 잘 불렀지만 지금은 못 부른다는 아쉬움을 담았기에 노래가 더 아름다웠습니다.

딩동, 딩동!

누군가가 초인종을 눌렀습니다.

왕의 두 번째 신하 로간이었습니다.

어제 일어난 일이었습니다.

"폐하, 진정하시옵서서."

"내가 지금 진정하게 보이느냐. 어휴. 나도 늙을 만큼 늙었단 말이다! 지금 왕자는 도대체 무슨 생각으로 사느냔 말이다!"

"폐하, 왕자님이 워낙 까칠하사오니 조금만 더……."

"어휴. 나도 몸이 옛날 같지 않다. 내 몸이 조금 더 늙기 전에, 나의 허리가 조금이라도 더 단단할 때, 손자와 함께 놀아 주어야지! 매일 꿈을 꾼단 말이다!"

나날이 늘어가는 커치 프라인의 한숨을 본 첫 번째 신하 쿠왁이 로간과 함께 입을 모았습니다.

"바로 무도회를 여는 것이지요. 이 세상에 있는 모든 처녀들을 모아 참석하게 하는 것입니다."

그리하여 블란쳇의 집까지 오게 된 것이지요. 신하들끼리 입을 모았지만 그렇게 얘기하면 시민들이 참석하지 않을 것이 뻔하기 때문에 시민들에겐 왕의 어명이라고 거짓말 했습니다.

"임금님의 어명이오. 문을 여시오."

로간이 초인종을 누르며 말했습니다.

"무슨 일이기에 이렇게 급한 거죠?"

신데렐라가 로간에게 물었습니다.

"임금님의 전갈이오. 얼른 읽어보시고, 집안의 모든 처녀들이 꼭 참석하시길 바라오."

로간이 이렇게 말하고는 돌아갔습니다.

"모든 처녀들이 참석……? 나도 참석할 수 있는 건가?"

신데렐라는 한껏 들떠 아나스타샤와 가브리엘이 블란쳇과 함께 음악 연습을 하고 있는 것도 잊은 채 노크도 없이 문을 벌컥 열어버렸습니다.

"신데렐라! 무슨 짓이야! 음악 연습할 때 방해하지 말라고 했잖아! 일은 다 하고 그러는 거니?"

블란쳇이 화가 나서 소리 질렀습니다.

"아, 죄송해요. 왕궁에서 온 전……."

"뭐? 왕궁이라고 했니?"

아나스타샤와 가브리엘이 신데렐라가 가져온 초대장을 서로 보려고 싸웠습니다.

"드디어 왕자님이 날 만나시려고……."

"아니거든? 어디서 왕자님께!"

"얘, 그럼 넌 언니한테 무슨!"

아나스타샤와 가브리엘은 드디어 왕자님이 자신을 보러 무도회를 여신다며 실랑이를 벌였습니다.

블란쳇이 아나스타샤와 가브리엘이 들고 있던 초대장을 뺏으며 말했습니다.

"예의 없게 무슨 짓이야! 어디 보자, 흠. 다음 주 왕궁에서 무도회가 열……."

"무도회?"

아나스타샤와 가브리엘이 입 맞춰 말했습니다.

"왕자님을 기념하는 뜻에서……."

"왕자님?"

"임금님의 어명으로 이 세상 모든 처녀들은 꼭 참석할 것!"

블란쳇이 검지를 천장으로 내세우며 말했습니다.

"봐봐! 드디어 왕자님이 나를 보기 위해 무도회를 여신 거야!"

"바로 날 기다리는 걸 거야!"

블란쳇이 내세운 검지가 가리킨 천장에서 지켜보고 있던 쥐들이 비웃었습니다.

옆에서 지켜보고 있던 신데렐라가 놀라 물었습니다.

"어머, 그럼 저도 갈 수 있는 건가요?"

천장에 있던 쥐들이 그렇다는 듯 고개를 끄덕였습니다.

"흥, 네가 왕자님과 함께?"

아나스타샤와 가브리엘이 신데렐라를 비꼬며 웃었어요.

"엄마, 저기 뭘 모르는 아이한테 좀 가르쳐줘요, 빨리! 오호호호."

아나스타샤가 신데렐라를 어이없다는 듯이 쳐다보며 말했어요.

"흐음, 그래. 왕궁에서 모든 처녀들이 참석하라고 했으니, 신데렐라, 네가 참석하지 못 할 이유는 없구나."

이 말을 들은 아나스타샤와 가브리엘은 눈을 크게 뜨며 놀랐어요.

하지만 신데렐라를 쉽게 놓아줄 블란쳇이 아니죠.

"만약 이 일을 네가 끝낸다면……."

"끝내놓으면 갈 수 있는 거죠?"

"입고 갈 드레스는 있고?"

"찾아보면 있을 거예요! 어머, 고마워요. 새 엄마."

신데렐라는 이 말을 남기고는 얼른 일을 끝내려 마루로 달려갔어요.

"엄마, 혹시 오늘 아침 밥 잘 못 드셨어요? 그저께 신데렐라가 엄마 아침에도 쥐 넣은 거 아니야?"

가브리엘이 온갖 의심을 품으며 블란쳇에게로 서서히 걸어갔어요.

"천만에. 내가 그냥 보내줄 것 같니? 만약이라고 했잖니. 신데렐라가 그 일을 다 끝내더라도 내가 허락을 해주지 않는다면?"

블란쳇이 비웃으며 아나스타샤와 가브리엘을 쳐다보았어요.

"아, 오호호호호."

아나스타샤와 가브리엘이 이제 알아차렸다는 듯 서로를 쳐다보며 고개를 끄덕였어요.

신데렐라는 다락방으로 달려갔어요. 그리고는 먼지가 쌓인 보물 상자 같은 상자에서 고운 분홍색 드레스를 꺼냈어요. 신데렐라는 분홍색 드레스를 들고 몸에 맞춰보며 자신이 마냥 나비가 된 것처럼 폴짝폴짝 뛰기도 하고 빙글빙글 돌기도 하였지요.

"정말 예쁘지? 하늘나라로 가신 엄마의 것이야!"

신데렐라는 아침마다 자신을 깨워주는 두 마리의 파랑새 진과 펀드에게 말했어요.

"그래도 그건 너무 오래되지 않았나요?"

옆에 있던 다락방 신데렐라 친구인 쥐들이 말했어요.

"그래, 맞아. 조금 옛날 스타일이지만 손을 좀 보면 새언니들의 드레스보다 훨씬 더 예쁠 거란다!"

신데렐라가 말했어요.

"도, 도, 도, 도대체 어떻게 손을 볼 건데요?"

옆에 있던 거스가 말했어요.

거스는 저번에 신데렐라가 가든으로부터 구해주었던 쥐에요.

아, 제가 아직까지 말을 안 했군요!

아버지가 세상을 떠난 이후 신데렐라는 찬밥 대접을 받았었죠. 그래서 여름엔 덥고, 겨울엔 추운, 봄과 가을에만 조금 시원한 다락방으로 쫓겨났어요.

심성이 착한 신데렐라는 작은 쥐들 하나 무시하지 않았어요. 그렇게 살다보니 진과 펀드가 아침마다 깨워주고, 노랑새들이 신데렐라의 침대를 정리해 주고, 빨강새 3마리가 스펀지에 물을 묻혀 신데렐라의 샤워를 도와주었고, 엄마 쥐들이 신데렐라가 일할 때 입는 옷의 헤진 곳을 바느질로 꿰매주었어요.

마지막으로 엄마 쥐들 중의 첫째인 실리의 딸, 신디가 신데렐라의 머리를 파란색 머리끈으로 묶어주었지요.

원래는 하나하나 이름이 다 있지만 그건 천천히 설명하겠어요.

신데렐라는 드레스 옆에 함께 꽂혀 있던 비밀 일기장을 열었습니다.

"자, 어때? 예쁘지? 이렇게 꾸밀 거란다!"

쥐들이 모두 놀랐어요.

한편, 음악 연습을 하고 있던 블란쳇은 무도회 초대장으로 흐름이 깨져버려 집중을 못하는 아나스타샤와 가브리엘을 보고는 미간이 찌푸려지기 시작했어요.

"얘들아, 집중 못하니? 무도회의 주인공이 너희가 될 것이라는 것은 당연한 것이니 그만 신경 써!"

연습을 계속 하려 했지만 결국 실패했어요.

블란쳇은 갑자기 신데렐라가 떠올랐어요. 밖으로 나와 보니 마루에도 없었어요.

마루는 청소가 끝난 듯 반짝반짝 빛이 났어요. 가딘이 거기서 뒹굴뒹굴 거리고 있었지요. 블란쳇은 신데렐라가 더 할 일이 남았는데도 쉬고 있다는 생각이 들었어요.

블란쳇이 가딘에게 물어보았어요.

"가딘, 신데렐라가 너를 목욕시켜주었니?"

가딘은 고개를 내저었어요.

사실 신데렐라는 어제 가딘을 목욕시켜주었어요. 가딘이 거짓말을 친 거예요!

블란쳇은 신데렐라를 더 심하게 오해하기 시작했어요.

"신데렐라."

블란쳇이 짧고 굵게 신데렐라를 불렀어요.

자신의 방으로 가 정리된 옷을 보고 있던 아나스타샤도 화를 내며 불렀어요.

"얘, 신데렐라! 이게 뭐야!"

평화롭게 옷을 손보려던 신데렐라는 한숨을 쉬며 대답했어요.

"네, 새엄마. 이번엔 또 무슨 일일까? 휴, 할 수 없네. 드레스는 일을 다 하고 손 봐야겠어."

"신데렐라! 왜 이렇게 늦는 거야!"

성격 급한 가브리엘이 소리쳤어요.

"알았어! 지금 나갈게."

신데렐라는 아쉬운 표정을 지으며 고운 드레스를 한 번 더 보고는 방을 나갔어요.

"어휴, 신데렐라는 정말 불쌍하다니까. 하루 종일 신데렐라에겐 틈을 주지 않으니……. 신데렐라! 신데렐라! 재투성이! 우리 불쌍한 신데렐라."

말썽꾸러기 쥐 마리오가 말했어요.

"신데렐라는 너무 바빠. 우리와 함께 놀 시간도 아침밖에 없다고! 저렇게 일만 하다가 결국…… 블란쳇의 구박을 받으며 무도회엔 못 가게 될거야."

마리오가 드레스를 올려다보며 말했어요.

"뭐? 못 간다고?"

"그게 무슨 말이야?"

옆에 있던 쥐들이 모두 놀랐어요.

마리오가 한숨을 쉬며 말했어요.

"어디 두고 봐, 새엄마와 새언니들이 그냥 가게 놔둘 것 같아? 분명 또 다시 구박하고 구박할 거라고……. 그 구박을 이겨내고 무도회에 갈 수 있다고 해도 뭘 입고 갈 건데? 신데렐라는 드레스를 고칠 시간조차 없을 거란 말이야."

"어휴, 일, 일, 일! 불쌍한 신데렐라."

그 말을 듣고 있던 거스가 말했어요.

"그럼 우리가 도와주면 되지 않을까?"

비밀 일기장 앞에 앉아 있던 둘째 엄마 쥐 릴리가 말했어요.

"우리가 할 수 있을까?"

릴리의 옆에 앉아 있던 쥐들이 동시에 말했어요.

"물론이지! 한 번 해보자!"

릴리가 할 수 있다며 자신감 있게 말했습니다.

"빨리, 빨리, 빨리, 빨리, 서두르자!"

거스가 살짝 음을 넣어 말하듯 불렀습니다.

그 소리를 듣고 다락방 외벽에 둥지를 트고 살던 새들이 날아왔어요. 진과 펀드도요.

마리오와 거스는 새엄마와 새언니들의 방에 몰래 들어가 장식 리본 아름다운 목걸이를 가져오는 것이 임무였어요.

엄마 쥐들은 바느질과 재봉을 맡았고, 새들이 때 묻은 곳을 깨끗하게 털어주었어요.

"만약 신데렐라가 드레스를 입는다면, 분명 새언니들보단 훨씬 예쁠 거야!"

거스가 마리오와 장식 리본을 구하러 아나스타샤의 방으로 가려고 벽 사이 거미줄을 타고 내려오며 조용히 노래를 불렀어요.

"쉿, 노래 부르지 말고 빨리 따라와, 거스!"

마리오가 거스에게 말했어요.

"우리 노래를 들은 가딘이 구멍 앞에 서 있을지도 몰라. 내가 저번에 가브리엘 방에 치즈를 구하려고 가면서 노래 부르다가 십년감수 했었어. 가딘은 정말 조심해야 해."

"아, 알겠어, 마리오!"

거스가 흠칫 놀라며 대답했어요.

"신데렐라가 보면 분명 좋아하겠지?"

거스는 입이 심심했는지 마리오에게 속삭였어요.

"그럴 거야! 우리가 구해 온 장식 리본을 가지고 엄마 쥐들이 정말 예쁘게 손봐줄 테니까!"

마리오도 거스의 귀에 대고 속삭였어요.

가브리엘의 방에 도착한 마리오와 거스는 벽의 작은 구멍으로 고개를 쏙 내밀었어요.

세상에나, 가브리엘의 방에서는 블란쳇과 아나스타샤도 와 있었어요.

신데렐라가 빨래해야 할 옷들을 모두 받고 나가자 셋은 어떻게 하면 무도회에 신데렐라를 못 오게 할지 의논하고 있었지 뭐예요!

거스는 순간 화가 나서 소리를 질렀어요.

"아니, 우리 신데렐라를!"

당황한 마리오가 거스의 입을 얼른 막아버렸어요. 다행히도 셋은 듣지 못했어요.

하지만 무언가 찜찜하게 느꼈는지 셋은 다시 나가버렸어요.

그 틈을 타 마리오와 거스는 몰래 가브리엘의 방에 들어갔어요.

예전과는 다르게 가딘이 없었어요.

예전에 가딘은 강아지처럼 냄새를 무척 잘 맡았었어요. 그래서 쥐들이 오는 것을 금방 알아차렸었지만 이번에는 웬일로 가딘이 없네요!

마리오와 거스는 마음을 놓고 서둘러 장식 리본을 가져왔어요.

뚝딱뚝딱, 쓱싹쓱싹.

"서둘러! 서둘러!"

자르고, 꿰매고, 붙이고…….

드디어 신데렐라가 입고 갈 아름다운 드레스가 완성되었어요.

한편, 일을 하고 있던 신데렐라가 옷을 준비하고 있던 블란쳇의 방으로 들어갔어요.

이번엔 노크를 했지요.

"무슨 일인 게야?"

신데렐라가 조심스럽게 말했어요.

"집 앞, 왕궁으로 가는 마차가 와 있어요."

블란쳇이 신데렐라를 보며 말했어요.

"어이구, 신데렐라, 너는 준비가 안 되어 있구나."

"전 못 가요. 집안일을 모두 해놓아야 하잖아요."

"집안일? 옷이 없는 건 아니고? 어휴, 안 됐구나. 호호."

몰래 지켜보던 아나스타샤와 가브리엘도 웃었어요.

"하지만 나중에 또 무도회가 열린다면 기회가 생길 거야."

블란쳇은 그런 말을 하면서도 속은 달랐어요.

슬픈 표정을 지은 채 신데렐라는 다락방으로 올라갔어요.

"괜찮아, 다음에 또 기회가 있겠지. 무도회쯤이야. 가지 않아도 상관 안 해."

신데렐라는 마음에도 없는 말을 내뱉었어요.

"신데렐라!"

누군가가 뒤에서 신데렐라의 이름을 속삭였어요.

"신데렐라, 불쌍한 신데렐라."

그 소리를 들은 신데렐라는 뒤를 돌았어요.

어머나, 세상에! 뒤에는 정말 아름다운 드레스가 걸려 있었어요.

신데렐라는 너무 놀라 눈이 동그래졌어요.

신데렐라가 만들려 했던 드레스와 똑같았어요.

"어머, 얘들아, 어떻게 나의 고마움을 표현해야 하지?"

신데렐라가 진과 펀드, 노랑새, 빨강새, 쥐들에게 정말 고마워했어요.

"어휴, 괜찮으니까 얼른 가보세요. 마차 놓치겠어요!"

마리오가 외쳤어요.

신데렐라는 다락방을 뛰어 내려갔어요.

"아나스타샤, 가브리엘. 꼭 기억해두어야 한다. 왕자님을 만나게 된다 면……."

"새엄마! 저도 같이 가요!"

신데렐라가 계단을 내려오며 말했어요.

"어때요? 정말 예쁘지 않아요?"

아름다운 신데렐라를 본 아나스타샤와 가브리엘이 놀라 블란쳇에게 말했어요.

"엄마, 엄마, 안 돼요! 신데렐라는 오면 안 된다고요!"

"조용히. 흐음, 어디 보자. 신데렐라, 정말 예쁘구나."

블란쳇이 신데렐라를 표정만으로 압박했어요.

"엇, 엄마. 잠시만요. 이런, 신데렐라! 이제 보니 그 목걸이 내 것이잖 아! 지금 훔친 걸 뻔뻔하게!"

아나스타샤가 놀라며 말했어요.

"신데렐라, 그 장식 리본도 내 것인데? 이리 내놓지 못해!"

가브리엘도 끼어들었어요.

"안 돼! 안 되는데……."

신데렐라가 놀라며 말렸어요.

아나스타샤와 가브리엘은 화를 내며 드레스에 붙은 모든 장식 용품을 찢어버렸어요.

심지어 남은 드레스 천까지 찢어버리고 말았어요.

"이제 그만 해, 얘들아. 신데렐라, 집 잘 보거라."

블란쳇과 언니들은 이 말만 남기고 마차를 타러 쌩 가버렸어요.

신데렐라는 그만 바닥에 주저앉아 울었어요.

"흑흑, 내가 아무리 기대는 안 한다 했어도 그건 마음에도 없는 소리였는데……. 흑흑."

번쩍.

"왜 울고 있니, 신데렐라?"

갑자기 나타난 누군가가 신데렐라에게 물었어요.

"흑흑, 다락방 새들과 쥐들이 열심히 꾸며준 제 드레스를 모두 찢어버렸어요. 그렇게 만들어놓고도 그들은 아무 일도 없었던 듯이 가버렸어요."

신데렐라가 울며 말했어요.

"울지 말거라, 신데렐라. 내가 네 옆에 있잖니."

누군가가 신데렐라를 안심시키며 말했어요.

"그런데……, 흑흑, 누구세요?"

신데렐라가 고개를 들자 누군가가 미소를 지었어요.

신데렐라가 깜짝 놀라며,

"설마……, 요정 할머니?"

"그래, 네가 생각하는 사람이 맞단다. 울지 말고 잘 들어보렴. 내가 너에게 도움을 줄 수 있어. 일단 네가 원하는 걸 말해보렴."

그 누군가는 바로 요정 할머니였어요!

"저는 저기 왕궁에서 열리는 아름다운 무도회에 참석하고 싶어요."

"아이고 이런, 쯧쯧, 너의 못된 새 엄마의 짓이로구나. 어디 보자, 날한 번 믿어보렴."

그런데 믿어 보라던 요정 할머니는 두리번거렸어요.

"오, 나의 요술 지팡이를 어디 넣어뒀더라……? 기적이 일어나려면 조금 시간이 걸릴 텐데."

"기적이요?"

"그래, 기적. 호호. 아! 여기 있구나."

요정 할머니는 빙글빙글 돌더니 반짝하고 빛났어요. 요정할머니의 손에는 기적의 요술 지팡이가!

"오, 그렇지. 신데렐라, 걱정하지 마렴. 이제 주문을 외워볼까? 흠."

요정 할머니는 요술 지팡이를 이리저리 흔들며,

"살라가둘라 멘치카불라 비비디 바비디 부, 원하는 것을 다 말해봐, 비비디 바비디 부. 살라가둘라 멘치카불라 비비디 바비디 부, 모든 소원에 기적을 줘, 비비디 바비디 비비디 바비디 비비디 바비디 부!"

"어머, 이게 바로 기적의 주문인가요?"

신데렐라는 울음을 그치고 요정 할머니를 바라보았어요.

"그래, 일단 제일 먼저 호박이 필요해! 주문을 외우기만 하면 저절로 되지, 비비디 바비디 부."

요정 할머니가 주문을 외자 호박이 마차로 변했어요.

"이제 이렇게 멋진 마차가 생겼으니 마차를 끌어줄…… 쥐! 오호, 딱 여기 있었네? 도망가지 말고 이리 와봐, 비비디 바비디 부!"

이 쥐 4마리들 중에는 마리오와 거스도 있었어요.

"그리고…… 마부가 되려면…… 그래! 말과 거기 브루노! 오늘만은 하인 노릇 톡톡히 해줘야겠구나. 자, 어서 서둘러 신데렐라. 이렇게 준비했는데 늦으면 안 되잖니?"

"저기 요정 할머니. 저 드레스……."

요정 할머니는 아주 중요한 드레스를 잊고 있었어요.

"아! 깜빡하고 있었구나. 단순하지만 대단한 디자인으로. 비비디 바비디 비비디 바비디 부!"

"오, 감사해요. 요정 할머니, 이 수정 구두가 정말 예뻐요."

신데렐라는 꿈만 같은 자신의 모습에 너무 행복했어요.

"불쌍한 신데렐라. 마법은 풀리기 마련이지. 12시가 되면 꼭 돌아와야 한단다. 그렇지 않으면……."

"알겠어요, 요정 할머니. 전 이만 가볼게요. 정말 고마웠어요."

"잠깐, 신데렐라. 이건 꼭 명심해 두어야 해. 12시가 되고 시계가 12번을 치고 나면 요술이 풀려 버리고 말지. 신데렐라, 조심히 갔다 오렴."

"네, 명심할게요. 정말 고마워요!"

"신데렐라, 빨리 가야 해. 무도회가 시작됐겠다!"

신데렐라는 호박 마차를 타고 왕궁으로 떠났어요.

요정 할머니도 미소를 지으며 사라져버렸지요.

마차는 숲과 강을 지나 달리고 달렸어요.

드디어, 마차가 왕궁에 도착했어요. 신데렐라는 정말 아름다웠지요.

무도회는 벌써 시작되었어요.

마을의 처녀들은 왕자님의 아내가 되려고 예쁘게 꾸며 입고 참석하였어요.

"판태르가의 줄리공주님!"

이름이 불린 처녀들은 왕자님께 인사를 하고 들어갔어요.

예쁘게 꾸몄지만 왕자님의 마음에 드는 공주님은 역시 없었어요.

위층에서 지켜보고 있던 커치 프라인이 한숨을 쉬며,

"전혀 관심이 없잖아! 어휴. 어떻게 저럴 수 있나?"

한편, 왕궁의 밖에서는 신데렐라가 마차에서 내려 걸어오고 있었어요. 왕궁을 지키는 근위병들마저 놀랐어요. 무도회장에서는 아나스타샤와 가브리엘이 인사하고 있었어요.

함박웃음을 짓고 있어야 할 아나스타샤와 가브리엘은 왠지 모르게 썩 표정이 좋지 않았어요.

왕자 또한 표정이 좋지 않았어요.

"어휴, 왕자에게 기대를 건 내가 잘못이지."

커치 프라인이 고개를 내저었어요.

그런데 왕자님의 고개가 갑자기 멈추었어요. 바로 신데렐라를 본 것이지요.

왕자님이 신데렐라에게로 걸어갔어요. 커치 프라인의 눈도 놀라 동그래졌어요.

인사하고 있던 아나스타샤와 가브리엘이 뒤돌았어요. 너무 아름다운 아가씨인지라 둘 다 놀랐지만 신데렐라라는 것을 한눈에 알아보았어요.

왕자님은 신데렐라의 손을 잡고 함께 춤을 췄어요.

"안 돼! 저 사람은 마녀야!"

이게 갑자기 무슨 말이죠? 뒤에 있던 가브리엘이 소리 질렀어요.

썩 좋지 않았던 무도회의 분위기마저 시들었어요. 사람들이 웅성거리기 시작했어요.

"저 사람이 우리 집에…… 주문을 걸었다고요! 저 사람은 마녀예요!"

아까 전 블란쳇과 아나스타샤, 가브리엘이 마차를 타고 가던 도중 정

원에서 요정 할머니가 나타난 것을 보았어요. 신데렐라에게 주문을 건 것인데 자신의 집에 주문을 걸었다고 오해를 한 거예요.

　사람들은 가브리엘의 말을 믿지 않았어요. 어떻게 저리 아름다운 사람이 마녀라며 오히려 가브리엘을 욕했어요. 물론 왕자님도 말이죠.

　"저 처녀는 누군가?"

　커치 프라인이 쿠왁에게 물었어요.

　"저도 처음 보는 처녀인지라……. 왕자님이 한눈에 반할 처녀가 온다고 해도……, 허허, 꿈은 깨지기 마련이지요."

　쿠왁이 고개를 내저으며 말했어요.

　"당신을 오늘 처음 보았지만 오래 전에도 본 것 같아요. 당신이라는 늪에 내가 빠져버린 것 같군요."

　왕자님이 진정한 사랑에 빠진 것 같았어요. 바로 신데렐라에게 말이죠.

"꿈은 깨지기 마련이라고……? 절대! 그럴 일은 없을 거다. 쿠왁, 저길 보아라."

쿠왁이 놀라 자지러지고 말았어요,

여자에게 눈 돌릴 일이 평생에 한 번도 없을 것만 같던 왕자님이……
낯선 처녀의 손을 잡고 걸어오고 있었기 때문이죠.

"빨리, 빨리! 풍악을 울려라! 휘휘, 조명! 얼른 준비해라!"

커치 프라인의 얼굴에는 미소가 슬며시 번졌어요.

딴 따라단 따란 따라단 딴.

왕궁에는 크고 아름다운 풍악 소리가 널리 퍼졌어요. 왕궁 밖 마을 사
람들도 수군거렸지요.

"드디어 왕자님의 마음에 드는 여인이 나타났나 봐!"

"그 여인은 어느 나라에서 왔을까?"

"얼마나 예쁘기에……, 그리 날카로운 왕자님의 마음을 얻었을까."

신데렐라는 자신이 꿈을 꾸고 있는 것처럼 황홀하여 시간 가는 줄을
몰랐습니다. 요정 할머니의 말도 금새 잊어버렸지요.

그 때, 열두 시를 알리는 종소리가 울리기 시작했어요.

한 번, 두 번, 세 번…….

신데렐라는 그제야 요정 할머니의 말이 떠올랐어요.

'어떡하지, 내 마법이 풀려버리면 왕자님은 분명 나에게 실망하실 텐
데!'

"앗, 왕자님. 죄송해요. 이제 그만 돌아가야 해요!"

신데렐라는 왕자님과 더 춤을 추고 싶었지만 마법이 곧 풀려버리기 때

문에 어쩔 수 없었어요.

"공주님, 잠시 만요! 갑자기 왜……!"

왕자님이 신데렐라를 향해 안타까움을 담아 소리쳤어요.

신데렐라는 마음이 너무 급해 뒤도 보지 않고 층계를 뛰어 내려왔어요.

뛰어 내려오던 신데렐라는 자신의 수정 구두가 벗겨진 줄도 모르고 냅다 달렸어요.

뒤늦게 쫓아오던 왕자님이 수정 구두 앞에서 걸음을 멈추었어요.

'이건……, 아까 공주님이 신고 계시던 구두인가?'

그러고는 로간을 불렀어요.

"예, 왕자님. 아까 그 처녀는 어디……."

"이 구두의 주인을 내일부터 알아봐, 우리 마을부터 싹 다. 그렇게 멀리까지 도망치진 못했을 거야. 이 구두의 주인에게 청혼을 할 것이다."

로간은 깜짝 놀랐지만 왕자님의 명령이라 거절할 수 없었습니다.

'이 구두의 주인을 반드시 찾아내겠소. 나와 결혼해 주시오.'

그 때 마침, 열두 시를 알리는 마지막 종소리가 울렸어요. 그 소리와 함께 집에 돌아온 신데렐라의 마법이 풀려 버렸지요. 다시 초라해졌어요.

신데렐라는 왕자님에 대한 아쉬움에 눈물을 흘렸어요.

하지만 신데렐라는 희망을 갖고 속삭였어요.

"요정 할머니, 감사했습니다. 그리고……, 왕자님, 보고 싶습니다!"

신데렐라는 자신의 어쩔 수 없는 운명에 또 다시 반짝이는 아름다운 눈에서 닭똥 같은 눈물을 흘렸어요.

다음 날 아침, 로간과 다른 신하들은 어제 구두의 주인을 찾으라는 왕자님의 명령으로 인해 아침부터 마을을 돌아다녔어요.

"아나스타샤, 가브리엘! 얼른 일어나지 않고 뭐해? 너희에게 지금 기회가 오고 있다고!"

"네네, 기회가 오는 게 보이네요. 어이쿠, 안녕, 기회야? 도대체 무슨 일인데 아침부터……."

아나스타샤가 하품을 쩍쩍 해댔어요.

"얘들아! 지금 하품이나 하고 있을 때가 아니라고. 어제 무도회에서 신데렐라가 뛰어 내려오다 구두 한 쪽을 떨어뜨리고 왔나보구나. 지금 왕궁에서는 그 구두 주인을 찾겠다고 난리란 말이다. 분명 우리 집에도 들를 것이니 예쁘게 차려입고 있거라."

블란쳇이 아나스타샤와 가브리엘에게 급하게 말했어요. 블란쳇이 이번만큼은 예전의 행동도 모자라 신데렐라의 기를 확 꺾어 버리고 싶었습니다.

"신데렐라! 빨리 이 옷 빨아와, 옷 갖다 주고 방에 들어가 있어."

가브리엘은 그 구두가 신데렐라의 발에 꼭 들어맞을 것을 알기에 방에 들어가라고 불안해 하며 말했습니다.

하지만 그에 굴복할 신데렐라가 아니죠. 블란쳇이 둘에게 말할 때 문밖에서 다 듣고 있었어요. 물론 순한 신데렐라였지만 이번엔 지고 싶지 않았습니다.

신데렐라는 언니들의 말을 듣지 않고 빨래를 다시 넘겼어요.

그리고 방으로 춤을 추며 들어갔어요.

룰루랄라, 룰루랄라.

그런 신데렐라가 이상한 블란쳇은 그녀의 속셈을 알아챘어요.

신데렐라의 뒤를 슬금슬금 쫓아가서는 신데렐라가 방 안에 들어가자 문을 잠가 버렸어요.

신데렐라의 다락방 친구인 마리오와 거스가 소리쳤어요.

"신데렐라, 큰일 났어요. 신데렐라, 우리의 말을 들어봐요."

하지만 왕자님에 심취해 마리오와 거스의 말을 듣지 못했어요. 역시 블란쳇이 문을 잠그는 소리까지 듣지 못했지요.

마리오와 거스는 더 뛰고 더 크게 소리 질렀어요. 신데렐라에게요.

신데렐라가 드디어 목소리를 들었어요.

"뭐? 어머, 새엄마. 제발 문 열어주세요! 새엄마, 제발요."

고약한 블란쳇은 옅은 미소를 지었어요. 다락방 열쇠를 자신의 주머니 깊이 넣었지요.

마침내, 왕궁 신하들이 블란쳇의 집에 도착했어요.

"왕자님의 어명이오, 문을 여시오."

로간이 문을 두드리며 말했어요.

고약한 블란쳇이 품위 있는 척하며 문을 조용하게 열었어요.

신하들이 들어오고 아나스타샤와 가브리엘이 차례로 수정 구두에 발을 넣어보았어요.

신하들이 블란쳇의 집에까지 찾아온 것은 아마 수정 구두가 마을 처녀들의 발엔 맞지 않았기 때문이죠.

블란쳇의 집은 왕궁이 있는 마을과 조금 떨어져 있죠.

아나스타샤가 수정 구두에 넣어보려 했지만 역시나 그 큰 발이 구두에 딱 맞게 들어갈 리가 없죠.

가브리엘이 그 다음으로 발을 넣어보려 했어요. 하지만 가브리엘의 발도 너무 커서 구두가 들어가지 않았어요.

'이 구두가 꼭 맞아야 신부가 될 수 있어!'

가브리엘은 왕자님의 신부가 되기 위해 더 욕심냈어요.

세상은 욕심낸다고 돌아가는 게 아니죠. 결국 포기하고 말았어요.

"아이, 아파라. 이제 그만하겠어요!"

신하들도 이제 힘든 듯 돌아가려 했어요. 그런데 갑자기! 쿵쿵쿵 소리가 나는 거예요.

블란쳇과 두 딸, 신하들은 지진인 줄 알고 머리부터 감싸고 보았어요.

신데렐라가 뛰어 내려오고 있었던 거예요.

마치 '날 두고 가지 마시오.' 처럼 말이죠.

그 소리의 이유를 알게 된 신하가 신데렐라를 쳐다보았어요.

'어라, 어디서 많이 본 얼굴인데…….'

"거기, 지금 내려오고 있는 처녀여. 이것을 한 번 신어보시오. 어디서 본 것 같이 낯이 익군요."

"네, 감사합니다!"

신데렐라가 대답하며 수정 구두를 신어보려던 찰나!

아직도 신데렐라가 마녀라고 믿고 있었던 가브리엘이 넘어지는 척 하며 수정 구두를 깨뜨려 버렸어요.

"어머, 이걸 어떡하죠? 정말 죄송해요."

가브리엘이 마음에 없는 말을 했어요.

"어휴, 이걸 어떡하지? 전하께서 내리신 어명인데……."

로간이 안타까운 표정으로 신데렐라를 바라보았어요.

옆에 있던 블란쳇이 고개를 내저으며 괜찮다는 듯 말했어요.

"아, 괜찮아요. 분명 저 아이에겐 맞지 않을 거예요."

"그걸 어떻게 장담하죠?"

"아, 로간씨. 잠시만 기다려 주실 수 있나요?"

신데렐라가 급히 생각이 떠오른 듯 간절히 부탁했어요.

"그럼요, 아가씨."

신데렐라가 다락방으로 달려 올라갔다가 달려 내려왔어요. 수정 구두의 다른 한 짝을 가지고 내려왔어요.

로간이 수정 구두의 한 짝을 받고 신데렐라의 발에 끼워 보았어요.

역시! 꼭 들어맞았지요.

"아아, 당신이 그분이군요. 왕자님께서 정말 애타게 찾고 계십니다!"

땡땡땡, 땡땡땡.

종이 울리고 왕자님께서 애타게 기다린 신데렐라가 왕궁에 도착했습니다.

왕자님은 정말 그리웠던 신데렐라의 손을 잡고 마차를 타기 위해 달렸어요.

커치 프라인의 얼굴은 사과처럼 빨개졌어요. 이제는 손자가 없어 외로울 일은 없을 것만 같았지요.

마차에 탄 왕자님과 신데렐라는 서로의 눈빛을 바라보며 따뜻한 입맞춤을 했어요.

아, 다락방에 갇혔던 신데렐라가 어떻게 빠져나왔냐고요?

그건 비밀이죠.

한 번 상상해 보는 건 어떨까요?

자기가 얼마나 자주
타인을 오해하는가를
자각하고 있다면
누구도 남들 앞에서 함부로
말하지는 않을 것이다.

– 괴테

백설공주

백설 공주

- 남의 일도 자신의 일처럼 여겨 진심으로 걱정해 주는 마음씨 고운 소녀
- 요술 거울로 인해 차로테 왕비로부터 힘든 모욕을 당하지만 굴복하지 않음
- 좋은 이유 뒤엔 좋은 결과가 따른다고 하비 왕자와 결혼하게 됨

차로테 왕비

- 허영심이 많은 욕심쟁이로 이 세상 여자들은 자신보다 지위와 수준이 낮고, 못생겼다고 생각함
- 왕비인지라 아는 것은 많지만 고지식함
- 백설 공주에 대한 시기와 질투로 무모한 행동까지 해보지만 모두 실패함

트로이 신하

- 차로테 왕비의 하나뿐인 신하로 왕비의 말이라면 절대 거절하지 않음
- 백설 공주를 딸처럼 여기게 되고, 몰래 백설 공주에게 왕비의 명령을 전함
- 이루어질 수 없음을 알고 있어 결국 왕비에게서 벌을 받게 됨

하비 왕자

- 백설 공주와 결혼하게 된 심성이 착한 이웃 나라의 왕자

- 백설 공주를 죽음으로부터 구하고, 차로테 왕비에게 형벌을 내림
- 결혼 후 차로테 왕비와 같은 사람이 더 나타날 수 없게 법을 강화시킴

일곱 난쟁이

- 가틱, 나틱, 다틱, 라틱, 마틱, 바틱, 사틱으로 일곱 난쟁이임
- 매일 열심히 일을 하여 생계를 유지하며 백설 공주를 만나게 됨
- 난쟁이들 역시 백설 공주를 위험으로부터 구해주고, 의리를 지킴

피처럼 새빨간 입술과
새빨간 볼,
저 눈처럼 흰 피부,
이 창틀처럼 까만 머리카락

애니메이션 - 백설 공주 中

"요술 거울의 주인공이여, 내 목소리를 듣고 정신을 차리라. 사악하고 힘겨운 곳을 이겨내, 내가 널 부르리라. 대답하라!"

"예, 여왕님. 무슨 대답을 원하시나요?"

"거울아, 거울아. 이 세상에서 누가 가장 아름다운가?"

"이 세상에서 가장 아름다우신 분은 여왕님이십니다."

"호호호, 그럼 당연하지. 나보다 더 예쁜 여자가 이 세상에 또 있을지 궁금하구나."

"잠시만, 여왕님. 제가 그녀의 우아한 품격을 기억하지 못하였습니다. 가소롭게도 그녀가 여왕님보다 더 아름다운 것 같습니다만."

"뭐라고? 아, 호호 품위를 지켜야지. 그녀의 이름이 무엇인가?"

"피처럼 새빨간 입술과 새빨간 볼, 저 눈처럼 흰 피부, 이 창틀처럼 까만 머리카락을 가진, '백설 공주'이옵니다."

옛날, 어느 나라에 아름다운 왕비가 살고 있었어요. 왕비는 왕과 5년 전 결혼하였지만 아기를 갖지 못했어요.

"여보, 우리가 결혼한 지 5년이 지났는데도 아기가 생기지 않았사옵니다. 귀여운 아기를 낳아 이 나라를 멋지게 다스린다면 좋을 텐데……."

하루가 갈수록 더 슬퍼지는 가운데 왕비는 더 이상은 안 되겠다는 생각이 들어 소원을 빌었어요.

"하느님, 제발 아기를 갖게 해주세요. 피처럼 새빨간 입술과 새빨간 볼, 저 눈처럼 흰 피부와 이 창틀처럼 까만 머리카락을 가진 어여쁜 여자 아이를 낳았으면……."

왕비는 하느님께 진심을 담아 기도했어요.

왕비의 노력을 하느님께서 인정이라도 하시듯 얼마 후 왕비는 아기를 낳게 되었어요.

아기는 소원 그대로 입술과 볼은 피처럼 새빨갛고, 눈처럼 흰 피부와 창틀처럼 까만 머리카락을 가졌어요.

왕과 왕비는 이 아기의 이름을 피부가 눈처럼 하얗다고 '백설 공주' 라고 지었습니다.

그러던 어느 날, 백설 공주가 7살이 되었을 즈음, 왕비가 병의 악화로 세상을 떠나게 되었습니다.

왕과 백설 공주는 매우 슬펐어요.

백설 공주의 눈물이 그칠 줄을 모르니 왕은 새엄마를 맞이하기로 했습니다.

새엄마의 이름은 차로테였습니다. 곧 새 왕비가 되었죠.

차로테는 예뻤지만 욕심이 많았습니다.

차로테에게는 요술 거울이 있었습니다. 차로테는 매일 아침만 되면 요술 거울에게 물었습니다.

"거울아, 거울아. 이 세상에서 누가 가장 아름다운가?" 라고 말이에요.

그러면 요술 거울이 이렇게 대답했지요.

"이 세상에서 가장 아름다우신 분은 여왕님이십니다."

왕비는 저녁에 기분이 나빴다가도 아침만 되면 요술 거울의 대답에 기분이 좋아졌지요.

어느 한 날, 욕심쟁이 왕비가 요술 거울에게 물었어요.

"거울아, 거울아. 이 세상에서 누가 가장 아름다운가?"

"이 세상에서 가장 아름다우신 분은 여왕님이십니다."

"호호호, 그럼 당연하지. 나보다 더 예쁜 여자가 이 세상에 또 있을지 궁금하구나."

"잠시만, 여왕님. 제가 그녀의 우아한 품격을 기억하지 못하였습니다. 가소롭게도 그녀가 여왕님보다 더 아름다운 것 같습니다만."

"뭐라고? 아, 호호 품위를 지켜야지. 그녀의 이름이 무엇인가?"

"피처럼 새빨간 입술과 새빨간 볼, 저 눈처럼 흰 피부, 이 창틀처럼 까만 머리카락을 가진, '백설 공주'이옵니다."

"백설 공주라……. 거기 충직한 신하여, 백설 공주를 데리고 외딴 숲 깊숙이 들어가 아무도 없는지 눈치를 살피고, 그 자리에서 백설 공주를 죽여라."

차로테가 눈에 불을 밝히고 트로이에게 명령했습니다.

"예, 여왕님."

트로이는 백설 공주가 어리기에 안 된다고 말하고 싶었지만 왕비의 말이기에 거역할 수 없었습니다.

트로이는 백설 공주가 왕궁의 정원에서 놀고 있는 것을 보고 몰래 어린 백설 공주를 데리고 숲 속 깊이 갔습니다.

백설 공주는 무슨 영문인지 몰랐지만 푸른 숲을 보고는 뛰놀던 다람쥐와 얘기를 나누며 놀았습니다.

트로이는 그런 백설 공주가 불쌍했지만 다시 한 번 왕비의 명령을 생각하며 마음을 잡았습니다.

칼자루에서 칼을 스윽 하고 빼냈습니다.

그러고는 칼을 높이 들었어요.

백설 공주는 다람쥐를 보내고 트로이의 그림자가 다가오자 뒤돌았어요.

어린 백설 공주는 처음 보는 칼에 놀랄 따름이었지요.

"트로이아저씨, 제발 살려주세요. 저를 제발 죽이지 말아주세요. 돌아가신 어머니의 소원을 꼭 들어드려야 한단 말이에요. 어머니의 소원을 들어드릴 사람은 이 세상에 저 하나밖에 없어요."

백설 공주가 트로이에게 정말 간절하게 애원했어요.

'하, 이 어린 것을 죽일 생각을 하다니……, 어찌 저런 생각과 말을 할 수 있을까. 내가 미안하다.'

트로이는 이렇게 생각하며 백설 공주에게 이렇게 말했어요.

"어휴, 내가 미안하다. 내가 너를 놓아줄 테니 차로테 왕비님의 눈에 띄지 않게 멀리 도망치거라. 빨리, 저 멀리! 아이고, 가엾어라."

"하지만 차로테 새엄마가 아시게 될 텐데요?"

"이런 말하기 미안하지만 너의 새엄마인 차로테 왕비님께서 시키신 일 이란다."

백설 공주는 충격을 받았지만 감사하다며 몇 번이고 인사를 했어요. 그리고는 숲 속 더 안쪽으로 도망쳤어요.

트로이는 백설 공주가 자신의 눈에 띄지 않을 때까지 도망쳤을 때 차로테 왕비에게로 갔어요.

"트로이, 나의 명령은 잘 수행하였느냐?"

차로테는 트로이가 자신의 명령이라면 거역하지 않는다는 것을 알기에 믿고 물었어요.

하지만 이번 일은 빼야겠네요.

"예, 그럼요. 왕비님, 저만 믿으세요."

차로테는 흡족한 표정을 지었습니다.

한편, 백설 공주는 처음 보는 숲속을 헤매며 열심히 도망쳤습니다.

백설 공주는 발을 삐었습니다.

"아야, 내가 왜 이러고 있을까. 하, 돌아가신 어머니가 보고 싶어……."

백설 공주는 땅에 넘어진 채 맑은 눈물을 흘렸습니다.

그렇게 하늘은 점점 더 어두워지고 있었습니다.

"이제 나 어떻게 해야 하지? 누가 저 좀 살려주세요. 너무 힘들어. 흑흑."

백설 공주는 다시 일어났습니다.

그러고는 자신의 앞에 있는 새에게 말을 걸었어요.

"얘들아, 날 좀 도와줄 수 있겠니?"

새들은 말을 할 수 없어 대신 고개를 끄덕였어요.

"너희들은 숲에서 오래 살았겠지?"

역시나 고개를 끄덕였어요.

"그럼 내가 살 수 있는 곳을 알 수도 있겠구나!"

새들이 이번에는 고개를 끄덕이지 않았어요. 대신 백설 공주의 치맛단을 물고 나무와 나무의 사이 빈 공간 쪽으로 끌었어요.

백설 공주는 마음이 놓인 듯 살짝 미소를 지었어요.

옆에 서 있던 다람쥐들과 사슴들도 따라갔어요.

동물들은 웬 높다란 바위 앞으로 끌고갔어요.

"얘들아, 정말 미안한데 여기는 내가 살 곳이 못된단다."

백설 공주는 고맙지만 정말 진심으로 미안하게 말했어요.

동물들이 갑자기 팔짝팔짝 뛰었어요. 무슨 할 말이 있는 것 같았지요. 다른 곳으로 돌아가려던 백설 공주의 옷자락도 급히 잡았어요.

말 못하는 동물들은 얼마나 답답할까!

백설 공주는 동물들의 마음을 뚫어 보듯이 동물들이 있는 곳으로 다시 돌아갔어요.

획획, 획획. 다람쥐와 사슴들이 나무를 이리저리 펼쳤습니다.

그랬더니 웬 낯설고 귀여운 집이 보였습니다. 마치 인형의 집 같았습니다.

습기 찬 창문을 닦으니 안이 조금 보였습니다. 모든 것들이 작았지요. 누구의 집인지는 모르지만 너무 힘들었던 백설 공주는 동물들에게 고맙다고 인사하고 문을 열고 들어갔습니다.

"누구 없어요? 실례합니다. 어머, 귀여워라! 작은 침대 7개가 붙어 있네? 도대체 누구의 집일까?"

백설 공주는 너무 궁금했어요. 집을 구경하던 백설 공주의 배에서 꼬르륵하고 소리가 났어요.

"아이, 배고파. 먹을 게 있나?"

조금 더 들어가 보니 작은 식탁이 있었어요. 식탁 주변에는 7개의 작은 의자가 놓여 있었지요.

식탁 위 접시를 둘러보고 그릇의 뚜껑을 열어보았어요.

접시 위에는 남은 세 조각의 치즈와 삶은 콩, 그릇 안에는 후추가 뿌려진 끓인 스프가 담겨 있었어요.

양은 적었지만 배가 무지 고팠던 백설 공주에게는 진수성찬이었어요.

백설 공주는 맛있게 먹었어요. 배가 부르지는 않지만 어느 정도 찼어요. 백설 공주는 슬슬 잠이 오기 시작했어요.

아까 보았던 붙어 있는 7개의 침대로 가보았어요. 한 침대에는 못 누울 것 같았어요. 그래서 3개의 침대를 가로질러 누웠지요.

신기하게도 딱 맞았어요!

다음 날 아침, 집 주인들은 아직 오지 않았어요. 백설 공주는 미안한 마음에 더러워진 접시와 그릇을 설거지하고, 마당을 쓸었어요.

기다리다 지친 백설 공주는 다시 잠이 들었어요.

"히호, 히호, 히호! 히호, 히호! 우리는 광부지. 난쟁이 광부! 왜인지는 모르지만 열심히 보석을 캐지. 우리는 집에 간다. 너무 지쳤어!"

누군가가 신나게 노래를 부르며 백설 공주가 있는 집으로 다가오고 있었어요. 한 명이 아닌 여러 명이었어요.

철커덕, 그들은 문을 열었어요. 터벅터벅, 그들은 마루를 걸었어요.

"아아아악!"

그들 중 한 명이 놀랐어요.

"무슨 일이야?"

"왜 그래?"

걸쭉한 목소리, 얇은 목소리. 목소리가 다양했어요.

"서, 서, 서, 설거지……가 되어 있어!"

거친 목소리가 대답했어요.

"뭐? 설거지?"

"알고 보니 집 앞도 쓸어져 있잖아!"

"마녀인가?"

"요정은 아닌 것 같고……."

"유령이면 어떡하지?"

바로 그들은 집 주인이었어요. 난쟁이들이에요. 모두 7명이었어요.

쿵쿵쿵, 어디선가 갑자기 두드리는 소리가 났어요.

"무슨 소리야?"

"얘들아, 조용해! 마녀일지도 몰라."

"에이, 설마. 천사일 거야."

"음식도 줄어 있어. 누가 먹은 게 분명해."

"욕심쟁이 마녀인가?"

"으, 무서워."

난쟁이들은 잔뜩 겁에 질렸어요. 난쟁이들은 야단법석이었어요.

"우리 한 번 올라가보자. 위층에 누군가가 있을지도 몰라. 어떻게든 우리 집을 지켜야지."

"그래, 맞아. 조심해야 해! 누군가가 언제 우리를 해칠지 몰라."

7명 난쟁이들은 조심스럽게 위층 계단을 올라갔어요.

슬금슬금, 슬금슬금, 정말 조심스럽게 올라가고, 올라갔어요.

"아! 저기 봐봐!"

"왜? 누가 있어?"

"누구야?"

난쟁이들은 침대로 조용히 다가갔어요. 그러고는 조심스럽게 이불을 걷었어요.

"진짜 아름다워."

"정말 아리따운 소녀야!"

"일단 마녀는 아닌 것 같아."

"너무 곤히 잠들었어."

"우리 깨우지 말자."

난쟁이들이 속닥였어요.

그렇게 한 시간을 기다렸지요. 드디어 백설 공주가 일어났어요.

"아리따운 소녀가 일어났어."

백설 공주가 일어나고 눈을 뜨자 바로 앞에 난쟁이들이 서 있었어요.

침대보다 키가 작았지요.

"어머, 드디어 오셨네요! 정말 죄송해요. 허락도 없이 밥을 먹고 침대를 빌렸네요……."

그리고 백설 공주는 지금까지 있었던 일들을 모두 이야기 했어요.

"하, 아니에요. 혹시 사과 파이 만들 수 있나요?"

"그럼요. 딸기 푸딩, 포도 파이까지 모두 만들 수 있다고요!"

속닥속닥, 속닥속닥

난쟁이들이 자기들끼리 귓속말 했어요.

"흠, 우리 집에 신세지는 것을 허락하겠습니다. 그럼 지금 당장! 사과 파이를 좀 만들어 주실 수 있나요? 일하러 갔다 오고 기다리느라 아무것도 못 먹었다고요. 이름이 무엇입니까?"

"아, 백설 공주에요. 제가 얼른 만들어 드릴게요."

백설 공주는 방을 나가 주방으로 들어갔어요. 벽난로에 모닥불을 때우고 그 위에 그릇을 얹었어요. 그릇 안에 사과 파이를 만들 수 있는 온갖 재료를 모두 넣었습니다.

그리고 조금 뜨거워질 때까지 끓였습니다.

"얼른 손을 씻고 와요! 그대들의 손에는 흙먼지가 잔뜩 묻어 있다고요."

난쟁이들은 우물에 가서 물을 떴어요. 순서대로 서서 깨끗하게 손을 씻었지요.

비누와 손을 문지르며 거품도 내니 난쟁이들에게서 웃음이 끊이지 않았어요.

"다 씻었어요. 빨리 밥을 준비해 줘요."

굵직한 목소리가 말했어요.

"이제 자리에 앉아 조금만 기다려 주세요. 아, 그대들의 이름이 무엇이죠?"

"아, 저는!"

"우린 너무 많아. 내가 설명할게."

"아니야, 내가 할 거야!"

"내가 할 거라고."

"내가 대장 아닌가?"

난쟁이들은 이름 소개를 자신이 할 거라며 싸웠어요.

"휴, 저기 맨 끝에 조용해 보이는 친구가 소개해 줬으면 좋겠네요."

백설 공주가 타이르며 맨 끝에 가만히 앉아만 있던 친구를 골랐어요.

"아, 쟤는 말 못해요."

"얼마나 조용한지."

"그래도 저 친구의 말을 들어보겠어요. 그대들은 너무 많이 아니 너무 심각하게 싸우네요."

백설 공주는 난쟁이들을 잘 설득했어요.

조용한 친구가 슬며시 입을 열었어요. 난쟁이들의 눈은 휘둥그레졌어요.

"저, 저, 저기……, 맨 처음에 서 있는 치, 친구는……, 가틱이고요. 두, 두, 두, 두 번째 친구가……, 나틱입니다. 그, 그, 그 다음이 다틱, 다, 다, 다음이 라틱……."

"그 다음은 마틱, 다음은 바틱, 다음은 사틱이군요!"

백설 공주도 조금 답답했던 모양이에요. 얼른 끝을 맺었어요.

"누가 제일 맏이죠?"

"네? 그게 무슨 뜻인가요?"

"누가 제일 나이가 많아요?"

"아, 가틱이 제일 나이가 많아요."

"저기 막내가 사틱입니다. 막내이다 보니 말이 없는 것 같기도 하고……. 가끔은 많이 헷갈립니다."

"아, 그렇군요! 제가 밥을 모두 준비했습니다. 얼른 드셔보세요."

백설 공주는 자신이 만든 사과 파이를 각 접시에 담아 난쟁이들 앞에 내놓았어요.

그리고 사과 파이만으로는 부족할 것 같아 후추가 솔솔 뿌려진 달콤한 수프도 만들었지요.

사과 파이를 수프에 살짝 찍어먹으니 정말 맛있었어요.

"우와, 맛있어!"

"우리가 만든 것과는 달라!"

"백설 공주님이 만들어 주시니 스트레스가 풀리는 것만 같아."

가틱과 나틱, 그리고 다틱이 순서대로 말했어요.

"괜찮은가요? 걱정이 조금 되네요."

백설 공주는 기분이 좋았지만 억지로 그럴까 봐 걱정했어요. 하지만 난쟁이들은 진심이었어요.

"진짜 맛있어요!"

"정말 마음에 드네요."

사틱도 조용하게 말했어요.

"너, 너, 너무 달콤하고, 거, 거, 건강해지는 느낌이 드네요."

"호호, 진심인 것 같아 다행이네요. 맛있게 드세요."

백설 공주는 이제야 마음이 놓였어요.

"그럼 이제 제가 여기서 편안하게 있어도 될까요?"

"네, 그럼요. 저희가 왕비로부터 지켜드리겠습니다. 내일은 딸기 푸딩을 만들어 주실 수 있나요?"

"호호호, 당연하죠. 마음에 드신다니 다행이네요. 왕비로부터 지켜주시는 것도 정말 감사합니다."

백설 공주는 내일 딸기 푸딩 만들어 줄 것을 약속하고 더러워진 빨래를 하러 갔어요.

"정말 착한 아가씨야."

"하늘에서 축복을 내려주신 거라고."

"맞아. 내일 딸기 푸딩도 얼마나 맛있을까!"

난쟁이들은 기뻐했어요.

그렇게 백설 공주와 난쟁이들은 함께 무럭무럭 자랐어요. 난쟁이들은 매일 광산에 일하러 나가기 전에 항상 백설 공주에게 단단히 일렀어요.

"백설 공주님, 왕비가 공주님을 없애러 올지도 모르니 우리 말고 아무에게도 절대 문을 열어 주지 말아요."

한편, 백설 공주가 이 세상에서 사라진 줄 아는 차로테가 거울에게 물었어요.

"요술 거울의 주인공이여, 이 세상에서 누가 가장 아름다운가?"

거울은 이렇게 대답했어요.

"일곱 개의 광산에서 보석을 캐는 일곱 명의 난쟁이들과 함께 살고 있는 백설 공주가 가장 아름다우십니다."

"아, 이런. 모든 것을 다 알 줄 알았던 요술 거울이 모르다니……. 백설 공주는 이미 죽었단 말이다. 나의 명령이라면 절대 거역하지 않는 신하에게 백설 공주를 없애라는 명령을 내렸단 말이다."

"자신의 딸까지 죽이려 하다니……."

"딸이라니. 피 한 방울 안 섞였는데. 그리고 네가 감히 대들어?"

"죄송합니다, 여왕님. 하지만 백설 공주는 죽지 않았습니다. 백설 공주가 이 세상에서 가장 아름다우십니다."

"아, 내가 속았구나. 트로이……, 감히 날 놀려?"

차로테는 화가 머리끝까지 난 채 발을 쿵쿵 거리며 계단을 내려갔습니다.

"트로이, 네가 감히 내 명령을 거역해? 내가 만만했군."

차로테는 트로이에게 벌을 내렸습니다.

"흠, 안 되겠군. 도저히 믿을 만한 사람이 없어. 내가 직접 가야겠어."

차로테는 자신이 백설 공주에게 직접 가서 죽이기로 마음먹었습니다.

"내가 분장을 하고 가면 아무도 나를 착각하지도, 의심하지도 않을 거야. 분명 어딘가에 나의 이 아름다운 미모를 못생기고, 더럽고, 징그럽게 만들 수 있는 공식이 있을 텐데."

차로테는 책장에 꽂혀 있던 책을 이리저리 모두 살펴보았어요. 마침내 차로테는 공식을 찾아내었어요.

"어디 보자, 썩은 치즈의 곰팡이와 둥근 접시에 고여서 더러워진 물을 함께 섞으면 얼굴이 징그러워진다고……? 늙은 할멈의 목소리로 내 목소리를 바꾸고, 머리를 하얗게 하자. 공포에 질린 소리로. 이 모든 것들을 섞이게 할 어두운 햇빛도. 이제 마법의 주문을 외워야 해."

차로테는 이번이 마지막이라 생각하고 끔찍한 주문을 외웠어요.

"잘 봐, 나의 머리카락과 손가락을. 잘 들어, 내 목소리를! 오호호호, 나는 완벽한 분장을 하고 믿을 수 없는 요술 거울의 말을 막아야 해. 무슨 방법이 좋을까? 아, 그래. 향수에 독을 넣고 백설 공주에게 맡게 하는 거야. 역시 나의 지식이란. 흠 잡을 곳이 없구나."

차로테는 자신의 지식을 자화자찬하며 백설 공주가 있는 집으로 출발했어요.

백설 공주와 일곱 난쟁이들이 살고 있는 집에 도착한 차로테는 큰 소리로 외쳤어요.

"아름다운 향기의 향수 사세요! 향기가 이렇게 아름다울 수가 없어요. 향수 사세요!"

백설 공주는 향수라는 말에 난쟁이들이 당부한 말을 잊고 문을 열어버렸어요.

"아름다운 아가씨, 아가씨의 고독함을 채워 줄 향수의 향기를 한 번 맡아보세요."

백설 공주는 향기에 독이 있는지 모르고 맡았어요.

"숨… 숨이 안… 안 쉬어요."

결국 백설 공주는 쓰러지고 말았어요.

차로테는 흡족해 하며 말했어요.

"오호호호, 이 세상에서 가장 아름다운 사람은 바로 나야."

차로테는 이 말을 남기고 왕궁으로 돌아갔어요.

잠시 후, 난쟁이들이 돌아왔어요.

쓰러져 있는 백설 공주를 본 난쟁이들은 놀랐어요.

"어머, 어쩜 좋아. 얼른 살려야 해."

"저기 봐. 벌써 딸기 푸딩을 만들어 놨다고!"

난쟁이들은 다급해 하며 얼른 백설 공주를 흔들어보았어요.

어디선가 이상한 냄새가 나는 것 같았어요.

"분명 왕비의 짓이 분명해!"

"내 생각엔 왕비가 백설 공주에게 독의 향기를 맡게 한 것 같아."

"얼른 코를 막아!"

"우리까지 쓰러지면 안 되잖아."

난쟁이들은 허둥지둥 코를 막고 백설 공주를 막 흔들어 향기를 멀리 내보냈어요. 냄새에서 벗어난 백설 공주는 다행히도 일어났어요.

난쟁이들은 기뻐하며 말했어요.

"백설 공주님, 왕비가 또 다시 올 거예요. 그때는 정말 절대로 문을 열어 주어서는 안 돼요."

백설 공주가 일어난 후, 차로테는 왕궁에 돌아왔어요. 차로테는 이제는 공주가 진짜로 죽은 줄 알고 거울에게 미소를 지으며 물었어요.

"내가 너의 입을 막아 미안하구나, 요술 거울아. 이 세상에서 누가 가장 아름다운가?"

"이젠 지겹군요. 이 세상에서 가장 아름다우신 분은 숲 속 백설 공주이십니다."

"요술 거울이 고장 난 것 같군. 이번엔 내가 직접 가서 없앴다고."

"난쟁이들의 도움으로 백설 공주는 다시 일어났습니다."

"이런. 안타깝게 됐군. 하지만 난 포기할 수 없어."

차로테는 더 심한 방법을 찾게 되었습니다. 바로 사과에 독을 넣는 것이었어요. 자신이 세상에서 가장 아름다운 사람이 되기 위해서는 차로테도 어쩔 수 없었어요.

"백설 공주가 착하다면 이렇게 가엾은 나를 무시할 리 없어. 목소리를 더 거칠게 하고 키를 작게 한 다음 허리를 더 굽혀야겠어. 사과의 독은 아주 센 걸로……. 어디 보자, 독을 없앨 수 있는 방법이라. 진심이 담긴 사랑의 키스가 독을 없앨 수 있다고? 난쟁이들은 할 수 없을 거야. 절대 백설 공주를 사랑할 수 없어!"

차로테는 또 다시 백설 공주의 집으로 갔습니다.

똑똑똑, 문을 두드렸어요.

"누구세요?"

백설 공주가 이번에는 문을 쉽게 열어주지 않았어요.

"사과 팝니다. 싱싱하고 달콤한 사과지요."

"아, 괜찮아요. 할머니. 죄송하지만 저는 오늘 파인애플 케이크를 만들어요."

백설 공주는 마음이 흔들렸지만 난쟁이들의 부탁을 잊지 않았어요.

"이번 한 번만 사주세요. 손자에게 포도 빵을 만들어 주어야 해요……."

백설 공주는 결국 문을 열어주고 말았어요.

"할머니, 이번 한 번만이에요. 더 이상은 안 돼요."

"분명 맛있을 거예요. 한 입 먹어봐요."

차로테는 백설 공주에게 사과 한 입을 권했습니다. 백설 공주도 원하지는 않았지만 할머니가 너무 불쌍해 보여 베어 먹었어요.

"헉, 헉, 할머니. 거, 거, 거짓말…이었어요?"

백설 공주는 철퍼덕하고 쓰러졌어요.

"이제 내가 이 세상에서 가장 아름다운 사람이라고!"

차로테는 마법을 풀고 당당히 왕궁으로 돌아갔어요. 그리고 요술 거울에게 물었지요.

"거울아, 거울아. 이 세상에서 누가 가장 아름다운가?"

"바로 여왕님이십니다."

"그렇지. 이제야 말을 잘 듣는구나. 아주 자랑스러워!"

"여왕님, 제가 여왕님 곁에 있을 수 있는 시간이 얼마 남지 않았습니다. 어쩌면 이 말이 끝난 바로 뒤일 수도 있겠네요."

"그게 무슨 말이냐?"

"제가 다시 요술 나라로 떠나게 됩니다. 그래서 이 말 한 마디는 꼭 하고 가려 합니다. 백설 공주도 여왕님의 하나뿐인 따님이십니다. 비록 피한 방울 섞이지 않았지만 왕과 정식으로 결혼하고 새엄마가 되겠다고 약속까지 하지 않으셨습니까? 그러니 너무 시기와 질투로 고생시키지 마세요. 백설 공주만 힘들 뿐 아니라 여왕님도 힘들 것입니다. 앞으로 행복하게 살고 싶으시다면 외모가 아닌 마음을 가꾸세요. 그게 진정 세상의 길입니다. 그럼 저는 이만 물러가겠습니다."

요술 거울은 이 말을 남기고 차로테의 곁을 떠났어요.

"역시 끝은 허무해. 하지만 백설 공주는 용서할 수 없어!"

차로테는 마음을 더 독하게 먹었어요.

한편, 난쟁이들이 일을 마치고 돌아오고 있었어요.

"히호, 히호, 히호, 우리는 일을 끝냈다네. 광산은 너무 덥고, 목이 말라. 힘들고 지칠 땐 백설 공주의 딸기 푸딩!"

난쟁이들은 오늘 따라 더 즐거워보였어요.

집에 도착한 난쟁이들은 코를 킁킁거렸어요. 어제보다 더 달달한 냄새가 풍겼거든요.

"백설 공주님이 이번에는 파인애플 케이크를 만드셨나 봐!"

"이번에는 또 얼마나 맛있을까."

"얼른 들어가 보자."

난쟁이들은 신이 난 채 문을 열고 들어갔어요. 백설 공주가 또 쓰러져 있었어요. 난쟁이들이 마구 흔들었으나 백설 공주는 깨어나지 않았어요.

"안 돼!"

"이럴 순 없어!"

"오늘도 어제와 같이 음식을 미리 만들어 놓으셨어."

"이번에도 왕비의 짓일 거야."

"얼마나 질투가 났으면……."

"우린 이제 어떻게 해야 하지?"

"불쌍한 백설 공주님."

다음 날, 난쟁이들은 백설 공주를 차마 땅에 묻을 수 없어 유리와 각종 보석으로 된 관을 만들었어요.

그 안에 백설 공주를 눕혔어요.

그리고 끊임없이 백설 공주를 위해 기도했어요.

"제발 깨어나게 해주세요."

"저희가 열심히 기도드릴 테니 받아주소서."

"부탁드립니다."

그 때 마침, 오랜 기간 여행 중이던 이웃 나라의 왕자가 지나가고 있었어요.

왕자는 백설 공주를 발견하였지요.

왕자는 관 속 백설 공주에 반하고 말았어요.

"진심으로 아름다워. 이 분을 나의 아내로 맞이해도 되겠는가?"

왕자가 난쟁이들에게 물었어요.

"하지만 공주님은 이미 세상을 떠나셨는 걸요.

"공주님은 사과 파이와 딸기 푸딩, 파인애플 케이크를 잘 만드시지요."

"내가 열심히 기도해 보겠소."

왕자가 너무 간절했기에 난쟁이들은 왕자에게 백설 공주를 맡기기로 결심했어요.

"아, 나의 공주여. 무슨 일로 이렇게 되었는가. 너무나 불쌍하구나."

왕자는 안타까워하며 기도했어요.

그리고 백설 공주에게 따뜻한 키스를 했어요.

혹시 기억하나요?

독을 없앨 수 있는 방법!

바로 진심이 담긴 사랑의 키스였지요.

백설 공주는 관 속에서 눈을 떴어요. 그리고 기지개를 폈어요.

"아이, 개운해. 파인애플 케이크는 잘 드셨나요?"

백설 공주가 무슨 일 있었냐는 듯이 물었어요.

"제가 왜 관 속에 있죠? 분명 난쟁이들을 기다리고 있었는데……."

"백설 공주님, 기억 못하세요? 쓰러지셨는데."

"제가요? 전 기억이 전혀 안 나네요. 죄송해요."

"아니에요. 안 나면 더 좋은 거죠. 괜히 나쁜 기억 떠올리지 마요."

"알겠어요. 제 앞에 계신 분은 누구시죠?"

"아, 전 이웃 나라에서 온 왕자입니다. 오랫 동안 여행하다가 이곳을 지나가게 되었는데 백설 공주님의 미모에 반하고 말았습니다."

"아, 감사해요. 첫 만남인데 전 쓰러져 있었네요."

"아닙니다. 저, 공주님. 저와 결혼해 주시겠어요?"

백설 공주의 볼은 빨개지고 난쟁이들과 동물들은 좋아서 팔짝팔짝 뛰었어요.

"좋아요. 왕자님."

백설 공주는 난쟁이들과 동물들에게 아쉬운 마지막 인사를 하고 왕자와 말을 타고 이웃 나라의 왕궁으로 가 결혼식을 치렀어요.

며칠 후, 백설 공주가 일부러 왕자와 결혼하러 그런 것이라는 소문이 돌아 갈등이 생겼지만 이것 또한 차로테의 짓이었고 왕자는 아버지께 부탁해 차로테에게 형벌을 내리도록 명했어요.

그리고 왕자는 자신의 나라에 절대 차로테와 같은 사람이 나타날 수 없도록 법을 강화시켰고, 백설 공주와 오래도록 행복하게 살았답니다.

나보다 나은 사람을 보고
질투하지 말며,
내가 남보다 낫다고
교만하지 말라.

– 우바새계경

흥부와 놀부

놀부

- 박씨 마을에 살고 있는 심술궂은 욕심쟁이
- 흥부를 포함하여 남에게는 밥 한 톨도 주지 않음
- 부자가 된 흥부를 시샘해 따라 해보지만 되지 않는 것을 알고 성격이 더 거칠어짐

흥부

- 호박씨 마을에 살고 있는 착하고 어진 사람
- 흥부는 놀부를 진실된 형이라고 믿지만 놀부가 자신의 없는 재산마저 탐내는 것을 알자 실망하게 됨

제비

- 신처럼 놀부와 흥부의 진심을 깨닫고 있음
- 놀부의 욕심을 한탄하며 착한 흥부에게는 어떤 행복이라도 주고 싶어 함
- 과거를 중요시하지 않음

흥부의 하인들

- 쓱싹쓱싹, 흥부와 가족들이 박을 열어 나온 하인들
- 흥부를 도와주며 세상의 이치를 깨닫게 함

쓱싹쓱싹, 톱질 하세

영차영차, 톱질 하세

박 속에서 무엇이 나와 우릴 괴롭히나

그래! 쌀 나왔음 좋겠네

아버지!

쌀 나오면 죽 만들어 먹읍시다!

아니, 기와집은 어떠하오?

심드렁, 덩그렁

톱질 이야!

옛날, 호박씨 마을에 마음씨 착한 흥부가 살고 있었어요. 예전에는 놀부와 박씨 마을에서 함께 살았지만 놀부의 욕심을 알아채고 흥부는 가족들과 호박씨 마을로 떠나왔어요.

갑자기 떠나와 먹을 것도, 아니 앉아 있을 곳조차 없던 흥부네 가족들은 사람들에게 구걸도 하고, 갓 딴 사과도 팔아보았어요.

돈을 많이 벌지 못한 자식만 일곱인 흥부는 입에 겨우 풀칠했어요.

한편, 박씨 마을에는 풍요롭게 불난 집에 부채질하는 심술궂은 놀부가 살고 있었어요.

놀부는 상갓집 앞에서 춤추고, 똥 누는 사람 눌러 앉히고, 불난 집에 부채질 하며, 흥부와 달리 욕심 많고 남 놀리는 걸 취미 삼았어요.

"아이고, 꼴좋구나."

마을 사람들은 그런 놀부를 싫어했고, 흥부가 살고 있는 호박씨 마을에 가고 싶어 했어요.

하지만 호박씨 마을이 너무 먼 곳에 있어 힘없는 박씨 마을 사람들에 겐 힘든 일이었어요.

"튼실한 말이오. 하루 대여해도 5냥밖에 하지 않소."

5냥이면 하루 정도 빌릴 수 있는 튼튼한 말이 있으면 뭐해요. 타지 못 하는데요.

"엄마, 나는 이 마을이 싫어요. 놀부 아저씨가 자꾸 괴롭히잖아요."

"어휴, 조금만 더 기다려주렴. 저 욕심덩어리를 어쩌면 좋아."

마을 사람들은 서로 만나기라도 하면 항상 놀부의 말을 했어요.

"저, 저, 어휴. 쯧쯧, 저러다 벌 받는다. 걱정하지 마라."

"자기 이익만 생각하고……. 남이 샘난다고 저렇게까지 하면 쓰나."

"아버지, 배에서 자꾸 꼬르륵 소리가 나요."

흥부의 넷째 아들이 말했어요.

"저도요."

"흑흑, 아버지."

"아버지, 배고파요."

자식들의 배고프단 말에 흥부는 눈물만 흘릴 뿐이었어요.

흥부는 놀부에게 가 곡식을 얻고 싶었지만 박씨 마을은 너무나 멀었어 요. 힘들게 가봤자 곡식을 줄 놀부도 아니고요. 한 톨이라도 얻으면 얼마 나 좋으리.

놀부는 그 정도로 심성이 고약했어요.

결국, 흥부는 쌀을 구하러 놀부가 있는 마을로 떠나기로 결심했어요.

"이 애비가 얼른 갔다 올 테니 조금만 기다리거라. 한나절만 기다리면 이 애비가 맛있는 쌀을 한가득 가져오마."

그 말을 들은 흥부의 자식들은 배고픈 것도 잊고 서로서로 손잡고 웃으며 뛰었어요.

"아버지, 얼른 다녀오세요."

"그래요, 조심히 다녀오세요."

흥부의 아내도 흥부가 걱정되었는지 눈시울이 붉어졌어요.

마을 사람들 중 말을 탈 수 있는 흥부는 5냥을 주고 말을 빌렸어요.

아주 튼튼한 말을 말이죠.

"이랴!"

말이 빠르게 달렸어요.

"이랴! 더 빠르게!"

마침내, 놀부의 집 앞에 도착했어요.

흥부는 집 앞 대문에 말을 잠시 걸어두고 문을 똑똑 두드렸어요.

그러자 놀부의 집에서 일하는 마당쇠가,

"누구신데 이른 아침부터……."

라며 문을 열더니 이내

"아이고, 형님이십니까!"

하며 무릎을 꿇는 게 아니겠어요?

이게 도대체 무슨 일이람.

"그래. 놀부형님은 어디 계시느냐?"

"저, 저, 저기……, 안쪽에 계십니다."

흥부는 마당쇠의 안내를 받으며 놀부가 있는 방으로 들어갔어요.

"아이고, 형님. 잘 계셨습니까?"

"어휴, 흥부 왔구나. 이 이른 아침에 웬일이야?"

놀부도 웬일인지 말을 더듬었습니다.

"형님. 저기 죄송하지만 쌀 좀 주십시오."

"흥부야, 알겠다. 조금만 기다려 보거라."

이게 무슨 일이죠?

그렇게 심술궂고 남에겐 쌀 한 톨조차 주지 않는 욕심 많던 놀부는 어디 간 걸까요?

"여기 있다, 흥부야. 네가 고생이 많구나. 자식들을 위해 먼 길을 달려왔구나."

"아닙니다, 형님. 전 이만 떠나가겠습니다. 고생하십시오."

흥부는 놀부에게 감사를 표하며 대문 앞에 걸어놓았던 말을 타고 다시 호박씨 마을로 갔어요.

"아이고, 여보. 방금 흥부가 왔다갔어요."

"흥부요? 어휴, 또 어떤 겁을 주려고……."

"아버지!"

"놀부아저씨가 쌀 주셨어요?"

"배고파 죽겠어요, 아버지."

흥부의 자식들이 흥부를 보고 한달음에 달려왔어요.

"그래, 애비 왔다. 배 많이 고프지? 여보 나 왔어요."

흥부는 일곱 자식 배불리 먹을 수 있을 만큼의 쌀을 가져왔어요.

"여보, 고생했어요. 얼른 밥 지어 줄게요."

흥부의 아내가 미소를 지으며 말했어요.

"어휴, 너희가 무슨 죄가 있다고……, 이 애비가 미안하구나."

흥부는 먹지 못해 갈비뼈가 앙상히 보이는 아이들을 보니 눈물이 흘렀어요.

"여보, 밥상 가져가요!"

"알겠어요. 아이고! 밥상 다리 부러지는 것 아니오? 허허."

밥상 위에는 아홉 식구 먹어도 남을 만하게 밥이 놓여 있어요.

"우와!"

"밥이야, 밥!"

"아버지, 감사합니다!"

흥부는 웃고 있는 자식들을 보고 덩달아 기분이 좋아졌어요. 물론 마음도 놓였지요. 이제야 아버지 노릇 한 것 같아 때로는 울적하기도 했지만요.

우걱우걱, 흥부의 자식들은 누가 먼저랄 것 없이 숟가락 한가득 퍼먹기 시작했어요.

"어휴, 천천히 먹어라. 체하겠다."

흥부네 밥상에는 삶은 닭고기도 있었어요. 쌀만 가져가기엔 너무나 부족하게 느껴졌던 흥부는 3냥밖에 하지 않는 작은 닭고기를 2마리 사 가져갔어요.

소금은 너무 비싸 사지 못했지만 흥부의 아내는 닭고기를 아주 잘 삶아 맛있었어요.

"여기 닭고기도 좀 먹어 보렴."

"그래, 소금은 없지만 맛있을 거야."

흥부와 아내가 말했어요.

아내가 흥부에게 닭다리를 뜯어주며,

"고생 많이 한 당신도 얼른 드셔보세요."

"허허, 당신도 얼른 드시오. 나는 아이들 먹는 것만 봐도 배가 부르오."

흥부가 미소 지었어요.

2년 전, 흥부가 놀부에게 말했어요.

"놀부 형님, 제 말 잘 들어주실 수 있습니까?"

"그래, 무엇이든 말해 봐라."

"예. 놀부 형님이 참 착하고 인정이 많은 건 모두가 아는 일입니다. 하지만 저는 형님이 걱정됩니다. 잘 먹지도 못하고 마을의 힘든 일은 모두 도맡아 가며 저도 그렇듯 마을 사람들도 분명 걱정할 것입니다."

"걱정해 주는 건 고맙다, 흥부야. 하지만 이게 내 일인 것을 어찌……."

"우리 살기도 어려운데 왜 자꾸 남을 도우시려는 것입니까?"

"우리보다 더 힘든 사람들이 많다, 흥부야. 그래도 우리는 쌀 살 돈이라도 있지, 그들은 아무것도 없어. 우리가 그들을 도와야 나라가 성장하는 법이라고 아버지께서 말씀하셨지 않느냐."

"형님, 요즘 들어 형님의 안색이 좋지 않습니다. 심히 걱정됩니다."

"이 형님 걱정은 말거라. 네 가족부터 걱정하거라. 너에겐 자식이 일곱이지 않더냐."

"예. 그렇지만……."

"더 이상 할 말 없구나. 내 너에게 화내고 싶지 않다."

"형님……, 제 말은……."

"썩 나가거라. 너의 헛된 소리 더 이상 듣기 싫구나."

결국 놀부는 흥부의 말을 끊고 나가라고 소리치고 말았어요.

며칠 뒤, 마을에 큰 방이 붙었어요.

'놀부형님이 저를 괴롭힙니다.

도와주세요.

자신이 잘못해놓고 선생 앞에서는 남 탓으로 돌리고,

없는 사람에게서는 돈이고 쌀이고 모두 빼앗습니다.

부디 도와주시어요.'

"이게 무슨 소리야?"

"놀부가 얼마나 착한데?"

"도대체 누가 이 말도 안 되는 방을 붙이고 다니는 거야?"

"그러게 말이다. 쯧쯧, 놀부한테 나쁜 감정이 있나보군."

마을 사람들이 방을 보고 수군댔어요. 말들은 금세 놀부의 귀에까지 들렸어요.

"누가 그런 방을 붙였는지는 모르나 그 자를 찾고 싶소. 무슨 의도인지, 알아야 마음이 편할 것 같소."

"먼저 밥부터 드시고 생각해 보세요. 완전히 정확한 내용도 아니니……."

아내는 놀부를 걱정하며 조금이나마 남은 밥을 권했어요.

"예. 하지만 사람들이 그것을 진실이라 믿으면 어찌하오? 내가 살아온 인생을 한 순간에 날려버릴 수는……. 그 자를 당장이라도 잡아야겠소."

"너무 걱정하지 마세요. 아무 일 없을 거예요."

놀부는 없던 기운마저 빠져버렸어요. 힘없이 밥을 아침에 이웃들에게 주다 남은 채소와 함께 간장에 찍어 한 숟갈씩 퍼먹었어요.

다음 날, 마을에 또 다시 소란이 일어났어요.

"저놈을 당장 추포하라!"

마을 원님이 병사들에게 소리 질렀어요.

"예!"

"또 무슨 일이야……."

"어휴, 요즘 들어 나라가 뒤숭숭하오."

"우리 자식들 먹여 살리기도 바빠 죽겠는데 세금이라도 더 내라 하면 어쩌지?"

"그러게 말이오."

마을 사람들은 나라의 우환이 이제는 지겨웠습니다.

"저기 있다!"

병사들은 범인을 잡기 위해 뛰었습니다.

"네 놈이냐?"

"아이고, 살려주세요."

이게 무슨 일이야? 범인이 흥부라니요.

"아닙니다. 저는 절대 아닙니다. 사랑하는 형님께 덕담도 모자라 험담을 심지어 마을 사람들에게 왜 알리겠습니까? 원님, 부디 넓은 아량으로 저를 용서해 주십시오."

"용서? 그럼 진정 네가 잘못한 것이 있다는 말이구나. 당장 저 자를 심문하라."

"예."

"아이고, 아닙니다. 저는 절대 아닙니다."

흥부는 처절하게 병사들로부터 끌려갔어요.

"지금부터 심문을 시작할 것이다. 사실만을 말해야 한다. 알겠느냐?"

"놀부 형님. 살려주세요. 억울합니다."

흥부는 울부짖었어요.

"네가 한 짓이 맞느냐?"

"아니, 생각해 보십시오. 아까도 제가 말했지 않습니까. 사랑하는 형님께 덕담도 모자라 험담을 제가 왜 하겠습니까. 아무리 있다 해도 알리길 왜 알립니까?"

흥부는 자신은 진짜 아니라는 표정으로 부인했어요.

"네가 부인한다고 해결될 문제가 아니다. 이 자를 수감하라."

"아이고, 아이고, 놀부 형님. 저를 살려주십시오. 제가 왜……. 흑흑."

흥부는 눈물까지 흘리며 결국 수감되고 말았어요.

"그게 진짜예요?"

"그렇다니까요. 뭐 그렇게 돼서 그렇게 했다나, 뭐라나."

"그래서 이렇게 됐는데, 놀부가 흥부한테……."

"그렇게 착하던 사람이 어떻게 된 거요?"

"아니, 그러니까……."

2년 뒤, 흥부는 아직까지 풀려나지 못했어요. 그것이 거짓이라 믿던 마을 사람들마저 이제는 진실이라 믿기 시작했고, 놀부로부터 받은 곡식들을 다시 놀부네 집 마당에 하나 둘 가져다 놓기 시작했어요.

"두 해가 지났는데도 흥부가 돌아오지 않았소. 혹시 무슨 일이 생긴 건 아닐까 걱정되오."

놀부는 흥부가 두 해가 지나도 돌아오지 않자 걱정되었어요.

"그러게요. 여보, 마당에……. 곡식들이 잔뜩 있어요."

"저게 무엇이오? 분명 이웃들에게 모두 나누어 주었는데."

"아니, 다시 가져다 놓은 게 분명해요. 제가 나가 볼게요."

아내는 마당에 나가 곡식들을 확인했어요. 분명 오늘 아침에 준 것이 분명했어요. 아내는 놀부를 보며 고개를 끄덕였어요.

"이게 또 무슨 일이오? 내가 직접 가서 물어보아야겠소. 기분이 조금 이상하오."

놀부는 이상하다는 것을 느끼고 바로 옆집에 가보았어요.

"아무도 없소?"

안에서 상추와 고추를 따던 석하가 대문 쪽을 바라보았어요. 그 순간 놀부와 눈이 마주쳤지만 인사도 않고 하던 일을 계속 하지 뭐예요.

"아니, 사람을 봐놓고 왜 인사도 안하는 거요?"

"그만 돌아가십시오."

석하는 어제와 다르게 놀부에게 대하는 태도가 까칠해졌어요.

"왜 갑자기……."

"아무것도 아닙니다. 마음은 고맙소. 하지만 더 이상 받을 일은 없을 것 같소. 내가 예전부터 받은 은혜 꼭 갚으리라."

석하는 따던 채소 모아 놀부의 손에 꼭 쥐어주었어요. 놀부는 고개를 갸우뚱하며 의미심장한 마음으로 다시 앞집으로 향했어요.

"아무도 안 계시오?"

"누구신데……."

문을 열던 윤신은 놀부를 보고 다시 문을 닫으려 했어요.

"도대체 무슨 일이기에 다들 나만 보면 무시하는 거요?"

"얼른 돌아가시게. 나는 할 말 없으니."

그렇게 친하던 윤신마저 놀부를 무시했어요.

"내가, 내가 뭘 그리……."

윤신은 마지못해 놀부의 질문을 받아주었어요.

"하……. 내가 얘기해 줄 터이니 들어오시오."

"이게 도대체 어찌된 일입니까? 내 옆집은 이미 갔다 온거요?"

"그러니까……, 사람들이 믿기 시작했어요. 그 2년 전……, 방을 말이오."

"소문이 퍼지고 퍼져 우리 마을까지……, 그 시작은 누구인지 모르오?"

"아직까지 방의 범인도 못 찾았지 않소. 그 소문도 누가 시작했는지 아무도 모르오. 낙윤이라는 소문도 떠돌고 있지만 나는 믿지 않소."

"왜 나에게 이런 일이. 두 해 동안 흥부가 보이지 않자 이러는 것이오?"

"예. 그런 것 같습니다. 사람은 정말 알다가도 모를 일입니다. 사람들을 따라 가다보니 저도 어쩔 수 없었습니다. 형님, 정말 사죄드립니다."

윤신은 놀부를 안심시키며 사죄했어요. 놀부는 집으로 돌아오며 깊은 생각에 잠겼어요.

'흥부가 진정한 범인이란 말인가. 이 소문 또한 누구 짓인지, 한숨이 쉴 날 없구나.'

집으로 돌아온 놀부는 방바닥에 엎드려 아내 모르게 눈물을 닦았어요.

며칠이 지나자 안타깝게도 소문을 믿기 시작한 사람들로 인해 놀부는 자신도 이 흐름에 맡기기로 선택했어요.

2년 전, 마을에 붙은 방의 내용과 비슷하게 살아가기로 말이죠.

[할 말 있어요!]

때로는 나를 흐름에 맡겨도 좋겠지만 세상은 아무도 모르는 시간의 나를 인정해 주지는 않습니다. 그때를 잘 맞출 수 있을 만큼 우리가 신과 같은 능력이 있는 것도 아니고요. 흐름에 맡길 수만 있다면 물론 의지하겠지만 나를 위해, 모두를 위해서라도 부정할 수 있어야 합니다.

사람들은 놀부의 본질을 알아가고 놀부는 그것에 적응해 갔습니다.

믿을 수 없는 놀부의 행동에 사람들은 믿으면서도 낯설어 했습니다. 저게 진짜인지, 사실을 밝히려 했던 사람들도 슬슬 물러섰습니다.

그 사실이 원님의 귀에까지 들리자 진실만을 추구하던 원님 또한 기울어지기 시작했고, 흥부를 옥에서 풀어주었지요.

"아이고, 감사합니다. 감사합니다."

"그럼 그것이 진실이었단 말이냐?"

"잘 모르겠습니다. 떠도는 소문인지라. 원님, 하지만 저의 친애하는 형님을 너무 힘들게 하지는 말아주십시오."

"알겠다. 너의 진심을 깊게 받아들이겠다."

흥부는 집으로 돌아가며 다시 만날 가족들 생각으로 기쁨도 잠시 놀부의 행동이 궁금해졌어요.

'아니, 그리 착한 형님이 어찌 바뀌었단 말인가. 당최 이해할 수 없을 노릇이구나.'

"여보, 나 왔어요."

"정말 돌아온 거 맞아요?"

흥부의 아내는 돌아온 흥부를 보고 바닥에 엎드려 울었어요.

"여보, 맞소. 내가 왔단 말이오. 그런데 아이들은 어디 있소?"

"여보. 저…… 흑흑. 여보. 너무 외로웠어요."

흥부의 아내는 '아이들'이라는 소리를 듣자마자 흐느껴 울기 시작했어요.

"대체 무슨 일이오? 여보, 진정하시고, 얼른 말해 보시오."

"아이들이, 아이들이…… 흑흑. 저, 저, 전염병으로……. 아이고, 아이고."

흥부는 그 후로 말을 잇지 못했어요. 물론 흥부의 잘못도 있었지만 형님의 일로도 벅찼던 흥부는 아이들까지 잃은 사실까지 알게 되자, 세상이 자신을 버린 것만 같았어요.

연극에나 나올 법한 일들이 자신에게 실제로 일어날 거란 생각은 해본 적이 없었으니까요. 아내가 있음에도 모든 것을 잃은 것만 같은 외로움에 시달려 흥부는 마을을 떠돌기 시작했어요.

어느덧, 흥부는 놀부의 집에 도착했어요.

'이 참에 진실이라도 알아야겠다. 에라, 나도 모르겠구먼.'

똑똑똑. 흥부는 놀부의 대문을 두드렸어요.

"형님, 저 왔습니다."

흥부의 말은 축 쳐져 있었어요.

"밖에 누구냐."

"흥부입니다. 형님."

"죄인이 왔구나. 문을 열어주지 말거라."

놀부는 역시 예전답지 않았어요.

'아, 진짜였구나. 옛날이 그립구나. 내가 죄만 저지르지 않았더라면 아이들을 잃지도, 세상이 나를 버리지도 않았을 거야. 신이 나에게 벌을 내려주신 게 분명하구나.'

어느 화창한 봄날, 흥부는 아내와 함께 마당의 풀들을 정리하고 있었어요. 흥부의 표정은 왠지 밝았어요. 마음과 생각을 새로 잡고 다시 출발하려는 모양새였지요.

"아이고, 풀이 많이 났네요. 허리 안 아프오? 일이 다 끝나면 내 좀 주물러 드리리."

흥부는 아내를 걱정하며 말했어요.

"내가 처음부터 멋진 인생은 살고 싶으나 이루어내지 못했소. 나는 이제부터라도 나의 꿈을 실현하려 하오."

"좋은 꿈인 것 같습니다. 내가 옆에서 잘 이루어 낼 수 있도록 도와드리겠습니다."

아내는 흥부의 진심이 무엇인지 알기에 항상 옆에서 위로해 주기를 기약했어요.

짹짹, 짹짹.

어딘가에서 새 우는 소리가 들렸어요.

"이게 무슨 소리지?"

흥부는 주위를 둘러보았어요. 두려움에 떠는 목소리가 분명했어요. 흥부는 구렁이가 제비의 둥지를 탐내는 것을 보았어요.

얼른 나뭇가지를 부러뜨려와 구렁이를 떨어뜨렸어요. 다행히도 제비는 다리만 부러지고 더 이상 다친 곳은 없었어요.

"아이고, 이 불쌍한 것. 쯧쯧쯧."

홍부는 구렁이로부터 구한 불쌍한 제비의 부러진 다리에 붕대를 감아주었어요.

"감사합니다. 짹짹."

제비는 감사를 표하고 둥지로 돌아갔어요.

어느덧, 박씨 마을에도 호박씨 마을에도 시원한 가을이 찾아왔어요. 제비에게는 더 따뜻한 남쪽으로 돌아갈 시기가 찾아왔지요.

이제 홍부네 가족에게 남은 것은 서로뿐이었어요. 서로를 의지하면서 하루하루를 살아갔어요.

한편, 놀부는 돌아가신 아버지의 재산을 차지하고 호화롭게 살았어요.

"아이고, 쌤통이다."

놀부의 욕심은 갈수록 심해졌고, 어느새 놀부의 취미가 되어버린 남을 놀리는 것에 사람들은 고개를 내저었습니다.

짹짹, 짹짹

놀부의 집 어디선가 홍부네와 다르지 않은 새 우는 소리가 들렸습니다.

"에이, 시끄럽게 이게 무슨 소리요?"

놀부는 성가신 소리에 힘껏 인상을 찌푸렸습니다.

주위를 둘러보니 놀부의 집 또한 구렁이가 제비의 둥지를 탐내고 있었어요. 하지만 놀부는 홍부와 달리 신경 쓰지 않았어요.

결국, 제비는 구렁이로부터 잡아먹히고 말았어요.

다시 봄이 오고 제비도 홍부네 집에 돌아왔어요.

하지만 제비는 홍부네 집에 무언가를 떨어뜨리고 갈 뿐 둥지를 만들지는 않았어요.

"이것은 박 씨 아니오? 제비가 이 박 씨를 왜 떨어뜨리고 가는 것이지?"

"여보, 그래도 주는 것은 고마우니 얼른 지붕에 던져봅시다!"

흥부의 아내의 말에 따라 흥부는 지붕에 박 씨를 던졌어요.

또 다시 가을이 되고, 흥부가 던진 박 씨는 무럭무럭 자라 있었어요.

"아이고, 제비가 우리 식구를 살렸네!"

"얼른 열어보세. 무엇이 나올지 참 궁금하오."

쓱싹쓱싹. 쓱싹쓱싹.

흥부는 아내와 함께 아이들과 같이 있지 못함을 아쉬워하며 톱으로 박을 열었어요.

펑! 하고 첫 번째 박이 열렸어요.

그 안에서는 예전의 아홉 식구 모두 배 터지게 먹을 수 있는 쌀이 들어 있었어요.

"우와. 쌀이오, 쌀! 아이들이 있었으면 좋으련만……."

"그러게 말이오. 하지만 아이들은 분명 우리 옆에 있을 것이오."

"예, 나도 그렇게 믿나이다."

"자, 남은 박들을 열어봅시다."

펑! 두 번째 박이 열렸어요.

두 번째 박에서는 크고 작은 보석들이 수두룩했어요.

"보, 보, 보석이오! 보석이란 말이오!"

흥부는 도저히 믿을 수 없었어요.

"이게 지금 무슨 일이에요? 보석이라니……."

"남은 박마저 열어봅시다. 이제는 은근 기대되오."

펑! 마지막 세 번째 박이 열렸어요.

박 안에서는 흥부의 작은 초가집을 으리으리한 기와집으로 만들어 줄 하인들이 나왔어요.

"필요한 것 무엇이든 말하십시오, 주인님!"

그러고는 낡은 초가집을 멋진 기와집으로 뚝딱 뚝딱 만들었어요.

이 소문을 들은 놀부는 배가 아파 견디지 못했어요.

"무엇을 했길래……, 아이고, 배야."

"제비 다리? 그래. 저기 제비 좀 가져와 보시오."

그러고는 놀부는 제비의 다리를 뚝 하고 부러뜨렸어요.

짹짹, 짹짹.

제비는 다리가 아파 울었어요.

"아이고, 쯧쯧. 불쌍해라. 이 아저씨가 고쳐주마, 허허. 그리고 다음 봄에는 커다란 박 씨를 가져오너라!"

놀부는 제비의 부러진 다리를 붕대로 감아주었어요.

"에휴. 불쌍해라. 훨훨 날아가거라!"

놀부는 제비의 엉덩이를 툭툭 치며 날아가게 했어요.

"여보, 분명 다음 봄에는 제비가 우리에게 복을 줄 것이오!"

"맞아요, 맞아! 호호. 우리는 더 큰 부자가 될 것이오!"

"제비야, 얼른 갔다가 봄을 몰고 오너라!"

제비는 놀부의 욕심을 알아채고는 쌩하고 놀부의 집을 떠났어요.

흥부가 제비로부터 박 씨를 받은 지 한 해가 지나 다시 봄이 온 지금, 제비는 놀부네 집에 박 씨를 주러 왔어요.

"얼씨구, 제비가 왔어요! 얼씨구, 좋구나!"

놀부는 덩실덩실 춤을 췄어요.

"제비야, 얼른 박 씨를 내놓아라! 지붕에다 심으련다."

제비는 놀부에게 박 씨를 주었어요. 제비는 놀부에게 박 씨를 주고 다른 곳으로 떠나 버렸어요.

"여보, 얼른 나와 보시오! 나와 함께 지붕에다 박 씨를 던집시다!"

"제비가 왔다간 모양이네요. 호호호. 얼른 던져봅시다."

놀부의 아내는 밥을 짓다 말고 뛰쳐나왔어요.

놀부는 제비가 주고 간 박 씨를 지붕위로 휙 던졌어요.

흥부가 제비로부터 부자가 된 지 한 해가 지나 다시 가을이 온 지금, 놀부네 지붕에도 박이 주렁주렁 열렸습니다.

"우리도 이 박을 열면 흥부보다 더 많은 재산을 가지고 부를 누릴 수 있을 거야!"

"그래요! 두근거리네요. 무엇이 들어 있을까? 호호호."

흥부와 아내는 톱을 가지고 커다란 박을 열기 시작했어요.

펑! 첫 번째 박이 열렸어요.

이게 무슨 일이야! 첫 번째 박 안에서는 힘이 센 도깨비들이 나와 놀부와 아내를 괴롭혔어요.

"아이고, 제비가 박을 잘못 가져다주었네. 아이고, 나 죽네."

"여보, 나 살려요!"

놀부와 아내의 모습은 엉망진창이 되어 버렸어요.

"두 번째 박에서는 분명 보석이 나올 것이오."

"그래요. 빨리 열어봅시다."

펑! 두 번째 박이 열렸어요.

이번에도 힘이 센 하인들이 나와 놀부의 쌀이고, 이불이고, 거울이고, 몽땅 빼앗아 가버렸어요.

"말도 안 돼. 이 두 번째 박도 분명 잘못된 것일 거야. 마지막 박을 열어봅시다. 이 박에서는 보석이 나올 것 이오.”

놀부와 아내는 엉망진창인 모습에다 눈물 콧물 다 짜냈어요.

놀부는 아내와 마지막 남은 하나의 박을 열어 보았어요.

“에고, 냄새야! 웬 똥이야!”

“아이고, 여보. 도대체 이게 무슨 일이에요!”

“나도 몰라요! 아이고, 똥냄새!”

놀부는 심한 냄새에 머리가 어질어질했어요.

“내가 많이 죄를 지은 모양이오. 내가 욕심을 부리는 게 아니었소.”

놀부는 자신의 잘못을 인정하고 아내와 부자가 된 흥부네 집에 찾아갔
어요.

“흥부야, 내가 미안하다. 내가 정말 미안하다. 내가 저번에 죄인이라
한 것도 미안하고 네 부를 욕심낸 것도 미안하다.”

놀부는 흥부에게 자신의 죄를 사과했어요. 흥부는 놀부와 달리 역시
문을 열어주었지요.

“형님, 아닙니다. 제가 형님께 지은 죄를 생각해 보십시오. 저도 깊이
사죄드립니다.”

“네 아이들의 소리를 들었다. 그것에 매우 유감이다.”

“예, 형님. 많이 외로웠습니다만 그것 또한 제 잘못이니 제 자신을 스
스로 가르치고 있습니다.”

“그래. 우리 함께 잘못을 인정하고 잘 살아보자꾸나.”

“예, 형님! 사랑합니다!”

이렇게 흥부는 놀부와 함께 자신의 집에서 행복하게 살았답니다.

인생의 가장 큰 저주란
목마름이 아니라 만족할 줄
모르는 메마름이다.

– 송길원

7

오후
10시 3분

김민서, 김재은, 김희진, 장윤주

프롤로그

●

  24시간, 하루 중 사람들이 하루를 마무리하며 쉬는 시간은 언제라고 생각하는가? 사람들이 하루를 마무리하며, 드라마도 보면서 휴식을 취하는 시간은 사람들마다 다르지만 거의 오후 10시라고 생각한다. 이 시간 때쯤이면 재미있는 드라마도 하고, 조용하게 책도 읽으면서 피곤한 몸을 이끌고 수면을 준비하는 사람들도 있을 것이다.

  '10시 3분'이라는 책은 하루를 마무리하는 시간인 10시에, 간단하게 끓여먹는 3분 카레처럼 쉽고 편하게 보라는 뜻을 가지고 있다. 또한 사춘기에 발을 들이기 시작한 10대들이 쓴 시라는 재미있는 뜻도 담고 있다.

  시를 쓴 나는 흔히 말해 월요병이라고 일컫는 피곤한 월요일에도, 주말이 멀게만 느껴지는 화요일에도 언제든, 자유롭게, 간편하게 '10시 3분'이라는 책을 자신을 위로하며 읽어봤으면 좋겠다는 생각을 가지고 시를 조금 조금씩 나의 생각을 표현하면서 조심스럽게 적어보았다.

나는 자신이 다 컸다고 생각되는 한편, 아직은 어리숙하고 부모님의 사랑을 먹으면서 크고 있는 작은 아이라고 생각되고, 정말 그렇다는 것을 잘 알고 있다. 시를 쓰면서 내가 누구인지 왜 이런 시를 쓰게 되었는지 생각하며 책을 완성시키는 것을 배워서 좋은 시간을 가진 것 같다. 나도 느꼈듯이 이 책을 보는 사람들도 좋은 시간을 가졌으면 하는 바람이다.

　시란, 시각적으로 읽으며 감각적으로 마음을 울리는 글이라고 생각한다. 사춘기에 대해 알아가며 철없이 행동하는 10대들이 쓴 책이라고 하면 공감되지 않는 부분도 많을 것이다. 하지만 10대가 아닌 나이가 있는 어른들이라면, 나이를 잊고 철없던 어릴 적 시절로 돌아가 보고, 우리와 같은 또래들이라면 마음을 울리는 아름다운 시를 읽고 마음 충전도 해 보았으면 좋겠다.

피곤함에 지쳐 있는 그대에게

2016. 10. 김재은

일단 이 시집은 원래 시 쓰는 것을 좋아하고 '내가 쓴 글이 다른 사람에게 도움이 되었으면 좋겠다' 라는 생각에서 쓰게 되었다.

나는 다른 사람들이 내가 쓴 글을 읽고 그 사람들이 감동을 받는 것에 굉장히 매력을 느낀다. 그저 좋은 글이 아닐지라도 나의 글을 읽은 사람들이 조금이라도 자신의 삶에 변화가 있는 것. 나는 이런 것에 매력을 느낀다.

글이라는 것을 사람의 감정을 컨트롤할 수 있는 능력이 있다. 화가날 때, 슬플 때, 속상할 때 글을 읽으면 글이 나의 감정을 컨트롤하게된다. 이렇듯, 우리의 시도 다른 사람의 감정을 컨트롤할 수 있는, 어느 면에서든 그 사람에게 도움이 되는 그러한 시가 되었으면 좋겠다.

이 시집의 제목은 '10시 3분' 이다. 이 제목의 의미는 여러 가지 뜻이 있다. '10시' 는 오후 10시를 의미한다. 10시에 대부분의 사람들이 하루를 마치며, 휴식을 취한다. 그런 10시에 이 시집을 읽으며 하루를 마무리하라는 의미도 담겨져 있다. 또 '10대들이 쓴 시' 라는 의미도 있다. '3분' 은 우리가 쓴 시가 영감이 떠오를 때마다 바로 적었다는 뜻이 있다. 또한, 일상생활에서 간편하게 먹는 3분 카레 같은 인스턴트 음식처럼 빨리 읽고도 깊은 감동을 받을 수 있다는 의미를 담고 있다.

나는 사람들이 이 시집을 읽고 많은 감동을 받았으면 한다. 또한 바쁘게 살아왔던 일상 속 삶을 쉬어가고 되돌아보는 계기가 되었으면한다.

휴식을 취하는 10시에 10대들이 영감을 받고 3분 동안 쓴 시

2016. 10. 김민서

시집 제목을 보고 많이 의아했을 것이라 예상한다. 일단 이 시집의 제목인 '10시 3분' 은 많은 뜻을 담고 있다.

책 제목의 오후 10시라는 시간은 대부분의 사람들이 10시쯤 하루 일과를 마치고 자신만의 휴식을 취한다는 의미와 사춘기에 접한 10대가 쓴 시라는 두 가지의 의미를 가지고 있다. 그리고 '3분' 이라는 것은 바쁜 일상의 치여 고단하실 여러분이 인스턴트 3분 음식처럼 간편히 보시고 감동을 받아 계속 찾아 달라는 의미에서 3분도 함께 넣었다.

함께 시를 쓴 우리들은 막 사춘기에 접하게 된 14살이다. 때로는 부모님의 관심이 귀찮고 때로는 그 관심을 바라는 그런 시기이다. 하루에도 감정이 몇 번씩이나 바뀌게 되는 그런 시기에 우리는 지금 이 시를 통해 나 자신을 되돌아보며 다시 한 번 내 모습을 생각해 보게 되었다. 만약 지금 우리처럼 사춘기에 막 접하게 된 아이들이 있다면 그들도 이 책을 읽고 바쁘게만 살아왔던 일상 속에 잠시 멈춰 자신의 모습을 되돌아보는 것은 어떨까? 생각해 본다.

2016. 10. 김희진

일상에 지치고 울적한 당신께 이 글을 전한다.

나는 중학생이다. 14살이고 처음으로 사춘기라는 손님을 맞게 되었다. 사춘기라는 손님을 맞이하다보니 이 손님 역시 소문대로 까칠하고 조그만 눈물도 흘려보내게 만들 때도 있다. 사춘기를 맞은 상태에서 이 시집을 쓰게 되었다. 하지만 내용은 그렇게 사춘기답지 않고 약간은 성숙하다는(?) 그게 또 내 시의 매력인 것 같다. 이 시집의 이름은 '오후 10시 3분'이다.

일단 이 시 집의 제목을 소개하자면, 오후 10시, 직장인들도 퇴근하고, 학원 마치고, 학교 마치고 하루를 정리하는 시간이라고 생각한다. 이 시간에는 각자가 좋아하는 드라마도 보고 금요일에는 수고한 자신에게 상을 줄 수도, 벌을 줄 수도 있는 그런 시간, 그 시간이 오후 10시라고 생각해서 이 시집 제목의 일부분을 오후 10시라고 지었다. 그리고 그 시간에 우리 시집 좀 읽으라고. 만약 할 게 없다면. 그리고 3분의 의미는 난 약간 부끄러운 감이 없지 않아 있지만 소개하려고 한다. 친구들 말로는 3분 카레, 3분 자장처럼 간편하게 먹는 요리처럼 간편하게 쓰고 간편하게 부담감 없이 이해할 수 있는 그런 내용이라고 한다.

그게 우리 시집의 매력이다. 다른 시집들은 생각을 많이 할 수 있겠지만 우리 시집은 부담 없이 읽을 수 있다.

이 시집에서 안 좋은 시가 있더라도 그냥 중학생의 귀여운 애교라고 생각하고 넘어가 줬으면 한다. 왜냐하면 우리는 이것을 처음 쓰기 때문이다. 그러니까 이 시집 좀 귀엽게, 재밌게, 봐주길 바란다. 그럼 즐거운 시 타임!

2016. 10. 장윤주

차례

1장 가족

자존심

김민서

답답하다
아무 말도 하지 않고 있다
자존심 때문이다

울고 싶다.
이 또한, 자존심 때문이다

'민서야'
지금까지 지켜왔던 자존심이
스르르 무너져버린다

엄마가 엄마의 자존심을
포기했기 때문이다

고마웠다

부모님께

자존심 따윌 내세워도 되는 걸까?

경국지색

장윤주

경국지색은 나라가 무너질 만큼
예쁘다는데 도대체
그런 사람은 누구야?
라는 생각을 하며 지나치는 순간,
찾았다, 경국지색
우리 엄마

그러니까

엄마

나

용돈 좀.ㅎ

누구게

김재은

세상에서 가장 멋진 벌은
아빠

세상에서 가장 예쁜 나비는
엄마

그럼
세상에서 가장 아름다운 꽃은
너야

부모님이 날 보면서

힘낼 수 있게

아름답게 커가자

– 가족을 위한 다짐

품

장윤주

새하얀 종이보다는 한 번 쓴 종이를
재활용해
다시 만든 재활용지가 좋다
새로운 것보다는 조금의 때 묻은 것들이 좋다
엄마 품도 그랬다
나뿐만 아닌 아빠와 언니의 때가 조금씩 묻어 있는
엄마의 품이 좋다

나는 누구를 안아야
엄마 같은 품이 될까?

하지만

김재은

맞아, 네 말이
옳아, 네 행동
그래, 물론이야

너의 모든 것이

하지만, 내 딸아……
우리의 모든 것은
너를 위함이란다. 알아주길

맞아요, 알고 있어요
그래서 사랑해요

얼른 커서
내 엄마, 내 아빠가 아닌
한 여자로서
한 남자로서

그대들만의 삶을
누리게 해드릴 거예요
조금만, 아주 조금만

기다려주세요

– 그대들에게 하지 못한 딸의 이야기

우리들의 이야기

김희진

엄마의 출산
우리의 출생
고통으로 나온 우리
행복으로 나온 우리

2장 학교

똥

김민서

똥이 마렵다

화장실에 가는 순간
카톡이 온다

폰을 들고
변기에 앉는 순간
똥이 들어간다

그러면, 똥은 꼭
수업시간에 마렵다

이것이 바로 '머피의 법칙'

사진

김재은

우리들의 추억
사진

그것들을 보면서
다시 되새겨

그때 철없던 우리의
시간

많이 싸웠던 우리의
우정

말로만 그러지 말고

언제 한번 만나

진짜로······

아무런 어색함 없이

사춘기

김재은

모든 게 짜증나고
모든 게 힘이 들고
모든 게 맘에 안 들어도

다행이야
날 꽉 잡아주는 내 곁에
너가 있어서

앞으로도 잘 부탁해

서로서로 잘
붙잡고 있자

선생님

김민서

내가 제일 좋아하는
 선생님

이제는 서먹해져 버린
 선생님

다시 만나자던
 선생님

꼭 다시 만나요

다시 만날 날이 오기를⋯⋯

수준

김희진

너보다 못하면 바보
너보다 잘하면 천재
너 수준은 어딘데?

우린 친구를
시험성적으로만 평가하고 있는 건 아닐까?

니가 알았다면

장윤주

니가 나를 깐다고 해서
니가 내 위에 있다는 건 아냐
알고 있지?

시간

김민서

시간은 변덕쟁이이다
지루한 수업시간에는
천천히 걸어간다

시간은 변덕쟁이이다
시끌벅적 쉬는 시간에는
빠르게 뛰어간다

느리든 빠르든
나중에는 모두
아쉽게만 느껴진다

어쩌라고

김민서

"화났어?"
"아니"

"삐졌어?"
"아니"

"그럼 왜 그래"
"그냥"

'그럼 뭐 어쩌라는 건데'

친구

김희진

너는 툭 내뱉는다
나에게 무서운 말들을

너는 툭 내뱉는다
내가 고통스러워하는 말을

내 심장에는 날카로운 칼들이
박히고 박혀서

아파오기도 화가 나기도 한다
하지만
그래도
그래도
우린 친구니까
또 한 번 참는다

친구

김재은

너 미워
오늘도 밉고
내일도 미워할 거야

그래도……
사실은 안 미워

"왜 그렇게 변덕스럽니?"

"우린 친구니까"

친구와 싸웠을 때의 순간

장윤주

나도 충분히 힘든데
이 순간에도 다른 사람을 위해
맞춰주고 있다는 게 속상하다
나의 그대로인 모습으로는
아무 마음을 얻지 못 하는 것 또한

우리 우정이라는 영화에서

천사녀 vs 천사녀

하지 말고

천사녀 = 천사녀

하자

학원

장윤주

특별한 아이들을
평범한 아이들로 만들기 위해
돈을 들이는 것은 아닐까?

그런데 우리 부모님들은
평범한 아이들이 좋으신가 봐.

빨간 비

김희진

내 시험지 위로
빨간 비가
주룩주룩 내린다
차라리 빗물에
찢겨져 버렸으면……

3장 사랑

물레방앗간[10]

김재은

별들이 수척수척 내리는 밤
내 안에서 울리는 소리
홀쩍홀쩍

내 마음도 몸도 울리는 듯하다

내 몸 한구석이 열렸다 닫힌다
끼익

내 낡은 문을 열고 들어온 남자

밖은 개나리 색을 띤 둥그스레한 달이
메밀꽃과 함께 빛나고 있지만
어두운 나의 몸 안은 잘 보이지 않는다

두개의 실루엣이 하나로 된다

---

10 이효석, '메밀꽃 필 무렵'을 읽고 시로 표현하기(화자를 물레방앗간으로 설정함.)

아직도 울음기가 있는 쳐녀와
가장 아름다운 메밀꽃을 찾은 듯한 청년

차가웠던 내 몸 안이 따뜻해진다

마음에서 마음으로

김재은

너에게 줄 선물이 있어.
흰 도화지에 무지개를 그린 그림이야

이거 타고 놀러와

너의 마음에서 나의 마음으로

그리고 서로의 마음을 알아보자
내 마음만 알아 가면

너무
불공평해

여자들만 아는
여자들의 속마음

가질 수 없는 너

김민서

아무리 끌어당겨도
끝이 없는 줄자

너도 그렇다

아무리 당겨도
나에게로 오지 않는다

성장통

김희진

가르쳐주지 않은 사랑을
시작하고

가르쳐주지 않은 사랑을
시도하며

때로는
아프기도 힘들기도 하지만

괜찮아, 이건 그저
지나갈 성장통이니까

시소

김재은

난 시소가 좋은 것 같아

너를 올려주기도
나를 올려주기도

널 위해 내려가기도
날 위해 내려가기도 하잖아

않아도 않았어

장윤주

믿지 않아도
밉지 않았어

있지 않아도
잊지 않았어

우리 집

김재은

"우리 집이 제일 좋다"

하루 종일 일하다가
녹초가 되어
들어오신 부모님들이
하시는 말씀

하지만 나는 엄마 아빠가 제일
좋은 걸요. 아니,
사랑해요

이별

장윤주

"학생 장윤주에게 '이별'이란?"
"이별은 '공부'라고 생각해요"
"왜요?"

"해야 한다는 건 알고 있었는데
참 하기 싫었어요.
참 많이 미웠어요."

우주에서

장윤주

우주에서 너를 봤을 땐
너의 꿈이 무궁무진 했으면 좋겠다
이 세상에서 무너지기엔
니가 너무 아까우니까

웃기지 마

김민서

내가 그렇게
바라볼 땐
눈길 한 번
안 주더니

이제 와서?

웃기지 마

지우개

김희진

오늘도
나의 아픔을
너의 흔적을 조금씩 조금씩
아주 조금씩
지워낸다

6학년 1반 장윤주 (76세)[11]

장윤주

글을 몰랐을 때는
안경을 안 가져 왔다고 하고
친구들과 노래방에 가면
리모컨을 들어 본 적이 없다
용기가 없었기에

지금은 5년째 치매로 누워 있는 영감에게
편지도 써서 읽어 주기도 한다
나에게 한글 가르쳐 주던 영감이
지금도 공부하는 것을 보면 칭찬해 줄 텐데

아직 받침을 다 알지 못하지만
더 노력해서 시도 쓰고 편지도 쓰고
중학교 과정도 도전하고 싶다
내가 중학교 졸업장 받으면
영감이 벌떡 일어나 안아 줄 텐데

---

11 만약, 내가 한글을 배우지 못한 할머니였을 때 초등학교를 다시 다녀 글을 배우는 입장

카메라

장윤주

나와 함께 했던 순간을 소중히 남겨줘
니가 배터리가 없어질 때
그때까지
나와의 순간을 소중히 여겨줘

4장 일상

구멍난 양말
끼지 말아요
나만 아는 노래
달님, 달님
도저히
돼지저금통
만능
매일 아침
보고 싶어
사춘기
상황
새장
아무생각
여드름
우산꽂이
월요병
장날
코 막힘

구멍난 양말

김희진

오른쪽 발에
크게 뚫린
구멍

꼼지락 꼼지락
구멍가리기 바쁘다
누가 볼까
꼭꼭 숨긴다

끼지 말아요

장윤주

제발 끼지 말아주세요
그걸 낀다면
우린 파랗게 물들어 상하게 될 거예요
제발 끼지 말아주세요
색안경

나만 아는 노래

김민서

나만 아는 노래
좋은 노래

왜 안 듣는지
모르는 노래

팬이라서
알게 된 노래

그래도 좋은 노래
그것은 나만 아는 노래

달님, 달님

김재은

외롭고 혼자만 있는 듯
어두컴컴한 밤

나도 알아, 많이 힘들지?

울고 싶은데 달래줄 사람도 없는
쓸쓸한 밤

괜찮아, 많이 피곤했지?

울고 싶을 땐 내가 있어
마음껏 울어도 돼
이젠 우리 조금 천천히
쉬엄쉬엄 가자

내가 곁에 있어줄게

도저히

김재은

오늘은 너가 너무 보고 싶어서

도저히

일상생활이 안 돼

돼지 저금통

김희진

며칠 굶은
돼지
정이 그리도 그리웠는지
줘도 줘도 계속 달란다
우리 돼지 무거워질수록
내 마음도 채워진다

만능

김재은

뭐든지 다 들어가는 너는 만능

채워도 채워도 자리가 남는 너는 만능

참 대단해

나의 만능 위

매일 아침

김재은

등교시간이 제일 빠른 나는
혼자 일어나 피곤함에 멍을 때린다

창문으로 점점 커지는 해의 햇빛이
마침 쓸쓸히 앉아 있는 나에게 비쳐진다

용기라도 얻은 듯 나는
다시 일어나 그렇게 하루를 준비한다

보고 싶어

김희진

어제 저녁에도 봤는데
또 보고 싶어 전화기를 든다

이러면 안 되는데 정말 안 되는데
마약 같은 너
야식

사춘기

장윤주

가질 수 없는 것들은 많고
가지고 있는 것들은
나를 아프게 하는 요즘

상황

장윤주

아무것도 하지 않으면
마음이 너무 불안하다
어릴 적 바라본 지금 내 시기는
막연히 꿈을 겪고 있을 거라
생각했는데 그게 아니니까

새장

김희진

지지배배 우는 아기 새
갇힌 줄도 모르는
아직 어린 아기 새
쇠창살에 갇힌 아기 새
아기 새를 위한다는
거짓말
갇혀버린 아기 새

아무생각

김민서

아무 생각이
없는 이유는

아무 생각이
없기 때문이 아니다

아무 생각을 하기 싫은 것이다

그저 멍하니, 멍하니
하늘을 바라보고 싶은 것뿐이다

여드름

김재은

얼굴에 햇님이 뽀뽀하고 간 자국이
많은 거 보니

햇님이 널 많이 좋아하나 봐

행복한 아이구나

우산꽂이

김희진

우중충한 날
가뜩이나 기분도 우울한데
눈물 흘리는 우산들도 날 괴롭힌다

월요병

김재은

병원을 가보아도 이상 무
약국을 가보아도 이상 무
내 몸의 상태에는 이상 유

아무래도 월요병

장날

김민서

어깨빵 당하는 날

그렇지만 활기가 느껴지는
어깨빵

코 막힘

김민서

어제는 왼쪽 코
오늘은 오른쪽 코
내일은 양쪽 코

5장 패러디

방석
집 나갈 거야
패딩 잠바
휴대폰

〈그것들의 생각-cho〉

방석

김민서

"니 엉덩이에서
똥 냄새나
좀 씻어."

집 나갈 거야

장윤주

엄마랑 싸웠다
홧김에 한 말
"집 나갈 거야."
다시 정신 차리고 보니 난 집 앞 공원 의자
"다시 와, 가기만 하고 안 오면 안 돼."라고 말하던
여자의 질긴 음성은 다시 나의 발걸음을
괴롭힌다

〈그것들의 생각-cho〉

패딩 잠바

김민서

"내 오리털
뽑아가지 마

내가 추워지잖아."

〈그것들의 생각-cho〉

휴대폰

김민서

"나 좀 그만 만져
뜨거워지잖아

하태 핫해."

8

매일
보는 시

정선후

프롤로그

●

지금까지 제가 생각했던 시란 형식적이고 빙빙 돌려서 뜻을 전하는 짧은 글이었습니다. 그래서 시를 쓰거나 읽는 것을 딱히 즐기지 않았고 굳이 찾아 읽는 것은 상상도 힘들었습니다. 하지만 '새들은 시험 안 봐서 좋겠다' 라는 시집을 읽고 생각이 바뀌었습니다. 이 시집은 초등학생 아이들이 쓴 시를 모아서 만든 건데 자유롭고 직접적으로 뜻을 전했습니다. 아이들의 순수한 면을 그대로 쓴 시는 '시' 라는 것에 대한 내 흥미를 끌기 충분했고 이번 동아리에서 시집으로 당당히 책을 낼 수 있었습니다.

시는 이야기처럼 쓰고 싶을 때 막 써지는 게 아니기 때문에 여러 편의 시를 내는 게 가장 힘들었습니다. 쓰다보니까 비슷한 내용도 많이 나와서 지우고 다시 쓰느라 고생도 많이 했습니다. 하지만 제 경험을 바탕으로 한 시를 쓰니 그동안 정리하지 못했던 감정과 기억들을 버릴 건 버리고 쌓아둘 건 쌓아둬서 머릿속이 정리된 것 같습니다.

요즘에는 하상욱 시인이나 글배우 시인처럼 짧지만 그 뜻을 다 전하는 현대시도 널리 퍼져 있습니다. SNS에서는 '글쟁이' 라는 자리로 글을 써주는 사람도 많습니다. 이렇듯 시와 짧은 글들은 사람들의 마음을 울리기도 하고 웃게 하기도 합니다. 저도 제 시로 다른 사람들의 마음을 보듬어주고 싶어 열심히 시를 써봤습니다. 전문가가 아니라 부족한 면도 많이 있겠지만 예쁘게 봐주시고 이 시들로 소소하게나마 여러분의 마음을 위로해줄 수 있었으면 좋겠습니다.

2016. 10. 정선후

차례

●

미지수

1 더하기 2는
3인지 알 수 있지만
2 더하기 3은
5인지 알 수 있지만

x 더하기 2는
알 수 없잖아
$2x$ 더하기 3은
알 수 없잖아

x라는 나를 잘 가꿔요
아무도 예상할 수 없지만
감히 누구도 예상하지 못하도록

내가 더 커질수록
내가 가진 가능성도
커질 테니까
나는 지금 어떠한
사람도 될 수 있으니까

갈대

갈대 같은
사람이 될래

이 바람엔 살짝 기울어도
저 폭풍에 쓰러질 듯해도

바람이 멈춰 잔잔할 때
언제나 중심을 잃지 않는
갈대 같은 사람이 될래

기브 앤 기브

세상은 기브 앤 테이크라는데
내가 만날 사람들은 자기가 아무리
기브 앤 기브해도 아까워하지 않을 만큼
날 아껴줬으면 좋겠다

빛

색은 칠하면
칠할수록
어두워지지만

빛은 섞으면
섞을수록
밝아진다

스스로를 색이라
생각하지 말자
빛이라 생각하자

기쁜 마음과 행복한 마음도
섞으면 어두워지는 '색' 보다

힘든 삶을 살아가도
점점 더 밝아지는
'빛' 이 되자

CHANCE

타이밍만 기다리다
민망하게 실패하면
운타령만 해대면서
노력보단 운을믿는
너는아직 모르는지
기회보단 실력인지

보통 일

힘들다고 하지 않아도
나는 알아요 힘든지
근데
다들 앓아요 그 힘든 일

별가치 빛나라

별자리조차
밝고 그렇지 않은 별로 나뉜다

하지만 밝은 별도
다른 별들이 없다면 단지
하나의 하얀 점에 불과하겠지

밝지 않다고 슬퍼마라
당신은 다른 사람을
아니 어쩌면 이 세상을
가치 있게 해주는

가장 밝은 별이다

부모님 마음

가끔은 멍 때려도 괜찮아
어떨 땐 좀 느려도 괜찮아
괜찮아
니가 하는 건 다 좋아 보여

나에게 하고픈 말

완벽한 삶을 살라고
하지 않을게
성공만을 목표로 하라고
하지 않을게
내가 원하는 건 이거밖에 없어

"포기하지 마, 후회하지 마"

딱 좋아

오늘 머릿속을 정리하다가
정리하기 힘든 기억들은
마음 한 곳에 고이 모셔뒀어

아직 열어보기 어려운 생각이라면
지금 당장 열지 않아도 될 거 같아서

아프지 않고 바라볼 수 있을 때
그때 열어도 늦지 않아

너무 서두르지 마
지금이 딱 좋아

가면

힘들 땐 힘들어 하는 게 정상이고
슬플 땐 슬퍼하는 게 정상인데

왜 계속
힘들어도 괜찮은 척
슬퍼도 안 그런 척

난 그런 거 별로야
눈치 보지 말고 말해
지친다고

변화

상처를 같은 붕대로
오래 감아놓으면 곪듯이

변화하지 않는 사람은
주위사람과의 관계를 곪게 해

좋은 변화는 나를 있게 하고
나쁜 변화는 나를 잊게 해

삶

사람들은 말하지
열심히 살라고, 성공하며 살라고

사람들은 '마라' 지
쉬지 말라고, 실패하지 말라고

그리고
나는 말하지
실패하며 사는 게 '삶' 이고
중간에 쉬며 달리는 게
삶이라는 '마라톤' 이라고

소망

눈꺼풀은 무거워지고
정신도 비몽사몽 한데
하교 시간은 언제 오는지
그런 시간은 영원히 안 올 건지

거짓말

위기를 모면하기 위한
거짓말은 오래가지 못해

누굴 속이기 위한
거짓말은 오래가지 못해

근데 그거 알아?
거짓말도 오래가지 않지만
그 사람과의 사이도 금방 깨질 거야

-er

예전에 선생님이 그랬어
이 세상에 키 작은 사람은 없다고

키 큰 사람이랑
그보다 조금 더 큰 사람이 있는 거라고

그래서 나도 그렇게 생각할 거야
아직 나는 늦지 않았다고
나는 빨리 가고 있다고
다만 다른 애들이 나보다
아주 쪼끔 더 발이 빠른 거라고

넥타이

아름답기 위해
졸라매는 넥타이같이
밖을 꾸미는 것도 좋지만

멍이 든 목도 가끔
찾아봐주길

다친 마음도 가끔
보듬어주길

기적

기적은 성격이 까다로워
아무에게나 오지 않는다
그러니 기적이 일어나기를 기다리지 말고
기적이 일어날 만한 사람이 되도록 노력해라

시험 범위

한 걸음, 두 걸음
다가가면

왜
세 걸음, 네 걸음
멀어지니

공부

월 래 하기 싫고
화 날 정도로 하기 싫고
수 학부터 체육까지 싫고
목 탁처럼 비어 있는 내 머리
금 년도 무사히 가야 할 텐데

토 요일이 세상에서 가장 좋고
일 요일도 사랑하는 선후가 쓴 시

'답다'

과연 '답다' 라는 말은 무슨 뜻일까
'여자답다' , '남자답다' , '학생답다'
사람들이 생각하는 여자, 남자, 학생은 정해져 있나 봐
여자가 하는 행동이 여자의 행동이고
학생이 하는 행동이 학생의 행동인데
사람들이 생각하는 나는 정해져 있나 봐
항상 잘하고 뭐든지 완벽한 그런 사람으로

깊이 있는 사람

사람의 마음은
크기보다 깊이란 걸 알았어
얕고 큰 상처보다
작지만 깊은 상처가 더 오래 남듯이
앞으로 작더라도 깊은 마음을 가지기로 했어
누구든 빠지면 못 헤어나올 정도로 깊게

친구야

친구야
우리 사이에는 시간표가 없었으면 해
형식적인 만남과 짜여 있는 계획이 없었으면 해
나오라고 하면 만나고 헤어져야 할 때
아쉬워하는 그런 사이가 되었으면 해

일기예보

어제 때문에 오늘 힘들어 하지 마
네가 사는 건 오늘인데
왜 기억은 어제에 머물러 있는지

과거에 힘들었다면
현재에 행복해하고
과거에 속상했다면
현재에 즐겁게 지내

너에겐 미래가 있어
오늘 비가 내렸다면
내일은 쨍쨍 할 거야

마음 깎이

마음도 연필처럼
뭉툭해진다

둔해진 마음은
아무리 좋은 말을 써도
두꺼운 글씨만 알 수 없게 써진다

마음도 연필처럼
깎아줘야 한다
처음처럼 예쁘게
다듬어야 한다

예쁜 글씨만 쓰도록
예쁜 마음만 가지도록

답이 없는 것

세상이 나에게 말했다

너는 답이 없다고

다른 사람들은 화를 내며

나에 대한 답은 이렇게 멋진 걸?

하고 따졌지만

나는 그러지 않았다 그 말이 맞았기 때문에

나에게는 답이 없다

답이 없는 서술형 문제처럼

내가 써 내려가는 게 답이고

그게 정답이기에

답이 있는 사람들은 그 길로

생각 없이 갈 테지만

나는 답이 없기 때문에 걸어가는 길이

곧 내 길이다

그래서 나는 답이 없는 게 좋다

앞으로 나아간다

한 뼘이라도 꼭 여럿이

함께 손을 잡고 올라간다

푸르게 절망을 다 덮을 때까지

바로 그 절망을

273

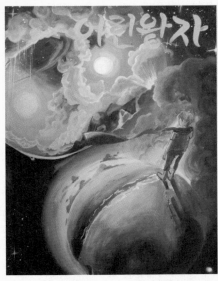

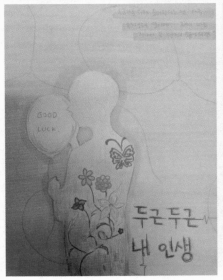

책을 만나다

◀ 대화
선생님과 학생이
책을 함께 읽으며
소통하는 모습을 표현
바쁜 일상 속의
소소한 즐거움

▼ 장화 & 홍련으로 빙의
장화홍련전을 읽던 두 소녀가 책을 읽는 동안 장화와 홍련이 되어
소설 속에서 일어나는 다양한 경험을 하는 상황을 사진으로 표현

▲ 책 읽는 발레리나 경아
아름다운 동작으로 우아하
게 책을 읽는
발레리나의 모습을 사진으
로 표현했다.

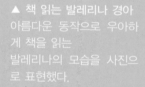

▲ 언제 어디서나 책과 함께
친구를 기다리는 시간에 책
을 꺼내서 읽고있는 모습을
사진으로 담았다.